河出文庫

忍者月影抄
山田風太郎傑作選 忍法篇

山田風太郎

河出書房新社

◎目次

忍者月影抄

忍者月影抄

忍法「肌文字」

一

享保《きようほう》十七年の初夏《はつなつ》の或る夕がたのことであった。お江戸日本橋に、前代未聞の椿事《ちんじ》が起った。

人も知るように、日本橋の南詰《みなみづ》めの東側には、西側の高札場《こうさつば》と相対《あいたい》して「晒《さら》し場《ば》」がある。杭をうって、縄ばりした一画に、菰《こも》をかけた小屋をつくり、小屋のまんなかにたてた柱に罪人をくくりつけて晒しものにする。晒しの刑をうける罪囚《ざいしゆう》は、だいたい主殺《しゆうごろ》しと、心中未遂と、女犯僧《にょぼん》の三種であって、毎日、午前八時ごろちかくの小伝馬町の牢からひき出されて晒し場にゆき、午後四時ごろまで晒されてまた牢につれもどされる。期間はたいてい二日か三日で、あとは罪状により、斬罪なり、はりつけなり、或いは非人の手下に下される。

その日も、三人の女犯僧が晒されて三日めのことで、もうかれこれ六時ちかく、彼らは番人に引率されてひきあげたあとで、菰《こも》かけ小屋のまえはもうむしろがたれさげられて、あかあかと西日がそれを照らしていた。——いや、そのはずであったのに、それがいつのまにかまたまくりあげられて、三人の人間が依然として晒されていることに、最初にだれか気がついてから、みるみる黒山のような人だかりになった。

さわぐのは、当然だろう、西日をあびて、杭にしばりつけられてうずくまっている三人は、いずれも一糸まとわぬ裸体で、しかもそれが女ばかりだったからだ。

さわぎをききつけて、御用聞《ごようきき》がとんでくる。まもなく牢屋敷からあわてて同心《どうしん》がかけつけてくる。むろん、小伝馬町の牢ではまったくおぼえがない。

「これ、おまえたちはいったい何者だ」

「…………」

「いつからここにきたのだ」

「…………」

「何者のためにかような目にあわされたのか」

たたみかけてきいてみたが、三人の女はうつむいたまま、からだをかたくしてふるえている。ひとりは頭を青く剃《そ》った尼《あま》で、他《ほか》のふたりは髷《まげ》から武家の妻女風、町人の女房風の女とみてとれた。うつむいているので、顔はわからない。

周囲の人だかりはますますふえて、日本橋も通行止めになりそうな雲ゆきなのに気がついて、同心たちは、ともかくもこの奇怪な刑にあった女たちを牢屋敷に拘引《こういん》せねばならぬと思いたった。

「起て」

杭から縄をきりはなして、ひったてる。三人の女ははじめて顔をみせた。いずれも四十年輩の大年増、尼にいたっては五十ちかい年とみえたが、どれもなかなかの美貌であった。かたくとじた眼から、涙をながしている。

この途方もない見世物の先頭に立って、「のけのけ、のかぬか」と顔をまっかにして見物人を追いちらしながら、室町《むろまち》通りをあるいていった同心は、なおあとを追いすがる群衆のどよめきの異常性に気がついて、はじめて三人の女の背をのぞきこんで、あっとさけんだ。

武家の妻女風の女の背には「公方様《くぼうさま》」、町人の女の背には「御側妾《おそばめ》」、尼の背には「棚《たな》ざらえ」と、まっかな文字がかいてあったのである。

狼狽《ろうばい》して、そのまえに大手をひろげてかくしながら、御用聞に、「これ、そこから、これを覆う布をとって参れ。いや往来の奴のきものをはいでもよい」と命じた。まもなく、御用聞が、どこからかさがしてきた女羽織を三人の背になげかけながら、同心の顔はこんどは蒼くなっていた。この異変が実に容易ならぬ大事件であることがやっとわかってきたのである。

「公方様御側妾棚ざらえ」

女たちの年ばえからみて、上様《うえさま》がそのむかし御寵愛になったものという意味か。それがまことことしても、でたらめとしても、どちらにせよ、身の毛もよだつ大胆ないたずらだ。

その朱《しゅ》文字の正確な意味をつかむには、小伝馬町までゆく必要はなかった。十軒店町《けんだなまち》の辻まできたとき、牢屋同心はふたたび群衆のただならぬどよめきをきいた。

それよりまえ、同心が三人の女をひったてて晒し場を去った直後に、そこにたてられた捨札《すてふだ》を見あげている深編笠《ふかあみがさ》の武士があった。そして何をかんがえたのか、それをぬきとり、肩にかついで、同心のあとを追いはじめたのである。

捨札とは、罪人への申し渡しを簡単に詰めた文章をかいた高札の一種で、武士にかつがれてゆくその捨札は、いよいよ人目にたつ自然のプラカードになった。

紀州大納言《きしゅうだいな ごん》家《け》来《らい》久《く》保《ぼ》伊《い》兵《へ》衛《え》妻《つま》　秀《ひで》
谷中浄土宗《やなかじょうどしゅう》　春光院《しゅんこういん》　妙香尼《みょうこうに》
麹町《こうじまち》一丁目天満屋《てんまや》十右衛門《えもん》女房　麻《あさ》

右のもの以前紀州表《おもて》にて上様《うえさま》の御寵愛をこうむりしものにて、女の鏡たるべき身分にまかりありながら、久保伊兵衛妻秀は義理ある子を日ごろより打擲《ちょうちゃく》いたし、春光院妙香尼は尼僧たる身をかえりみず金銭をむさぼり、十右衛門女房麻は淫慾《いんよく》をほしいままにし手代《てだい》と密通いたし、みな御名《おんな》をけがし候段重《じゅうじゅう》々ふとどきにつき、みせしめのため日本橋において二日間晒《さら》しを申しつくるもの也。

「やあ、あれはみんな公方《くぼう》さまのお妾だった女だとよ」

「そろいもそろって、たいへんなあばずれだなあ」

「しかし、公方さまも石部《いしべ》金吉《きんきち》みたいなお顔のくせに、お若いころから相当にお好きな方だったのだなあ」

そんな声が恐怖と哄笑の黒い風にのって耳をうってきたとたん、同心は狂気のごとく深編笠の武士のところにはせより、その捨札をひったくって、はじめてそれが女犯僧のものと入れかえられていたことを知った。そして上にもち、下にもち、その捨札をもちあつかいかねつつ、女たちを追いたて追いたて、辻を右へおれて小伝馬町の方へいそぎ去った。

群衆にとりのこされて、その武士はしばらくたたずんでいた。深編笠のかげから、ひくいふくみ笑いがもれた。やがてあるき出すと、十軒店の辻を逆にまがって、常盤《ときわ》橋《ばし》御門《ごもん》の方へぶらぶらと消えていった。

二

それから幾刻《いくとき》かへて、おそい初夏の日もおちた麴町《こうじまち》を、四谷御門にむけて、その深編笠の武士はあるいていた。もうしばらくゆくと尾張家《おわりけ》の中屋敷というところで、彼はついと右の町家の路地《ろじ》に入った。

ふいに背後であわただしい跫音《あしおと》がおこった。

「どこへいった」

「のがすな」

あわてて路地にかけこんだが、人影はない。町家のうらはすぐ柳岸院《りゅうがんいん》という寺の境内であった。門をくぐって、追跡者は急にたちどまった。その境内のまんなかの柳の下に、寂然《じゃくねん》と深編笠が立っていたのである。

「おれを追うのは何の用だ」

と、笠の下からしずかにいった。柳の糸にほそい新月のひかりがゆれている。追ってきたのは三人の武士であった。彼らはすすみ出た。

「日本橋でうぬが晒し場の捨札をぬいたときから見ておった」

「上様のお恥をことさら衆人《しゅうじん》にさらすうぬの挙動に不審がある」

「笠をとれ、名を名のれ」

その語気には一切の弁明をゆるさない断定的なひびきがあった。深編笠はしばらくだまっていたが、やがていった。

「うぬらはなんだ、奉行所のものか」

「望みならば、奉行所にひきわたしてくれる」

と、ひとりがいうと、ほかのふたりが刀の柄《つか》に手をかけて、

「神妙にせよ、手むかいいたすなよ」

「……斬らねばなるまい」

と、深編笠がうめくと、その腰が鞘鳴《さやな》りの音をたてた。同時にこちらからも、三条の刀身をぬきつれた。

ひかりが柳の糸から四本の刀身に吸いとられたようであった。深編笠は大刀を真っ向上段にかまえ、剣尖《けんせん》は真横に右方をさし——三人は逆に太刀先を左にして上段にかまえた。とみるまに深編笠の一刀が音もなくきらめいて中央の武士にながれ、かっと青い火花がちった刹那、中央の武士は逆に猛然と地を蹴った。その間一髪、柄をにぎった両こぶしのあいだを深編笠の刀身がぬけると同時に、中央の武士の左腕は肘《ひじ》から骨ごめに断《た》たれて地におちていた。

「月影」

双方、山彦のごとくさけんだ。一瞬におたがいの刀法を読んで愕然《がくぜん》とした。ひとり地につっ伏して、墨汁をちらしたような血のなかにのたうっている、それに眼をやるいとまもなく、ふたりの武士はうめいた。

「尾張柳生《おわりやぎゅう》だな」

「そうか、読めた。あのいたずらの張本《ちょうほん》は尾張中納言《ちゅうなごん》か」

深編笠の侍《さむらい》も肩でひとつ息をした。

「うぬら、江戸《えど》柳生《やぎゅう》か」

笠がふたつに割れた。いま斃《たお》された一人が左腕をおとされながら、右の片手拝《おが》みに斬りおろした刃《やいば》の仕業《しわざ》であった。笠のみか——その裂けた深編笠のあいだから蒼《あお》い月光にうかびあがった顔に——ひたいから鼻ばしらにかけて、すうと黒いすじがはしったかと思うと、顎《あご》に血の網《あみ》がひろがった。

同時に、江戸柳生《やぎゅう》両人の刃が舞った。まるで大波のどんとうち寄せたような柳生流「浦波《うらなみ》」の秘太刀《ひだち》に——深編笠は右の刀身ははねあげたが、左の一刀に大きく鎖骨《さこつ》から左肺上葉《じょうよう》を斬り下げられて、のけぞるようにして三メートルもうしろへとびながら、刀を手裏剣《しゅりけん》うちに投げた。柳生流「浮舟《うきふね》」の魔剣である。それはなお一跳躍《ちょうやく》の姿勢にあった左の武士の心臓部につき刺さって、彼を即死させた。

そのままおのれも前に這《は》う深編笠へ殺到しようとした最後の男は、うしろから「待て、仁兵衛《にへえ》」と呼ぶ声にたたらをふんでふりかえった。さっき左腕をおとされた男が、一刀を杖にたちあがろうとしていた。

「お——伝五郎、しっかりしろ」

「人がくる、小源次を背負ってひきあげろ」

と、彼は苦悶にゆがむあごを寺の方にふった。なるほど寺の庫裡《くり》の方で灯影がゆれ、さわぐ声がきこえる。やっと庭のただならぬ物音をききつけたらしい。

「いや、きゃつのとどめを刺さねば」

「尾張柳生ひとりに、江戸柳生ふたりが敗北したとあってはわれらの恥だ。それよりもおれのうごけるうちに。……それに相手が尾張とあっては事は重大、一刻もはやく公儀に知らせねば」

庫裡《くり》の方で、戸をあける音がした。仁兵衛と呼ばれた男は、あわてて小源次の屍体《したい》を肩にかけ、よろめく伝五郎をひったてるようにして、山門の外へのがれ去った。

提灯《ちょうちん》といっしょに二、三人の坊さんがはしってきた。むろん庭にのこっていたのは一本の生腕と一つの屍骸《しがい》だけであった。いや、屍骸とみえた男が、提灯のひかりにかすかに首をあげ、白い膜《まく》のかかった眼をひらいて、こういった。

「尾張屋敷に告げてくれ。相手は、え、え、江戸、江戸柳生。……」

そして、彼はそのままうごかなくなった。

三

徳川二百五十余年のあいだに、いわゆる三百諸侯が代々《だいだい》かわって何千人の殿様があったかしらないが、快男児という点からみて、尾張《おわり》六十一万九千石、七代の当主万五郎宗《むね》春《はる》はゆうにベスト・テンのうちに入るであろう。

享保《きようほう》十五年十一月、宗春が三十五歳にして兄の継友《つぐとも》のあとをついで尾州家のあるじとなるやいなや、その横紙破りの行状は人の眼をうばった。まず江戸屋敷では、やかましい門限などやめて、夜昼、だれでも出入自由とする。上役下役のしかつめらしい無用な作用は撤廃《てつぱい》する。邸内どこでも、遊芸鳴物《なりもの》、どんなにさわいでも勝手である――といいわたして、そくざに実行にうつした。

翌年、名古屋に初入部《にゆうぶ》したが、行列はみな祭礼のように花笠をかぶらせて、当人はべっこう製の唐人笠に鳥毛を立てさせ、それを吹きなびかせてゆうゆうと東海道を上っていった。

名古屋にかえると、年中祭だらけにして、自身は白牛《びやくぎゆう》に例の唐人笠をかぶってうちの奴《やっこ》に五尺ばかりの煙草《きせる》をもたせて、民衆の踊りを見物してあるく。市内の寺社の境内ではいつでもどこでも芝居をかけさせる。西小路、葛町《くずまち》、不二見《ふじみ》ガ原という三か所に四、五町四方もある大遊廓をつくる。——みるみる名古屋ぜんたいが巨大な不夜城のように浮きたち、殷賑《いんしん》をきわめた。

そしてこの春、また江戸入りをしたのちは、連日のように吉原通いだ。大名の廓通《くるわがよ》いというものはここ五、六十年もたえてなかったことなのに、宗春は笠でおもても覆わずにへいきで通う。それればかりか、「すがた海老《えび》」の春日野《かすがの》太夫《だゆう》を身請《みう》けして、愛妾とした。あまり評判がたかいので、幕府のほうでもすてておけず、奉行所《ぶぎょうしょ》の同心《どうしん》などをかりだしてそのあとをつきまとわせて、宗春の行状を牽制《けんせい》させた。

この女性的ないやがらせに、宗春はきわめて男性的なしっぺがえしをした。或るとき、将軍吉宗が芝《しば》へ廟参《びょうさん》した。芝の御成御門《おなりごもん》からうちはむろん人払いになるのだが、途中松原通りの天光院が尾張の宿坊《しゅくぼう》になっている。そのそばを吉宗の駕籠《かご》が通過しかかると、天光院の塀《へい》のうえに腰をかけて、にやにや見物している者がある。警戒のお徒士《かち》がかけよって、あっとたちすくんだ。それが尾張の殿様であることに気がついたからだ。——この事件が問題化して、受持の徒士頭《かちがしら》は切腹を命ぜられ、尾張家の御目付も死刑をうけた。とんだとばっちりである。ところが、それで宗春がへきえきしたかというと、平気な顔をしている。それから五日のちに、こんどは上野へ吉宗がまた廟参しなければならぬことになった。すると、宗春はまた先まわりして、前夜からすまして上野の宿坊顕《げん》性院にとまっている。吉宗の方であきれかえって、とうとう御成をとりやめてしまったという事件があった。

将軍襲職《しゅうしょく》以来、士風の頽廃《たいはい》と市民生活の華美を鞭《むち》うちつづけてきた吉宗は、五月の節句についても、五月人形は一切まかりならぬ、余の飾《かざ》り物も彩色してはならぬとの御《お》触書《ふれがき》を出した。するとこの五月、尾州家の甍《いらか》の空たかく、緞子《どんす》、紗綾《さや》、繻子《しゅす》、縮緬《ちりめん》の幟《のぼり》が百流ちかくへんぽんとひるがえった。禁令のなかに幟のことは何もなかったのである。

当時の落書に、「天下、乞食に似たり、尾州、公方に似たり」という一句がある。天下とは吉宗のことで、尾州とは宗春のことだ。

さすがに激怒した吉宗は、滝川播磨守《はりまのかみ》、石川庄九郎の両名を上使としてつかわして、宗春を三か条の罪状を以てとがめさせた。三か条の罪名とは、宗春の遊蕩《ゆうとう》と、幟《のぼり》の件と、倹約令無視《むし》のとがめで、ふたりの使者はことと次第では宗春とさしちがえるつもりで尾州邸へのりこんだ。

決死の形相《ぎょうそう》の両使者を、宗春はものしずかにむかえた。そして意外にも、うすきみわるいほどの神妙さで、三か条のおとがめはまことに御尤《ごもっと》もしごくである、向後《きょうこう》は相心得《あいこころえ》て、公儀御同然の倹約をいたしますから、左様に申しあげてもらいたい、両人とも安堵《あんど》して、ゆるゆるくつろいでいってくれい、と受けてから、「さて」といった。

「ついては、この機会におまえたちに話してきかせたいことがある」

といって、微笑した。ふたりはさっと緊張した。宗春は涼しげに扇子《せんす》をうごかしながら、

「大体な、公方と、尾張、紀伊、水戸の三家が同格のものであるということは、権現《ごんげん》さまのおぼしめしによってさだまった掟《おきて》である。だから以前には、三家に対しては上意といわずに御意といった。また三家からでも御返答とはいうが、御請《おうけ》とはいわなんだ。それがこのごろ妙なことになって、上意、上使といってくるから、こちらも御請といわねばならぬ。御請に、過言はならぬ。こちらの本意をのべることはならぬ。三か条のおとがめにしても、遊蕩のこと、わしは陰日向《かげひなた》のあるやりくちはきらいだ。幟のこと、それは御法度にない。倹約のこと、尾州ではこうみえて、眼にみえぬかんじんのところではなかなか倹約しておる、といいたいところだが、それをいえば言いすぎになるだろうから、きょうは何もいわぬ、ただあやまりたてまつる、と申すよりほかはない」

何もいわぬ、といいながら、いいたいことをみないってしまった。

「それだから、ほかのことをいおう。わしはな、人格のたかい明君になろうとは志してはおらぬ。そもそも、そんなものは、乳房をもった男というものがあり得ないとおなじことだ。政治は本質的に貪慾《どんよく》なもの、醜悪《しゅうあく》なものをふくむものだから、いわゆる明君は偽善者であることはまぬがれ得ない。わしは偽善者は大きらいだ。清らかな凡君、高雅な小政治家というものはあり得よう。しかしそんなものはわしのにんではないよ。わし

はむしろ暗君になろうとかんがえておる。ただし、民とともにたのしむ暗君にな。ところで民何をたのしむか。一言にしてこれをいえば、食い気と色気だ。それだけではないといいたいおひともあろうが、しかし、これを心ゆくまで満足させてやるということは大変なことだぞ。いろいろとかんがえて、わしはわしの器量から、まず民にそのふたつだけは満足させてやることを念願とした。そして、わしがまず見本をみせた。わしばかりたのしんでいるわけではないぞ。わしの代になってからむしろ年貢《ねんぐ》や課役は軽うした。それでも、役人どもがわいろをむさぼらず、役所の繁文縟礼《はんぶんじよくれい》をとりのぞけば、わしの遊蕩の費《ついえ》などやすやすと出てくるものだ、尾張へいってみろ、殿さまがあいうおひとだからと、民は安心して大っぴらに色気と食い気を満《み》たしておる。……公方さまは、もっとはだかにおなりなさるといいな」

いったい譴責《けんせき》の上使をまえにして、こんな泰平楽をのべたてたものがあったろうか。御三家のひとつ尾張藩の太守なればこそと、がまんをかさねてきいていたふたりの上使であったが、このときぴくっと身うごきした。宗春はぬけぬけと、

「将軍家をおつぎあそばしてから、生まれながらの盛徳の君子《くんし》のようなお顔をなさっておられるが、実をいえば上様とておきらいな道ではあるまい」

「あいや」

と、両使はひざをたてた。宗春は依然として笑っていたが、眼に異様な迫力があった。

或《あ》る執念のひかりといってもよい。それがふたりを釘づけにした。

「吉原などに参るとな、女郎どもがいろいろと風流な耳学問をきかせてくれる。竹に雀の来歴やら、月にむら雲の由来やら」

それっきり、宗春はだまった。滝川播磨と石川庄九郎も応答の言葉をうしなった。宗春のいう意味はこうだ。竹とは五代将軍綱吉の養女竹姫さまのことで、月とは六代将軍の愛妾月光院のことだ。吉宗にとって手を出すべからざる縁にある彼女たちに吉宗が手を出したという巷間《こうかん》の執拗《しつよう》なうわさは、滝川、石川の耳にも入っているが、むろん彼らとてその真偽は知らぬ。

これ以上、だまってきいていると何をいい出すことかと、ふたりはふいに顔を見あわせると、あわてて席をたった。座を去るとき、彼らは半びらきにした扇子のかげからひとりごとをもらす宗春の声をきいた。

「わしは陰日向《かげひなた》のある偽善者という奴が大きらいでな。……」

これが、一と月ばかりまえの話であった。

四

南町奉行大岡越前守がいそぎ密々《みつみつ》の目通りを請《こ》うて登城したのは、その深更《しんこう》のことであった。むろん、その日、日本橋に晒《さら》されていた三人の女についての報告のためである。

「久保伊兵衛妻秀《ひで》なるもの、尼僧妙香なるもの、天満屋女房麻《あさ》なるもの、その名前に上様はおおぼえござりましょうや」

吉宗は越前から宙《ちゅう》に眼をうつして、

「秀……麻……」

と、つぶやいてから、しだいに顔色がかわってきた。そして問いにはこたえず、

「その女ども、何のために左様な目にあわされたかを申したか」

と、きいた。これに対して大岡越前は実に奇怪なことをいった。

その三人の女は、牢屋敷から奉行所に密送されてきたあとも、はじめ唖《おし》ではないかと思われたほど口をつぐんでいたが、やがてそれが恐怖のゆえであることが知れた。それを問いつめ、問いつめ、ようやくにしてきき出したことである。

麴町《こうじまち》の両替屋《りょうがえや》天満屋の女房お麻は三日まえの昼、浅草の出合茶屋《であいぢゃや》で手代と密会した直後に、谷中春光院の妙香尼は一作夜の真夜中に、紀州藩留守居役久保伊兵衛の妻お秀はきょう葺屋町《ふきやまち》で芝居をみてのかえりに、いずれも誘拐された。妙香尼は睡眠中そのまま失神状態におとされたのだが、あとのふたりは往来で急にきもちがわるくなり、寄ってきた辻駕籠《つじかご》にのったところ、そのまま気をうしなってしまったものだという。そして二

人とも気がついたのは、どこともしれぬ宏壮《こうそう》な屋敷の一室であった。

ふしぎにその一室のまわりに、無数の鈴の音が波のようにひろがってきこえたという。三人ともべつべつだが、一致していたのは、そこに四人の男がいたということだ。そのうち三人は眼だけのぞかせた黒装束《くろしょうぞく》であったが、ひとりはこれも白頭巾《しろずきん》でおもてをつつんでいたが、いかにも身分ありげな風采《ふうさい》の人物であった。その一室で彼女たちは、彼らが命ずることに服従することを誓わせられた。すなわち日本橋に裸体で晒されることである。

三人の女は、むろんそれを拒否した。すると、その眼前で、それ以後彼女たちを沈黙させた恐ろしいものを見せられたのである。

黒頭巾のひとりがすすみ出てきて、彼女たちの袖をひきちぎった。腕にふれたその手の感触は爬虫《はちゅう》のように冷たかった。彼はその袖を一方の掌《てのひら》にのせた。すると——その袖がぷすぷすとくすぶりはじめ、やがてぽうともえあがったのである。もえる袖を手はしっかりとつかみ、黒頭巾の眼は、うす笑いをしていた。妙香尼とお麻はそれだけで屈服した。

武家の妻であったお秀はなお抵抗した。「お殺しなされませ。いいえ、そんな目にあわされるなら、ここで舌をかんで死にまする」とさけんだ。

「死ぬまえに、これをみるがよかろう」

と、黒頭巾のひとりがいった。妙香尼とお麻を恐怖させた黒頭巾と同一人物であったか別人であったかはわからない。しかし、彼もまた右腕を出した。と、その黒ずんだ皮膚の表面がすうとうす白くなった。それがいちめんに波だっている。ぽとぽと乳みたいにしたたりおちるものがある。おちたものをひと目みて、お秀の眼がかっとむき出された。彼の皮膚の毛嚢《もうのう》からにじみ出してきたのは無数の白いほそい虫であった。それがぞろぞろと這ってくると、彼女の足のゆびにからみついていた。まるで鋼線《こうせん》のようないたみが全身をつらぬいた。

「舌をかむより、これでちぎってやろう。舌を出せ」

と、その黒頭巾は冷やかな笑いをふくんだ声でいった。お秀はまるで悪魔の世界にでもおとされたように意志をうしなった。——このあいだ白頭巾の人物はふところ手をして立ったまま、一言も口をきかずにながめていたという。——

「ただ、左様な話のみならば、わたくしにも信ぜられませなんだが」

と、大岡越前はいった。越前守はこのとき四十六歳である。ゆったりとした頬と氷のような瞳は、たしかにいままでも一見荒唐無稽《こうとうむけい》とみえた世上さまざまな怪事を笑殺し、剔抉《てっけつ》してきた強靭《きょうじん》な理性をあらわしているのに、声はかすかにふるえていた。

「その女性《にょしょう》たちの肌にかかれた文字をみるにおよんで、これは、と息をのんでございます」

と、吉宗はにがい顔をしてうめいた。「公方様御側妾棚《くぼうさまおそばめたな》ざらえ」という文言《もんごん》であったという報告を思い出したのだ。

「あいや、その文言ではございませぬ。その文字そのものでございまする。それはいかに洗ってもおちませせなんだ」

「なに、消えぬ？」

「曲者《くせもの》のひとりが、ただの人さし指で肌にかいたものだそうでございまするが」

「指で」

「それがあたかも蕁麻《いらくさ》にふれたかのごとく——肌に血いろのみみずのごとくふくれあがり、未来永劫《みらいえいごう》、女の肌よりきえ去らぬのではないかとさえ思われまする」

「忠相《ただすけ》」

と、吉宗はさけんだ。ややあって、

「それらのものども……忍法者ではないか」

「左様に心得まする」

「忍法者まで使って、余をあざける奴は何者か」

「その白頭巾の人物が……そのお方《かた》と存じまする」

ふたりはだまりこんだ。何者かとはきいたが、吉宗にはすでに思いあたるものがある

「不敵な奴が」

らしい。それに対して「そのお方」といった以上、大岡越前守もむろんこの大それたいたずらものの素姓《すじよう》を看破《かんぱ》しているに相違ない。

やがて、吉宗はそれをはっきりといった。

「尾張は、所詮、余とは不倶戴天の敵であるか」

——吉宗がそういったのは、或る深刻な感情がふくまれていた。一と月まえ、宗春の奇行にごうをにやして譴責《けんせき》の上使《じようし》をむけた際、宗春が吐いた不敵な言辞の報告はうけている。彼は吉宗の偽善者ぶりをあざけったという。しかし吉宗は、宗春がこれほど反抗するのは、そんなことが真因ではないとみている。それはじぶんの行為や宗春の性格の問題より、もっと根のふかいところからきていることだ。

七代将軍家継《いえつぐ》は八歳で夭折《ようせつ》したから、むろん継嗣《けいし》などのあろうはずがなかった。したがって、そのあとをつぐものは、神祖御定法《ごじようほう》によって、尾張、紀伊、水戸の御三家のうちでなければならない。その御三家の相続順位であるが、紀伊の吉宗、水戸の綱条《つなえだ》は家康の曾孫《そうそん》にあたり、尾張の継友は玄孫《げんそん》にあたった。しかしながら、この三家の藩祖からいうと、尾張義直《よしなお》、紀伊頼宣《よりのぶ》、水戸頼房の順なのである。結局、家康からの血脈のちかいものという理由で吉宗が八代将軍としてのりこんだのであるが、後者の選択法によるとすれば、あとをつぐのが尾張であったとしても、決して理不尽なことではなかったのだ。それがかえりみられなかったのは、吉宗の強引な暗躍によるものとみた人間も少くなかった。温厚な尾張継友であったが、このことはよほど腹にすえかねたとみえて、彼がその後病死したのも、これについての憤《いきどお》りのつもったゆえであるともいわれた。それで、その小姓の安財数馬《あんざいかずま》という人間が、日光御社参途上の吉宗を、宇都宮ちかい松崎山というところで狙撃《そげき》して失敗し、そのまま腹を十文字にきって果てたという事件がある。それがそれ以上ひろがらなかったのは、安財数馬がすでに尾張を脱藩した浪人という身分になっていたからということもあるが、吉宗が尾張に対してやはり一種のうしろめたさをぬぐいきれないゆえでもあった。

そして、その継友が死んで、弟の宗春があとをついだ。つぐと同時に、兄とちがって俄然《がぜん》手のつけられない反抗ぶりである。たんにあばれん坊の気性からばかりではない、と吉宗が判断したのは右のような因縁があるからであった。

「しかし、もはやゆるさぬ。忍者まであやつって、余《よ》を嘲弄《ちようろう》いたすとは」

「上様」

と、越前守は顔をあげた。冷静な沈痛な顔色で、

「尾張という証拠はございませぬ」

「………」

「よし尾張とつきとめたとて、かようなことを以て尾張をおとがめあることは――上様とは申しませぬ。徳川御一門のおん恥を天下にさらすこととなり、諸侯庶民の笑いをか

うだけでござりましょう」

「それが万五郎めの狙いなのじゃ」

「左様でござります。されば、尾張の罠《わな》におちては相成りませぬ」

「越前、それでは、どうすればよいのじゃ」

「上様」

と、越前守はするすると寄ってきて、ひくい声でいった。

「越前、案じまするに——公方様御側妾棚ざらえ——の文言よりして、中納言《ちゅうなごん》さまには、なおつづけて御同様のふるまいに及ばれることと存じまする。とはいえ、ただいま大奥には御部屋様《おへやさま》としてただお久免《くめ》のお方様おんひとりがおわすばかり、いかな中納言さまとて、まさかそれにおん眼はつけられますまい。ただ気になるのは、そのむかし紀州表にて御寵愛あそばした女性たちでござります。その女性たちのその後のこしかた、また現在のくらしむきについて、すべて御承知でござりましょうや」

「尾張がその女どもをこれより晒《さら》しものにすると申すか」

「されば、宗春さまには、女を晒しものにするということより、恐れながら上様の御面皮をはぐことを以《もっ》て快《かい》となさる御所存と心得まする」

吉宗の顔は、怒りのために暗灰色になった。じっと宙《ちゅう》をにらんでいたが、

「お秀、これは久保伊兵衛の女房につかわしたから存じておる。お麻、これが江戸の両

替屋に嫁にいったとは知らなんだが、その名にはおぼえがある。妙香と申す尼《あま》、これはもとの名を何といったかはしらぬが、その法名からみて、妙《たえ》、と申した女ではあるまいか。それから――」

と、指をおって、越前守をみた。眼ににがい笑いがあった。

「なにせ、将軍以前のことだ。紀州におったのも二十二のとしから三十二まで、それよりまえ、越前丹生藩《にゅうはん》の藩主であったころにも、女を知らなんだと申してはうそになる。いま、即刻にすべてをおもい出せぬが」

――のちに、例の天一坊の事件が起った。天一坊がほんとうに吉宗の落胤《らくいん》であったか、にせものであったかは別として、吉宗に「おぼえ」があったのは事実である。そして天一坊が誅《ちゅう》された年齢を吉宗の年齢からひくと、実に吉宗は十六歳にしてそのような「おぼえ」があったということになる。将軍襲職以来、人間が変ったように道徳教育を力説しはじめたのを、宗春が笑いとばす理由はここにあった。

滑稽《こっけい》な、しかし、ふたりにとっては真剣な沈黙のときがながれた。やがて吉宗はつぶやいた。

「越前、紀州以前に寵愛した女は、十八人あったわ」

越前守は憮然《ぶぜん》とした表情になった。彼とて若き日の吉宗の好色ぶりはうすうす知っていたが、それほどまでとは思わなかったのである。これでは宗春が――その女たちというより——女たちの「数」に眼をむけるわけだ、と心中嗟嘆《さたん》したが、さすがにそれは口にはしなかった。

「まずその十八人の女性を探し出さねばなりませぬ」

「そちが探してくれるか」

「いや。——」

と、越前守はふかい眼になって、

「わたくしが表に出ますよりは、その御役目を果させるにもっと恰好《かっこう》なものがございます」

「それは？」

「お庭番をお使いなされませ」

五

そのとき、老中松平左近将監《まつだいらさこんしょうげん》が柳生飛驒守《やぎゅうひだのかみ》同道にて急登城して、謁見《えっけん》を請《こ》うているという報告があった。松平左近将監は、大岡越前守とともに吉宗がもっとも信任しているい、い、ふところ刀である。

「おそらく、この一件についてのことと存じまする」

と、越前はいった。

「これへ」

と、吉宗は命じた。

そのとおりであった。柳生六代の当主であって、なお将軍家兵法指南たる家柄をもつ飛騨守俊平《としひら》は、その日、例の捨札をもってあるく武士の挙動を不審とみて追った門弟の多田仁兵衛、海野《うんの》小源次、九鬼伝五郎なるものが四谷御門ちかくの柳岸院で、その曲者《くせもの》と決闘のやむなきにいたり、相手も九分九厘まで討ち果たしたものの、味方の海野小源次は落命し、九鬼伝五郎は重傷をおったという事件を告げた。

「その武士の素姓《すじょう》は相わかってござるか」

と、越前守がきいた。飛騨守はきっと見かえして、

「もとより名のるわけもないが、その男のゆくさきはおそらく四谷御門外の尾州藩中屋敷にて、あとをつけられたと知って柳岸院へにげこんだものと存ずる」

「それだけでは」

「あいや、その武士の剣法は、まごうかたなき尾張柳生流であったとのこと。……さればこそ、事は容易ならずとみて、当門の失態をもかえりみず、御老中におとどけ申した次第でござる」

飛騨守の眼には、増悪の血光があった。座にあるものは、すべておなじことをかんがえた。それは江戸柳生と尾張柳生の積年の確執《かくしつ》であった。

思えば、江戸柳生と尾張柳生の関係は、吉宗と宗春の関係に実によく似ている。なんとなれば、江戸柳生の祖但馬守宗矩《たじまのかみむねのり》は、太祖《たいそ》石舟斎《せきしゆうさい》の五男であるのに、尾張柳生の祖、兵庫助《ひようごのすけ》は石舟斎の嫡孫にあたるからだ。柳生家の血統としては、尾張柳生の方が本家なのである。

いずれが天心の月か、水にうつる月影か。——江戸柳生には将軍家剣法師範たるの誇りがあれば、尾張柳生には柳生正統としての自負があった。おなじ柳生の血がふたつにわかれてからすでに百十余年、そのあいだことあれば相反撥《あいはんぱつ》して火花をちらし、たがいにおそれ、あなどり、いまや両者は同血の柳生新陰流であるだけにぬきさしならぬ宿怨の仲であった。

平生からこのことに憂心《ゆうしん》をいだいていた吉宗、左近将監、越前守らであったが、しかしこのとき一道の光明をみたような力強さをおぼえたのは、彼らもまたはっきりと尾州を敵と確認したからである。

「ふむ、宗春は剣法者まで使いおるか。よし」

と、吉宗はさけんだ。喜怒をめったにおもてにあらわさぬ四十九歳の吉宗であったが、原因が原因だけに、さすがに逆上の気味すらある。しかし、左近将監と越前守は顔見あわせて、うなずきあった。

「しばらく」

と、左近将監はいった。

「恐れながら、中納言さまへの御窮命《ごきゆうめい》はしばらくおひかえ下されませ。飛驒守の遺恨もさることながら、それだけにては中納言さまはどこまでもおとぼけあそばすに相違ござりませぬ。そもそも捨札持って同心を追ったのが何がわるい、といいかえされればそれまでにて、事をあらだてれば柳生家の方へさかねじがゆくのがおちでござろう。尾張退治は、いずれそのうち、別のことで、別のことで」

「左近、そちもまたわしに、どうあってもがまんせいと申すか」

「されば、ただいまのところは、上様のおん恥をこれ以上世にひろめざるよう、力をつくしてふせがねばなりませぬ」

「もとよりだ」

越前守も膝をすすめた。

「先刻、わたくしめも申したごとく、中納言さまには、上様のむかし御寵愛あそばした女性《によしよう》たちをつぎつぎと晒《さら》しものになさるは必定《ひつじよう》と越前は存ずる。それが十八人もある以上は」

松平左近将監は吉宗をながめ、忠相《ただすけ》をながめた。

「越前も左様にかんがえたか。飛騨守より日本橋の一件をきいて、わしがいそぎ登城してまいったのもそのことだ。それはどうあってもふせがねばならぬ。――しかも、内密に」

「いかがしてふせぐ？」

と、吉宗がいった。苦渋《くじゅう》にみちた顔である。

「まず、その十八人の女性を探し出すことが第一」

と、左近将監がいった。

「それを、尾張の魔手がおよぶまえに、始末せねばなりますまい」

と、左近将監は沈痛にいった。越前守ははっとしたように左近将監の方に眼をやった。始末といった意味の恐るべき余韻《よいん》を感じとったのである。彼はそこまでかんがえてはいなかったのだ。

「何者に始末させようか」

と、吉宗はしゃがれた声でいった。松平左近将監は膝行《しっこう》してすすみ寄って、ひくい声でいった。

「それは、お庭番のほかにござりませぬ」

幕閣にとって車の両輪ともいうべきふたりの重臣の掌《たなごころ》のうちあうところ、はからずも音はただ一つの言葉を発した。

六

江戸城本丸に銅盤《どうばん》のような夏の月がかかっていた。満月ちかいのに、赤錆《さ》びて、なにやら天変地妖を呼びそうな不吉な色をした月であった。

ちょうど中奥と大奥の中間あたりに御駕籠台《おかごだい》とよばれる場所がある。江戸城のまっただなかといってよい。その庭に異様なものがうずくまっていた。中央にひとかたまりになった三人の白衣の女を、黒い八羽の鴉《からす》のような影がとりまいている。それが大地に彫られたようにうごかないのだ。どんよりと風も死んでいた。深夜である。

御駕籠台の方から、三つの影が、しとしととあるいてきた。八羽の鴉は地に伏した。その反対に三人の女はのびあがって、ちかづいてきたまんなかの人の顔をながめ、眼をかがやかした。

「あ……殿……おなつかしゅうございます」

と、ひとりがさけんで、はしり寄ろうとした。

「ひかえおれ」

と、越前守の声が叱咤《しった》した。

吉宗の命により、念のため奉行所からこの三人の女をひそかにここへつれてきたのは越前守である。吉宗はじっと三人の女をみたが、その顔は能面みたいにうごかなかった。しかし、将軍の彼を「殿」とよんだのは、女たちが紀州藩主時代の彼を知っているからにまぎれもなかった。

「これよ、その女どもの衣服をむけい」

と、松平左近将監の声がいった。

三羽の鴉が立って、そのえりに手をかけると、まるで紙でも裂くように、きものをはぎとった。三人の女は悲鳴をあげてうずくまった。赤い月が、その生なまとした背にみみずのように匍《は》った「公方様御側妾棚ざらえ」の十文字をうかびあがらせた。

吉宗はだまってそれをながめて、怒りにかすかに身をふるわせた。

「助八、伊賀《いが》鍔隠《つばがく》れ谷より出身したはそのものどもか」

と、左近将監がいった。

「左様でござります」

と、ふたつに折れんばかり腰のかがんだ影が陰気な声でこたえた。お庭番頭《がしら》藪《やぶ》田《た》助《すけ》八《はち》である。

お庭番とは、紀州の隠密《おんみつ》組織をそのまま移して、吉宗が創設した幕府の秘密機関であった。

これがいかに恐るべき力をもっていたかは、のちに、もっとも綱紀の弛緩《しかん》した家斉《いえなり》のころ、御機嫌うかがいに出た薩摩藩主斉興《なりおき》に、「薩州、おまえのところの庭の蘇鉄《そてつ》はみごとなものだな」といった。もともと薩摩は外部からの潜入者に鉄壁をめぐらしているうえに、ことに当時は琉球《りゅうきゅう》と禁制の密貿易をおこない、ひそかに力をたくわえつつあることであったから、まさか薩摩の庭とは思わず、「三田の屋敷の蘇鉄のことを御意あそばすか」ときいたところ、家斉は笑いながら、「いや、そうでない、薩摩の庭のことよ」といった。「おたわむれを仰せられます」と一笑した斉興に、家斉は「たわむれと思うならば、一番大きな蘇鉄の根もとに、葵《あおい》の紋を彫った笄《こうがい》がさしこんであるはずだから、しらべてみろ」といった。おどろいて、国許の庭をしらべさせたところ、はたして将軍の言のごとくであったので、さしもの斉興が戦慄したという挿話があることでもしれる。お庭番の仕業《しわざ》であった。

また、そのお庭番のひとりが陰密御用をすませて品川までかえり、蕎麦《そば》をたべて帰城し、御用筋のことを復命したあと、将軍からふいに「品川の蕎麦は美味であったか」ときかれて、愕然《がくぜん》としたという話もある。つまりこれは密偵にまた密偵がついていたということが、この隠密組織がいかに完璧《かんぺき》なものであったかを証明する。

しかし、この夜、御駕籠台下に召し出されたお庭番は、ふだんの面々《めんめん》とはちがった。江戸にきたのちに、籔田助八がべつに伊賀から募《つの》って、いままでひそかに養ってきた忍法者の一団であって、左近将監から御用を命じられたとき、なぜか助八がにんまりとして、はじめてこれの使用をみずから請《こ》うたものであった。

「それへ」

と、吉宗はいった。初目通りをゆるすという将軍独特の用語である。七人の黒装束はひとりひとり顔をあげた。地にしみいるような声がつづいた。

「樺《かんば》伯典《はくてん》にございます」

「城《じょう》ガ沢《さわ》陣内《じんない》にございます」

「砂子《すなご》蔦十郎《つたじゅうろう》」

「百沢《ももざわ》志摩《しま》と申しまする」

「七溝《ななみぞ》呂兵衛《ろへえ》でござる」

「真壁《まかべ》右京《うきょう》で」

「一ノ目《め》孤《こ》雁《がん》と申す。――」

吉宗はうなずいて、

「いずれも忍法者か」

「されば、この日あるを期し、伊賀鍔隠れ谷よりわたくしめが膝をおってもらいうけてきたものどもでございます」

と、籔田助八は赤い月にみみずくみたいな顔をあげていった。

「この日あるを期していたと申すか」

「上様のおん敵は尾張の方角にあると見込んで以来。――尾州家にはふるくから御土居《おどい》下組《したぐみ》というものがあり、このなかに、甲賀卍谷《こうがまんじだに》のものが入っておることを探索して以来。――卍谷の甲賀者は、伊賀鍔隠れにとって数百年にわたる宿怨の仲にござります」

「御土居下組。――宗春のつかっておる忍者はそれか」

「あれもその一つ」

と、助八は三人の女の肌文字にあごをしゃくった。刻々《こっこく》せまるぶきみな予感にうたれて、三人の女はいまや声もない。

「他にいかなる術をあやつる忍者がおるか、甲賀者の数は何人か、名はなんというか、いままでもひそかに手をつくしましたが、まだ一切わかりませぬ。さりながら、彼らがどのような忍者であろうと、それが卍谷のものであるかぎり、このものども、死を賭けてたたかいましょう。決しておくれはとりますまい」

「ふかく、たのみいるぞよ」

と、吉宗はいった。

松平左近将監がすすみ出た。

「鍔隠れの谷の者ども、すでに籔田助八から御用の趣きはきいたであろうが、上様がそのむかし御寵愛なされ、紀州表《おもて》から江戸入りあそばす以前にいとまをつかわされた女性《にょしょう》は、すべて十八人あらせられた。そのうち八人はすでに死去いたしたることが、大岡越前の調べにて相わかったが、あと十人は存在しておるものとみられる。それより、ここにおるお秀、妙香尼、お麻の三人をのぞけば、のこるは七人、その名はお駒、お浜、お鏡《きょう》、おぎん、卯月《うづき》、弥生《やよい》、おせん――それらの女性をとらえて晒し、上様のおん名とともに天下の笑いものにしようとたくらむ不敵な向きがある。上様の御品行とて曾《かつ》てはかくのごとし、いまの御賢君ぶりは笑止なりとの大それた嘲戯《ちょうぎ》じゃ」

と、いって七人の忍者をきっとみて、

「さればそなたらへ命ずる御用は、断じて敵に左様なまねをさせてはならぬ。そのことひとつ、ただ、そのためには」

と、さすがの左近将監がのどをこくりと鳴らしたとき、吉宗が冷やかにいった。

「余の恥となる女ども、斬ってすててさしつかえない」

「ふびんながら、やむを得ずんばそのほかに手段ない場合もあろう。要は敵よりさきにその女性たちのいどころを探しあてて、敵にわたさぬことだ。その女性たちの、当方にわかっておる最後の住所、境涯などは、おって越前よりきけ」

と、左近将監がいいおえたとき、籔田助八がいった。

「ただ、事が事ゆえ、すべては闇のうちにはたらいてもらわねばならぬ。もとより敵も公然とはうごけぬ仕事、おそらくは御土居下組卍谷のものどもが使われるであろう。これを機会に尾張の忍者をみな殺しにし、御公儀への禍心《かしん》を一挙に断《た》てよ。覚悟はよいの」

七羽の鴉《からす》のくびがかすかにゆれた。声もなく笑ったと知ったのは助八ばかりで、左近将監はそれをどうとったか、

「なお、万一のため、そなたらをひとしれず護りたいという面々がある。みずからすすんで扶持《ふち》をすてたが、柳生一門の高足七人じゃ。磐石《ばんじやく》の後楯《うしろだて》があると安堵《あんど》してはたらけ」

といって、指おりかぞえ、

「やがてひきあわせるが、その名は九鬼伝五郎、多田仁兵衛、熊谷頼母《たのも》、寺西大八郎、大道寺竜助、櫓《やぐら》平四郎、戸張図書《ずしよ》、と申す面々じゃ」

すると彼らのうちのひとりが、吐きだすようにいった。

「それは足手まといじゃ、御無用のことと存ずる」

さっき、たしか砂子蔦十郎と名のった男である。そして彼は、怒りにたえかねたようにすっくと立った。三人の女の方へあゆみよりながら、

「十人の女、すべて殺せばよいのでござるな？　殺してよいのでござるな？」

と、ふりかえっていった。吉宗、左近将監、越前守が、その声にこもる鬼気にとっさに返事をうしなって見まもるまえで、彼は三人の女の片腕ずつをひっつかみ、ひとたばにしてその手くびを両手でにぎった。

赤い月に照らされた三人の女の肌が、このときその手くびからすうと白くかわってい

った。

彼女らののけぞろうとしたからだは、みるみる霜《しも》のようなものに覆われた。とみるまに、髪に、耳たぶに、あごに、乳くびに、キラキラと白い珠《たま》がむすばれはじめた。じっとりと汗ばむ風のない真夏の深夜、名状しがたい冷気が吉宗たちのおもてをうった。

「忍法、薄氷《うすらい》。——」

と、砂子蔦十郎はつぶやいた。

なんたる怪異、三人の女は立ったまま、氷の露のひかるまつげのなかで義眼のように眼を見はったまま、全身薄氷につつまれて、人間の花氷《かひょう》と変ったのである。

忍法「蠟涙鬼」

一

神田の和泉《いずみ》橋通りの刻《きざ》み煙草《たばこ》屋《や》叶屋《かのうや》の若い妾《めかけ》お民《たみ》は、下女のお藤《ふじ》と浅草観音《かんのん》に詣《もう》でてひいたおみくじが大凶と出たので、憂鬱《ゆううつ》な顔をした。

夏の日にめくるめくような境内には、いつものように人と鳩が群れている。日傘をさして、だまって仁王門《におうもん》から雷門《かみなりもん》へ石だたみをあるくお民を、お藤がちらちらのぞくのは、いまのおみくじの内容を知って、内心いいきみに思っているからだが、ゆきかう男たちがみなふりかえるのは、彼女のずばぬけた美しさのゆえであった。

十八という年にふさわしく、どこかあどけない線が頬からあごにかけてのこっているが、青みがかった瞳《ひとみ》、ほそく削《そ》いだような鼻、まぶしい日光のなかにも蠟細工《ろうざいく》みたいに白い顔の色、しなしなとした腰のくびれなど、たんに美しいというより、ひどく男に残《ざん》酷《こく》な衝動《しょうどう》をよぶ何かが彼女にある。もえあがる太陽の下にも、夕顔のような女であった。

雷門を出るとき、お民は指をおった。商用で、半月まえ大坂に旅立った主人の平右衛《へいえ》門《もん》のかえってくる日を勘定したのだ。

広小路を大川橋の方へうなだれてあるいていったお民は、やがてみえてきた大川のながれのきらめきに、かえりたくはないけれどかえらなければならないじぶんの境遇をやっと観念した。

「駕籠《かご》を」

と、ほそい声でいった。

下女のお藤はきょろきょろと見まわしたが、あいにく辻駕籠の影もないのに、それをさがしに大川端《おおかわばた》の方へはしっていったが、角をまわったところで、草履《ぞうり》の鼻緒《はなお》がぷつりときれた。そうとはしらぬお民は、路ばたの椎《しい》の木《こ》蔭《かげ》に寄って、日傘をくるくるまわしながら、茫然《ぼうぜん》と立っている。

「娘御《むすめご》」

ふいにそばで呼ばれて、彼女はどきっとしてふりかえった。鬱々《うつうつ》とかんがえごとをしていたので、いままで気がつかなかったが、椎の木のむこう側に見台《けんだい》を出している大道易者がひとりあった。まるで居眠りでもしているように深編笠を伏せて寂然《じゃくねん》とすわっていたのが、深編笠を伏せたままこういったのである。

「あなたのお手にちと気がかりな相《そう》がある。ちょっと拝見させていただきたいが」

老人らしい、しゃがれた、重々《おもおも》しい声であった。もともと迷信ぶかいうえに、時も時である。おびえた顔色ながら、お民はおずおずと易者のまえに立った。

「わたしの手に？　どんな相が？」

易者はだまって、骨ばった手を出して、お民のほそい指さきをつまんでひきよせた。

椎の木に、蟬《せみ》がじーんと鳴いていた。その下で、白い手を出して大道易者に占《うらな》ってもらっている美しい女——往来をとおる人からみれば、なんのへんてつもない江戸の市井の泰平な風景だ。

だが、よく注意してみれば、その易者がいつのまにか女の手をふたつながらひきよせていることに気がついたであろう。ふたりのその手は、毛すじほどもうごかなかった。一分ほどすぎた。

やがて、易者の手がばたりと見台の上におちた。筮竹《ぜいちく》がざらざらと地上におちたが、依然として深編笠をおろしたまま、一言《ひとこと》も発しない。

お民も立ったまま、じっと易者を見下ろしていた。それからもういちど手を出して、易者の笠をそっとあげた。こんこんと眠りにおちいっている、木乃伊《ミイラ》みたいにやせこけた、あばただらけの老人の顔があった。ふたたび笠をおろすと、お民はふしぎな薄笑いをうかべ、ふしぎな言葉をもらしたのである。

「しばし宿をかりた老いぼれよ、さらばだ」

そして、じぶんの指さきをかざして見入った。蠟みたいな指さきは、その二本のくすり指の尖端《せんたん》だけ、なぜかぐみみたいにあからんでいた。

「お民さん、駕籠を呼んできましたよ」

うしろでお藤が息をきらしながら呼んだ。お民はふりかえった。二挺《ちょう》の辻駕籠がお藤のうしろについてきていた。お民はやさしく微笑《ほほえ》んで、あともふりかえらず、その方へあるき出した。なよなよと腰をふりながら、くるくると日傘をまわしながら。……

二

和泉橋通りに「薩摩《さつま》たばこ」の看板をかかげ、間口《まぐち》五間《けん》の店先から奥へ、三、四十人もの切子《きりこ》がいならんで、たすきがけで煙草をきざんでいるのが、江戸一の刻み煙草屋叶屋《かのうや》であった。まないたの上に数枚の葉をかさね、薄刃の庖丁《ほうちょう》できざむ音と、煙草の匂《にお》いが、店いっぱいにひろがっていた。

また毎日、六、七荷《か》ずつも行商が出るので、いまも、出売りからかえってきた売子《うりこ》の帳面をしらべていた叶屋の女房おせんは、表からぱっと花が入ってきたような日傘に顔をあげた。

お民は傘をたたんだ。その顔色をみて、おせんはふっと眼をひらいた。暑い日盛りの道をかえってきたせいもあるだろうが、いままでにみたこともない生き生きとした顔である。それがおせんにあいさつもせず、いそがしくはたらいている切子たちのあいだを、白いあごをつんと出してとおりぬけていったが、いちばん奥できざんでいた小七という切子のまえで足をとめ、何かひとことというと、すうと奥へ入っていった。

おせんはあきれて、そのうしろ姿を見おくった。ほんのこないだまで、下女だったお民である。そんな素姓からばかりではなく、日蔭の花のようなこの女が、こんな不敵なふるまいをいままでにみせたことはない。小七がちらとこちらをみた。小七は切子のなかでいちばんの美少年だ。おせんはそっぽをむいた。しばらくすると、小七はそっと立って、姿をけした。

おせんはふたたび帳面から顔をあげた。お藤がまえにきてひざをついていた。

「お内儀《かみ》さん、ただいまかえりました」

「御苦労さま。お藤、外で何かかわったことがあったかえ?」

「外で、かわったこと? いいえ、べつに」

と、お藤はくびをかしげたが、すぐにこびるように、

「そうそう、浅草でお民さんがおみくじをひきましたら、大凶と出たようでございますよ」

「大凶?」

おせんはつぶやいて、じっとかんがえこんだ。わからない。

しかし、眼を一点にすえ、凝然《ぎょうぜん》と思案にくれているおせんは、きれながの眼にややけんはあるが、凄いほどきれいな女だった。若いころはどれほどだったろうとみないうが、四十をこえたいまでも、夕映《ゆうばえ》のように美しい。「いくら江戸一番の煙草屋でも、煙草屋の女房には惜しい」というひともあるが、そのとおりだ。そういった人間も、ひそひそ声で、「これはないしょの話だが、あれはむかし紀州の奥向きに御奉公にあがっていたひとだ」ときくと、なるほど、道理で、とのみこめたような顔をする。それからまた、「あれほどの女房をもっていながら、いくら小綺麗《こぎれい》とはいえ下女風情《ふぜい》に手を出して妾にするとは、叶屋さんも罰があたりはしないか」と羨望《せんぼう》にみちた悪口が何人もの口から出たが、それも、「いや、あれはお内儀さんがよくできたひとで、旦那が手を出したと知って、すぐに妾にするようにじぶんからすすめたということだ」ときいて、ほほう、と感嘆の吐息をもらす。そういう処理法が、よくできた女房だ、とみる男の勝手な思想が大手をふってとおる時代であった。

気品にみち、能面のように典雅《てんが》な女房おせんは、しかし夫《おっと》を軽蔑《けいべつ》しているくせに、実は恐ろしいまでのやきもちやきであった。

三

おせんは、夫を軽蔑しているからこそ、やきもちをやいたのだ。じぶんが見下している男から、ほかの女に見かえられたのが、いっそうくやしいのであった。それなのに、彼女はどうしてお民を放逐《ほうちく》せず、公然と妾の地位をあたえようとしたのか。

お民とのことがわかったとき、おせんは冷《ひや》やかな微笑をうかべて夫にいった。

「奥向きでは、女は三十になれば御褥《おしとね》お断りといって、若いお方にお褥をゆずるならわしでございますから、わたしなどもそろそろお民にまかせた方がよろしいのでございましょう」

何かといえば、武家言葉をまじえて、すぐ奥向きの話を出されるのが、平右衛門の泣きどころだが、このときばかりは、うまいことをいってくれたと胸をなでおろした。女房のおせんを恐がりながら、実直な平右衛門がお民に手を出したというのも、お民が美しいせいばかりでなく、このおせんの癖にうんざりしたからであった。

おせんが、お民を妾としてみとめたのは、実は陰険な報復心からだ。たんに追い出しただけでは胸がいえぬ。それより、妾としてじぶんのそばにむすびつけておいて、機会をみつけて膺懲《ようちょう》の一撃をくわえる。彼女のあたまには「不義者のお手討ち」という言葉がうかんでいた。もっとも「不義」の相手はじぶんの夫であるし、まさか殺そうとまではかんがえてはいなかったが、それにひとしい罰をあたえて、放逐《ほうちく》はそのあとのことだと、心をきめていたのだ。

実はお民も、うすうすおせんのこわい意図を勘づいていた。たんに、先日まで下女だったのが妾になって、妻妾同居している間《ま》のわるさ、居心地のわるさばかりではない。もともとこわかったお内儀さんが、じぶんがそんな境遇になってから、人の目にはわるていねいなばかりにあしらいながら、内心では何をかんがえているかわからないようなぶきみさを本能的にかんじている。それで、旦那の平右衛門にもべつに妾宅をかまえてくれるようにそれとなく哀願し、平右衛門もそのつもりでいたのだが、急に商用で大坂の薩摩《さつま》藩《はん》の蔵屋敷《くらやしき》にゆかねばならぬことになって、それは帰府後の話になったのだ。

それから半月――まるで針のむしろにすわっているような息苦しさから、いっときでものがれるつもりで、大坂にいった旦那さまの御無事なおかえりを祈るためという名目で、お民は浅草の観音《かんのん》さまへ出かけていって、そしてかえってきた。――

彼女のようすが異様にかわったことをかんじたのはおせんばかりではない。出かけるまえは舌うちしたいほどおどおどしていたのが、妙に横柄《おうへい》になって、あろうことか、切子の小七を呼びつけて奥へ入っていった。小七が、妾になるまえのお民と、むろんこれこそ不義はお家の法度《はっと》だが、顔見あわせては頰あからめる仲であったことは、おせんも知っていることだ。

「お内儀さん」

と、番頭の宗兵衛がそばにきてささやいた。

「いまのお民さんを御覧なさいましたか」

おせんはこたえず、まえでけげんな顔をしているお藤にむかってきいた。

「外でお酒でものんできたのではないかえ」

「とんでもございません。まさか、この暑いのに」

おせんは宗兵衛にいった。

「とにかく、いちおう様子をみてこよう。たしかにお民さんはへんだよ」

奥に入ると、むこうからやってきた下女のお松とぶつかった。何もきかないうちに、お松は息をはずませていった。

「お内儀さん。小七さんがお民さんといっしょに、いま蔵の中へ入ってゆきましたよ。まあ大胆な、ふたりで手に手をとり、肩と肩をぶッつけあって」

四

小七は夢に夢みる思いであった。もとからお民を恋していた。それが苦しいほどわかったのは、そのお民があっというまに旦那のものとなってからだ。それ以来、お民はじぶんの方をふりかえってもくれず、悲嘆のあまり、いちどは首を吊ろうとまでかんがえたくらいで、煙草をきざむ庖丁《ほうちょう》も狂い、闇夜で苦役をしているような思いであったのに、ふいにお民に呼びつけられた。何の用だろうとうたがうまえに、ふらふらと酔ったようにそのあとを追った。

しかし、蔵のまえまできて、彼はからくも理性をとりもどした。

「お民さん、何の用でござります」

「是非、おまえにきいてもらいたいことができたの」

と、お民はいった。白い手はいつのまにか、ねっとりと小七の手をとっていた。

「ひとにきかれてはこまることだから、ね、この中で」

抵抗のしようもなく、ふたりは蔵の中に入った。土戸《つちど》をしめると、お民はそれによりかかって、じっと小七を見つめた。小七はどぎまぎして顔に血がのぼり、肩で息をした。

外には白日がもえているのに、蔵の中はひんやりと冷たく、たかい網戸をとおす光線までが青黴《あおかび》に染まったような色をしていた。お民の眼も、頬も、くびすじもおなじ色にひかっていた。唇がかすかに、切《せつ》なげにうごいた。

「あたし、おまえが好きだったわ」

「お民さん」

小七はあたまがくらくらとした。

「あたしだって、おまえさんを」

お民の唇がにんまりと笑った。それがちかづいてくると、小七のくびに二本の腕がからみついた。小七の胸に、うすい単衣《ひとえ》をとおして、汗ばんだふくよかな乳房がふれ、息が匂った。そのままの姿勢で、小七はあえぎながらあとずさりし、長持《ながもち》におしつけられた。

「お民さん、いけねえ、旦那さまに」

「旦那さまはお留守だわ」

お民のからだはいよいよ蛇のようにまつわりつく。お民がこんなに大胆で情熱的な女だとは思いがけなかった。それも旦那にしこまれたせいか、と思うと、小七は恐れとくやしさに息をふるわせて、

「どうして、お民さんは旦那のものに」

「ゆるして、小七さん、だから」

女のからだの熱さと重みに、小七はずるずるとすわりこんだ。

「旦那がお留守のあいだに、いっしょににげておくれ」

たわわな花のように、お民は小七にぶらさがっていた。いつしか小七の腕は、女のくびれた胴をかかえ、眼は、蹴出《けだ》しから床《ゆか》になげ出されたまっしろな二本のふとももに灼《や》きついた。唇がかさなった。あとはあたまが火のようになって、からだじゅう、じんとしびれてしまった。

夢中ではあったが、土戸《つちど》がかすかにひらいたのはわかった。小七はあわてではね起きようとした。しかし、小七の背に手をからめ、足をからめた女は、熱い膠《にかわ》みたいにねばりついて、なお腰を波うたせていた。小七の唇は、女の唇にふたをされていた。

「こんなことだろうと思っていた」

ふいに頂上から声がふった。はじめてお民もうごきをやめた。

「うごいてはなりませぬ」

と、金属的な声でおせんはいった。

「宗兵衛、そこらの釘に、虫ぼしにつかった綱があるはず、あれをもっておいで」

宗兵衛が綱をもってくると、おせんは、いまみた姿のまま、お民の両手くびと両足くびを、小七の背でしばることを命じた。お民は帯ひとつにきものをまつわらせたような、あられもない姿であった。浮世絵の秘画よりももっと奇怪な四肢のもつれがふたりの足もとにあった。

「お内儀さん。これからどうなされます」

と、宗兵衛は眼をぎらぎらひからせていった。頑固一徹《てつ》の老人だが、さすがに異様な昂奮《こうふん》が眼を酔わせていた。お民が旦那の妾だというより、下女であったという意識が、まだこの老人にある。それに、彼のような皺《しわ》だらけの男でも、にくしみよりも、なぜか人いちばいつよく綱をしめあげたい衝動をおこさせる病的なものが、お民という女にはあった。

「重ねておいて四つにいたしましょうか、それともお上につき出しましょうか」

姦夫《かんぷ》姦婦《かんぷ》はその場において斬り殺してもさしつかえなし、また密通は妻妾を区別せずとは江戸の刑法だ。

「殺して下され」

と、小七はさけんだ。ふたりの姿のうえに、くゎっと白い光がさしこんでいた。土蔵の土戸が大きくひらかれ、お松の注進によってかけつけた切子や下女たちの無数の眼が、ざわざわとふりそそいでいた。

「旦那さまのおかえりを待ちましょう」

じっと立っていたおせんが、やがて嗄《しわが》れた声でいった。宗兵衛は眼をむいた。

「旦那さま？　旦那さまがおかえりになるのは、もう一と月ちかくもあとのことで」

「かまわないよ、あれほどお気にいった女だもの、お留守中に勝手な仕置《しおき》をして、あとでお叱りをうけたら、わたしの立つ瀬がない。このままの姿で、ここに生かしておこう。食べ物や、いろいろの始末は、みんなでかわるがわる世話をしておやり」

やさしい調子でいう。しかしそのことばの内容の恐ろしさに、さすがの宗兵衛もぞっとした。それがこのふたりにとって、なぶり殺しになる以上、地獄以上の罰でなくてなんだろう。宗兵衛は、はじめてこの御殿さがりの上品な内儀の悪魔的な心情をのぞいた思いで、かちかちと歯を鳴らしながら、おせんを見あげた。

おせんはそっぽをむいて、土戸の方をみた。

「みんな、あっちへおゆき」

といった。それから、宗兵衛にもいった。

「おまえもおゆき。どういうわけでこんな不始末をしてくれたのか、わたしだけでききたいことがある」

奉公人たちを追いはらって土戸をしめると、おせんはまたふたりのそばにもどった。不始末を、実は責める気はない。これこそ、心ひそかに待っていたことだ。しかし、それがあんまり早くきて、しかもおあつらえむきすぎるので、彼女の心にも一種の疑惑が萌《も》え出していた。どうにもふしぎなのは、さっきみたお民の異様な変りようだ。

「お民」

と、彼女は、床の上のお民の顔に、顔をさしよせてにくにくしげに呼んだ。

「観音さまのおみくじは大凶と出たそうなが」

お民は眼をとじていた。白蠟《はくろう》のような頬にまつげの翳《かげ》が蒼《あお》くおちている。小七がうめいて身もだえするたびに、それがゆらゆらとうごく。そのゆれる翳が、さっきの痴態《ちたい》のさなかにあったよりも、もっとひどい淫《みだ》らさをかんじさせた。ふいにおせんの心に、理由はなんだっていい、それよりも、煮ようが焼こうが思いのままのいま、この若い美しい女と男を、どうさいなんでやろうか、という残酷な炎がもえあがった。

「外でいったい何かあったのかえ?」

「お内儀《かみ》さん」

と、虫のような声でお民はいった。

「手が……手が痛うございます」

おせんは、小七の背にくくりあわされたお民の両手にちらと眼をおとし、冷笑しようとして、ふっとその視線がうごかなくなった。

綱はふくよかな手くびにくいこんでいる。それは承知の上のはずであったが、それにしても、それはあまりにひどい――綱はまるで手くびをくびりおとしそうにみえるほど食いいってみえたのだ。同情というより、奇怪な感じにおそわれて、思わずおせんは両手で、お民のかさなった両の手くびをつかんでいた。

その刹那、触れたところから、おせんの手ははなれなくなった。おせんは、じぶんの両掌《りょうて》の指さきに、苦鳴もあげ得ぬほどの痛みと灼熱感をおぼえた。その一方の指さきから何かがながれ出し、他方の指さきから何かがながれこんでくる。——

「おみくじは大凶と出ました」

と、お民がひくい声でいった。ふさと眼をとじたまま、

「そのとおり、わたしはほんとうに恐ろしい目にあいました。大川橋にちかい町の椎《しい》の木蔭にすわっていた八卦見《はっけみ》——そのお爺《じい》さんに、手相をみてもらっているうち——」

声が、名状しがたい笑いをおびてきた。

「指さきの血の管《くだ》が、八卦見の血の管とつながって——わたしの血は右手から八卦見に吸いとられ、八卦見の血は左手からわたしのからだにながれこみ——血といっしょに、魂も入れかわってしまったのです。ですから、お内儀さん——いま、しゃべっているのは、声はお民ですけれど、ほんとうは水無瀬竜斎《みなせりゅうさい》という八卦見なのです」

恐怖のあまり、小七はうめき、身もだえしたが、柔軟きわまる女体は彼を蛇のようにしめつけたままであった。

「お民さん、おまえ、気がちがったのか！」

「そして——いま、おなじようにわたしの血はお内儀さんのからだにながれこみ、お内

いるのは――」

儀さんの血は、魂といっしょに入りこみ――そして、この間男《まおとこ》と抱きあってしばられて

その声がほそくなった。小七は、恐ろしいつぎの言葉をきいたのを最後に失神した。

「からだはお民ですが、実はお内儀さんなのですよ」

そういうと、お民は――いや、もしその言葉を信じるなら、お民のからだをもつおせんもまたがくりと首をおとし、こんこんとねむりはじめた。

熔接《ようせつ》されたように指さきでつながっていたふたりの女の両手ははなれた。おせんはゆっくりと立ちあがって、じっとふたりの男女を見おろした。そして、にっと皮肉な片えくぼを彫ったのである。

「そして、ここにいるのは、尾張御土居下組《おわりおどいしたぐみ》、水無瀬竜斎《みなせりゅうさい》」

だれもきくもののない蔵の中の独笑であった。声はもとよりおせんの声だ。

「いや、魂と術のみは竜斎で、からだはおせん」

魂と術のみは――おお、何たる幻妖の忍者であり、忍法であろう。この忍法者の皮膚や血管は、火にとかされた膠《にかわ》のごとく相手の皮膚や血管ととけあって、その全身の血を入れかえるのであった。人間の血液は、大体に於て脈搏数《みゃくはくすう》五、六十、約四、五十秒のあいだに全身を循環《じゅんかん》する。彼の術も、その時間だけを要し、それで足りた。

それから彼は、小七のふくらはぎに小指の爪をあてて、すっとひいた。血があふれ出

した。その血をひとさし指にぬぐいとりつつ、床《ゆか》に蛇のごとくのたくらせはじめたのである。彼はきものをぬぎすてた。夫にもみせたことのないおせんの裸形《らぎょう》であった。それは四十をすぎた女とはみえないほどみずみずしく、凄絶であった。

それから彼は、床の血の蛇のうえにあおむけに横たわり、やがて身を起した。その白い背に、「公方様御側妾《くぼうさまおそばめ》」の六文字が真っ赤に印されて移った。床にのたくらせたのは、その文字を左右逆《ぎゃく》にかいたいわゆる鏡文字《かがみもじ》であったのだ。

「いや、お民のからだでこの美少年と交わるのが快《こころよ》うて、つい時をくった。ひょっとすると、もはやお民が、爺いのからだの中で眼をさましたかもしれぬ。こりゃ、いそがねばならぬわ」

彼は、あわただしくおせんの衣服を、ふたたびおせんのからだにまといはじめた。

五

ちょうど、彼が蔵《くら》の床に血の文字をのたくらせていたころである。店に追いもどされたものの、むろん煙草《たばこ》をきざむこともわすれはてて、いまみた光景について声をざわめかしていた切子《きりこ》たちは、こんどは表からきた狂人におどろかされた。

深編笠《ふかあみがさ》を紐《ひも》はくびにむすんだまま背にずりおとし、ようかん色に色あせたきものをまとった老人なのである。やせこけて、青銅色の顔にあばたをちらしたその老人は、まろぶように店に入ってくると、

「あたしはお民です。お民なんです。どうぞ信じて――」

と、しゃがれた声でさけび出したのだ。みんなあっけにとられ、すぐ四、五人がとび出して、老人を抱きとめた。

「おまえさん、きちがいだな。この暑さにあたまがへんになったとみえる」

しかし、老人は、狂人特有の力を発揮して、みなをふりはなそうともがいた。切子たちはもてあました。

するとそのとき、往来にたちどまって、けげんそうにこちらをのぞきこんでいたひとりの男が、急につかつかと入ってきて、その狂老人をうしろから羽がいじめにした。恐ろしい力であったが、本人はのっぽながら、むしろやせた――顔まで馬面《うまづら》といっていいほどほそながい、これは唐人飴屋《とうじんあめや》であった。背に銅鈸《どうばつ》をかけ、胸にチャルメラをたらし、腰に飴を入れた胴乱をさげ、可笑《おか》しな唐人服をきているが、言葉はいなせな日本語で、

「へい、これアあっしにおまかしなすって」

と、さけんだ。江戸市中どこにでもみられる飴売りの一風俗で、むろん、日本人だ。

老人の片腕をとると、どうしたのか、急に狂人を口から泡をふくばかりにさせて、

「あっしのおやじが、実はきちがいでげしてね、きちがいのあつかいには馴れておりやす」

と、笑って、老人をひきたてて、往来に出ていった。

それから、すぐちかくの路地へつれていって、あたりに人影のないのを見すますと、飴売りは顔から声まで別人のようなきびしいものに変ってききはじめた。

「きちがいに、おまえはきちがいか、ときく馬鹿はねえが、おまえさんのいまわめいていたことに、ちと気にかかることがある。おまえさん、ほんとにきちがいかね？」

「きちがいではありません。あたしはお民という女なんです」

老人は身もだえした。そして、浅草寺《せんそうじ》からのかえり、路傍で逢った八卦見に手相をみてもらっているうちに、指さきに突如はげしい痛みをおぼえると同時に喪神《そうしん》し、気がつくとこのような老人と化して見台につっ伏していたことをいった。むろん最初はそうとはしらず、衣服をみ、皺《しわ》ばんだ手の甲《こう》をみ、頰をなで、そして大川端で水に顔をうつしてみて、ようやくじぶんの変身に気がついたという。――きけばきくほど、狂人のたわごとだ。

路地の上の碧空《あおぞら》には、真夏の雲がひかっている。路地には、片側の黒塀の影が水をうったようにくろぐろと地におちている。

「こ、これは夢ではありますまいか。夢なら、はやく醒《さ》まして――」

影のなかに、あぶら汗の珠を無数にひからせて、髪をかきむしるあばただらけの顔をみているうちに、唐人飴屋のながい顔は、いっそうながくなったようであった。口をあけて、かんがえこんでいるのである。

「……すると、その爺いは、おめえの体内にもぐりこんだわけになるのかな」

と、つぶやいた。

「で、おまえさんのからだはどこへいった？」

ふいに、顔をあげて、飴屋はかけ出した。いままで、すがりつくようにかきくどいていた八卦見の老人は、これも狂乱したようにあとを追い出す。ふたりとも、もとの叶屋《かのうや》へひきかえし出したのである。

飴屋はふりむいて、ちっと舌を鳴らした。くびから、紐をはずした。走りながら、うしろなぐりに片手をふった。何やら凄《すさま》じい金色《こんじき》のひかりが路地をうしろへながれたようであった。ながれたところで、濡手《ぬれて》拭《ぬぐ》いではたいたような音がすると、その金色のひかりは眼にもとまらずながれもどった。

老人はなお四、五歩走った。その肩の上に、首がなかった。それから、つんのめるように前にまろび伏した。稲妻のごとく切断された頸《くび》のきりくちから、まっかな血が路地にぶちまかれた。白髪をふりみだした首は、それより四、五歩うしろの地べたにおちて、なお何やら狂乱のことばを吐き出すもののごとく、ぱあく、ぱあく、と口をうごかせていた。

「よくわからねえが、おそらく御土居下組の忍法に憑《つ》かれた奴。こうしておいた方がおれも安心、また爺いの姿にかえられた女にとっても慈悲だろう。事が片づいたら、あとでゆっくり後生を弔《とむら》ってやろう」

と、唐人飴屋はちらとふりむいていった。その背で、鏘然《しょうぜん》と銅鈸《どうばつ》が鳴った。

「それにしても、もしその八卦見がお民に化けて叶屋にのりこんだとしたら、そのあとおせんの運命が気にかかる。もはや多田仁兵衛さまがおせんをつれ出した時刻、うまくいったか、どうか？」

六

ちょうど彼が、路地で怪老人の狂語をきいているころである。叶屋では、土蔵からおせんがあらわれて、店さきへ出てきた。依然として典雅で凄艶《せいえん》なすがたである。

「宗兵衛、ちょっと用がござんすから、日本橋までいってくるよ」

といった。いままで蔵で何をしていたのか。何の急用で日本橋までゆくのか、という好奇心もさることながら、宗兵衛たちは、さっきやってきた変な老人のことの方に心をうばわれていた。それで、そのことを報告した。

「え、わたしはお民じゃというて、妙なお爺《じい》さまがきたと？」

能面のような顔にあらわれたかすかな困惑を、むろんだれも気づかない。その両手のくすり指が、ぐみのようにまっかな色をしていることには、いよいよ気がつかない。

「きちがいだろう。それで、そのお爺さまはどうしたえ？」

「むろん、きちがいでございまさあ。あばれまわって、手をやいているところへ、都合よく唐人飴屋がやってきて、うまくつれ出していってくれましたよ」

「唐人飴屋？」

つぶやいたが、それだけで、

「あのようなとんでもない不始末をしてくれたお民、何やら魔物にとり憑《つ》かれたとしかかんがえようもない。いまも正気か嘘か、妙なことを口ばしっていたが、まともにはきかないで、しばらくはみせしめのため、あのままにしておいておくれ」

と、いって、履物《はきもの》をつっかけた。そのとき店さきに、一挺《ちょう》の駕籠《かご》がとまった。それに従ってやってきたひとりの立派な武士がつかつかと入ってきて、

「叶屋の御内儀《ごないぎ》、おせんどのはおらるるか」

といった。ちょうどおせんと向いあう位置になった。

「おせんはわたしでございますが」

「おう、そなたか、はじめて御意《ぎょい》を得る。拙者薩藩江戸詰《せっしゃさっぱんえどづめ》の伊集院隼人《いじゅういんはやと》と申すものであるが」

「え、薩摩の――」

「実はけさ、大坂の蔵《くら》屋敷より急飛脚《きゅうびきゃく》が参り、当家の主人平右衛門どののことにつき、いそぎ御内儀に密々《みつみつ》におうかがいいいたしたい儀が出来つかまつってな」

「まあ、何事でございましょう。平右衛門の身にわるいことでも」

「そんなことはない。御心配あるな」

「それならよろしゅうございますけれど、わたしは商《あきな》いの方は、まったく存じませんが」

「いや、商用の件でもござらぬ。またそれほどお手間《てま》はとらせぬはず。迎えの駕籠も同道いたしした」

おせんの顔には、はっきりと困惑の表情があらわれていた。おずおずという。

「わたし、いまちょっと急用で日本橋の方へ出かけるところでございますが」

「お、それならいっそう好都合じゃ。三田にゆく途中、日本橋で用をたされるまで待って進ぜる」

そうまでいわれて、おせんは遁辞《とんじ》をうしなった。衣服をあらためる、といっても、そのままでよいという。おどおどしているところを、かつぎこむように駕籠に入れられた。

てかけ去った。

そして、切子たちが茫然《ぼうぜん》としているあいだに、駕籠はとぶように、日本橋の方へむかっ

それからものの十分とたたぬうちである。店先にまたさっきの唐人飴屋《とうじんあめや》がやってきた。

「おう、飴屋、あの爺いはどうしたえ?」

「やっぱり手におえねえ。いろいろきいているうちに、いきなりあっしの手をふりはらって、きちがい犬みてえにどっかへかけていってしまいやしたよ」

「にげたか。まあ、うちへこなけりゃ、それでいいが、なんだってあの野郎、いうにことをかいて、わたしはお民だなんていいやがったんだろう」

と、番頭の宗兵衛はくびをひねった。

「お民——お民さんといえば、まだ十八の器量よしの——」

「そのお民さんはどこにいなさるんで?」

切子たちはおしだまった。やがて宗兵衛がいった。

「お民さんは、うちの旦那さまのお妾だ。おまえさんなどの知ったことじゃない」

「いえ、それが、どうにも気にかかってならねえことがごぜえます。いまの爺さんが、お民だと名乗った。きちがいと思うのはむりもねえが、そうとばかりいえないふしがあるんでさ。どうやら、あの爺いにお民さんがのりうつって、お民さんにあの爺いがのりうつったような——」

「なんじゃと？」

宗兵衛は眼をむいた。世にも妙な顔をして、

「お民さんは蔵の中にいなさるが、わけあってお内儀さんのおゆるしをいただかなけりゃ、人目にかけるわけにはゆかねえ。そのお内儀さんは、たったいま、薩摩《さつま》屋敷からお迎えがきて、わけもわからねえうちにつれてゆかれちまったし」

「あ、もう――」

と、思わずうなずいて、くるりと背をむけた唐人飴屋は、二、三歩いって何思ったか、またもどってきた。

「やっぱり気にかからあ。お民さんはわけあって、人目にかけるわけにはゆかねえとおっしゃいましたね。それはなぜですかい？」

「飴屋、少しうるさいぞ。おまえ、なんの御威光があって、御用聞きみたいにそんなことをきくんだ」

「しつこいのを承知でうかがいやす。ひょっとすると、お民さんの口からきかなけりゃ、こちらのお店ののれんはおろか、みなさんのおいのちにもかかわることが出来てくるかもしれねえんです」

どういう根拠《こんきよ》で飴屋がそんなことをいい出したのかわからない。しかし、さっきからつづけさまに起る意外事に、切子たちは、おどかすなよ、といいきれぬ不安につきうご

かされていた。ややあって、宗兵衛が動揺した顔色でいった。

「あとでお内儀さんに叱られるかもしれないが、お店ののれんに傷がつくとあっては、知らぬ顔をしてはいられない。よし、あたしの一存で、お民さんに逢わせよう。きくことがあったら、お民さんにきいてもらいたいが、よそにいってしゃべってもらってはこまりますすよ」

念をおしながら、飴屋を土蔵に案内した。

蔵の中で折り重なってしばりあわされ、気をうしなっているふたりの男女をみて、飴屋はまた顔をながくした。

「どういうわけで、だれがこんな目にあわせたんでげす」

「それさ、よそでしゃべってもらっちゃこまるっていったのは。――実はこのお民さんは旦那のお妾なんだが、さっきこの切子と密通している現場をおさえられて、お内儀さんにお仕置をうけたわけさ」

飴屋はかがみこんだ。まず小七が、それからお民が意識をとりもどした。そしてお民のぼんやりとひろがった瞳《ひとみ》が、しだいに一点にすえられると、いきなり彼らをぎょっとさせるような叫び声をたてはじめたのである。

「これはどうしたの。わたしはどうしたの。――はやく、はやくこの綱をといておくれ、お民のしわざだ。宗兵衛、お民はどこへいった？」

「お民は――お民はおめえさまじゃないか」

「何をいうの、わたしはおせんじゃないか。まあ、あいつ、恐ろしい女、さっきお民の指につかまったと思ったら、わたしの指が焼鏝《やきごて》をあてられたように痛んで、それっきり気をうしなってしまったんだ。そのあいだに、あいつはわたしをこんな目にあわせてにげてしまったにちがいない。――」

髪ふりみだしてそうさけぶ声はお民のものであり、まるはだかにちかいその姿はお民そのものにまぎれもない。さっき、汚ならしい爺いが、わたしはお民だなど途方もないことをいったと思ったら、こんどはそのお民が、わたしはおせんだなど、いよいよあらぬことをいう。息をのみ、洞穴みたいに口をあけたのは宗兵衛で、逆に唐人飴屋のぽかんとひらいていた口は、きっとしめられた。

「しまった」

と、彼はうめいた。

「それじゃあ、多田さまのつれ出したおせんというのは――」

七

江戸詰《づめ》の薩藩士《さつぱんし》伊集院隼人《いじゆういんはやと》という偽名《ぎめい》で、叶屋の女房おせんをまんまとおびき出した柳生《やぎゆう》の高弟多田仁兵衛《ただにへえ》は、駕籠にそってたったと走りながら、室町《むろまち》三丁目までくると、駕籠かきに、「そこを左にまわれ」と命じた。

浮世小路をつきぬけると、掘割《ほりわり》につきあたり、ちょっと寂《さび》しくなったその一画に、稲荷《いなり》の社《やしろ》がある。剝《は》げた朱塗《しゆぬり》の鳥居を、西日がきれいに染めていた。あっけにとられた顔で、そこまでゆられてきたおせんは、駕籠が稲荷の裏側にとんとおろされると同時に、

「おや、どうしたのでございます」

と、いった。遠い三田の薩摩屋敷はむろんのこと、彼女の用があるといった日本橋はほんのそこだが、まだ渡っていない。

「御内儀、少しうかがいたいことがある」

と、多田仁兵衛はいって、あごをしゃくった。かねていいふくめてあった駕籠かきは、うなずいて、そっと稲荷の向うへ姿をけしてしまった。

「そなたは……そのむかし、紀州で当上様《とうえさま》の御寵愛をうけたおひとであるな？」

「…………」

おせんは見あげたが、異様にひきゆがんだ仁兵衛の形相《ぎょうそう》に気《け》おされたか、唇をわななかせて、わずかにうなずいた。

「それだけきけばよし、ふびんながら命はもらった！」

さけぶのと、懐中からすべり出した短刀を女の胸につきたてたのと、ぱらりと駕籠の垂れをおろしたのが、同時一瞬のことだ。

柳生高足の腕が泣くほどのたやすい殺人であった。短刀は狙いあやまたず女の心臓部を刺した。このまま立ち去って、あとに駕籠の中に女の屍骸《しがい》が発見されて、やがて叶屋の方で薩摩云々《うんぬん》とさわぎ出しても、それを調べる当《とう》の町奉行は、みずから将軍家の曾《かつ》ての側妾《そばめ》がいま叶屋の女房になっていることをつきとめて、こちらに通報してくれた大岡越前守だ。

「おそいわ、陣内《じんない》」

と、多田仁兵衛はにやりとした。おせんをこの世から消すことは、御庭番城《じょう》ガ沢陣内《さわじんない》と彼との協同作業のはずだったからだ。

「そもそも、たかが女ひとりを殺すに、大の男二人の要る道理がない。況《いわ》んや、忍法をや――」

と、つぶやいたとき、彼の背をすうとうそ寒い風がなでた。掘割から吹きあげる夕風ではない。いま短刀をつき立てたときの手応えを思い出したのだ。いかにやわらかい女の胸とはいえ、それはまるで豆腐でも刺したような感触であった。仁兵衛はふりむいた。

おせんは駕籠の外に立っていた。駕籠にもたれかかって、仁兵衛を見おくっていた。その胸には、柄《つか》まで短刀を埋めたまま、にっと片えくぼを彫っていた。それから、そろそろ片手をあげて、その短刀をひきぬいて、ぽんと仁兵衛の方になげた。

「おまえさん、やりなおしよ」

仁兵衛はかっと眼をむいたまま、彼女を見、短刀を見た。そのどちらにも、一滴《てき》の血しおのあともみえなかった。

「うぬは！」

「いっておいても、もはや大事なかろう。尾張御土居下組、水無瀬竜斎《みなせりゆうさい》とはおれだ」

「あっ」

息をひいたが、多田仁兵衛はなお惑乱している。旋風のごとく抜刀したのは、相手の正体を知ったせいではなく、まだ相手の正体の判断に絶した恐怖のためだ。一足とびにとびかかるやいなや、女の左肩から右脇腹へかけて袈裟《けさ》がけに斬った。斬った仁兵衛がよろめいた。刀身があまりにたやすく、淡雪でもきるように女の右脇腹へとおりぬけたからであった。

「またの名を、蠟涙鬼《ろうるいき》とよぶ者もある」

おせんは笑った。

一瞬に、全身の皮膚、筋肉、内臓、骨の組織を蠟涙《ろうるい》のごとき性状に変じて、刃の走りぬけたあともとどめぬ忍者蠟涙鬼——彼には、鉄砲の弾《たま》ですら無効なのではあるまいか。

しかし、多田仁兵衛にとって、それは信じかねた。何かの錯覚《さっかく》だと思った。何よりも、眼前に立って、おくれ毛を白い頰になぶらせている凄艶な女、たしかに叶屋の女房おせんが、いまきいたぶきみな名の男だなどと信じられようか。

よろめきつつ、そのままからだを一回転させて、ふたたび地を蹴ったのは、さすが柳生の道場で十指のうちにかぞえられる多田仁兵衛だ。その刀身は、おせんの腹部へまっすぐにつきとおされ、鍔《つば》でとまった。

おせんは両腕をあげた。のけぞったのではなく、両腕を輪にして、仁兵衛のくびに巻いたのである。

「いつまでもうぬを相手にあそんではおれぬ」

恐怖と苦悶に満面を充血させた仁兵衛の口のそばで、おせんの息が匂《にお》い、なまめかしい唇は笑った。

「おれは日本橋に用がある」

白い指が、こればかりは鞭《むち》のごとく強靭《きょうじん》に仁兵衛のくびをしめつけ、仁兵衛の口から血泡があふれおちた。そのまま、おせんはしずかに掘割へ寄る。すでに絶命し、ただおせんをつらぬいた刀身と、それをにぎって膠着《こうちゃく》しているこぶしだけに支《ささ》えられた多田仁兵衛の屍骸《しがい》は、あおのけざまに堀へおちた。音もなく、自動的にひきぬかれた一刀を、なおひっつかんだまま。——

おせんは、優雅《ゆうが》に、ほつれたおくれ毛をかきあげていた。

「さて四人目の公方様御側妾《おそばめ》おせんの方の棚ざらし。——」

と、つぶやいた。

八

まっかな夕焼けの日本橋を、人が走った。犬が走った。堀にうかぶ艀《はしけ》も波をみだして寄ってきた。それも道理だ。その日本橋の橋上を、北から南へ、しとしととわたりはじめたひとりの女がある。それが、手にきものと帯をひきずってはいるが、からだは一糸まとわぬ全裸のすがたなのであった。黒髪はみだれて、両肩から、ふたつの盛りあがった乳房にながれているが、そのふくよかな胸、くびれた腰のなんという美しさ、なまめかしさだろう。

「狂人だ」

「きちがい女だ」

はじめ唖然《あぜん》として見おくっていたのが、やがて名状しがたい昂奮を群衆に呼び、はては悲鳴のようなさけびとなってどよもした。

「とめてやれ」

「だれか、つかまえろ」
五、六人、はしりよって、棒をのんだように立ちすくんだ。何かその雪白の背に、赤ぐろい文字《もじ》様《よう》のものが浮かびあがってみえてはいたが、それを読んで彼らは愕然《がくぜん》としたのである。
「公方様御側妾」

裸形の女は悠揚《ゆうよう》として橋の半《なか》ばまであるいていた。だれか、金切声《かなきりごえ》でさけんだ者がある。

「やあ、あれは和泉《いずみ》橋の叶屋のお内儀《かみ》だ」

「そういえば、むかし紀州の奥向きに御奉公にあがっていたことがあるときいたぞ」

「それでは、そのとき、いまの公方様のお手つきになったのだな」

当然人々は、いつかこの南詰の晒《さら》し場にさらされていた三人の女のことを思い出した。あれはいったい何者のためにあんな目にあわされたのか。そしてこの女は、気がふれているとしか思いようがないが、どうして狂ってしまったのか。大それた「公方様」云々《うんぬん》の文字よりも、この事実の背後にうごく影のぶきみさをかんじて、人々は息をのみ、眼を見張ったままであった。

女はあゆみつづける。もはやその周囲に人影はない。

すると、北側の橋のたもとにひしめく群衆をかきわけて、ただひとり走り出した男がある。唐人飴屋《あめや》であった。

「待て、御土居下組の甲賀者」

女はふりむいた。美しい唇をなかばあけ、瞳孔を散大させて、おせんは飴屋の顔をながめた。飴屋はあざ笑った。

「狂人のまねに、おれの眼はくらまされぬ。おれは鍔隠《つばがく》れの伊賀者、城ガ沢陣内、縁あっていま御公儀御庭番となっておる。これだけいえば、うぬも、もはやとぼけてはいられまい」

「鍔隠れか？」

と、おせんはいった。余人にはきこえぬ忍者同志の対話であった。

「よう見ぬいたな。いかにもおれは卍谷《まんじだに》の甲賀者、尾張御土居下組の水無瀬竜斎よ」

たがいに名乗ったのは、礼儀ではなく、相手をこの場に必殺する忍法者の自信からであった。しかも、不敵にも水無瀬竜斎は、くるっと背の変色した血文字をみせて、そのまま橋をわたりにかかった。

城ガ沢陣内の手がくびにかかると、背をこえて金色のひかりが竜斎のうしろ姿にとんだ。陣内が背におうていた銅鈸《どうばつ》であったとみた者も、それがいかに恐るべき武器であるかを見ぬいた者はない。

銅鈸、日本でいう銅拍子《どびょうし》、西洋音楽ではシンバルという。仏教の楽器として用いるものは、直径一尺以上、銅の円盤の中央がふくらんで、これについた皮紐《かわひも》を手くびにからめ、葬礼のとき坊さまが二枚あわせて打ち鳴らすあれだ。ただこの唐人飴屋のもつそれは、周縁が妖刀の刃のごとく砥《と》ぎすまされてあった。

皮紐のさきで凄《すさま》じい速度で旋回《せんかい》しつつとんだ銅鈸は、竜斎の胸をなぎはらって、陣内の手もとにもどった。陣内はかっと眼をむいた。それは「公方様御側妾」の六文字を三文字ずつに斬り、竜斎そのものを両断するはずであった。

竜斎はあゆみつづける。両断されたはずの背は依然として蠟のごとく白く、彼の足は三十七間の日本橋をわたりきろうとしていた。

彼の魂は八卦《はっけ》見からお民にのり移って叶屋に入りこみ、三人目のおせんにのり移った。この美しい狂女が、尾張の忍者であると衆人のだれが知ろう。彼らは叶屋の女房であると思っている。将軍の曾《かつ》ての愛妾だと思っている。してみれば、その側妾を天下の晒し者にするという目的は、それで完全にとげられるわけだ。その目的さえ果たせば、たとえ笑止な伊賀者がいかに地団駄《じだんだ》ふんであがこうが、あと姿をくらますことは闇に墨汁をたらすがごときものだという自信が竜斎にあった。すなわち、南側にひしめく群衆のだれかに左右の指さきがとどけば、魂は数十秒の血の一循《いちじゅん》とともに、その人間の体内にのり変わるのだ。

「伊賀忍法。――」

すでに五間もうしろの棒立ちになって、歯がみしながらうめく城ガ沢陣内の声がきこえた。竜斎は薄笑いした。南詰《みなみづめ》まであと一間であった。

「銅拍子」

さけびとともに、金色の一閃は、ふたたび竜斎の頸《くび》を横に走った。それは蠟を薙《な》いだように通りぬけた。あとに竜斎の首はなかった！

野球でホームランを打たれることを「持ってゆかれた」という。その形容どおり、彼の首はみごとに持ってゆかれたのである。

美しいおせんの首は、皿の瓜のごとく銅拍子にのせられて空《くう》をはしり、そして放物線《ほうぶつせん》をえがいて橋から遠く堀におちた。水面にしぶきをあげるまで、その首の唇は、自信にみちたあでやかな微笑をたたえていた。

なお、二歩三歩あるいた首のない女の裸身は、そのあとでどうと前につっ伏した。それまで金縛《かなしば》りになったように立ちすくんでいた群衆が、悲鳴をあげて波うちながら、うしろにとびのいた。そのひとり、花和尚《かおしよう》の彫物《ほりもの》をした鳶《とび》のものらしい若者だけが、一瞬釘づけになった。

首のない女の屍骸が、蛇みたいに両腕をまえにのばして、彼の両足のゆびをつかんだからである。

しかし、白い虫のようにうごめいた死人の指は、みるみる青ざめて、弱々しく橋の砂をかき、だらんとうごかなくなってしまった。

一循すべき水無瀬竜斎の血液は、切断された頸《くび》のきりくちから、むなしく地上に吐き出されて、橋の欄干《らんかん》の下から雨のように水面へ降りそそいでいた。

忍法「髪飛脚」

一

これほど美しい引廻しの罪人は、五年前の白子屋《しろこや》おくま以上だろうとは、見物人のすべてが昂奮して話しあったことであった。

白子屋おくまは、新材木町の材木問屋の娘だが、婿《むこ》をきらって手代と密通し、下女の少女をそそのかして、眠っている夫を殺害させようとして失敗し、すべてが発覚して、町奉行大岡越前の裁《さば》きにより、享保十二年春、獄門にかけられた女である。このときおくまは、二十三歳、ふだんから美人のうわさの高かった女が、薄化粧《うすげしよう》をし、白無垢《しろむく》の下着《したぎ》に黄八丈の大格子《おおごうし》をかさね、くびに水晶《すいしよう》の数珠《じゆず》をかけて、引廻しの馬に荒縄《あらなわ》でくくられてゆく姿は江戸市民の眼をうばい、引廻しの道順を、さきへさきへと駈けまわって、四度みただの五度みただのという酔狂者が続出したくらいであった。

まっさきに六尺棒をもった非人がふたり、つぎに捨札《すてふだ》と紙幟《かみのぼり》をかかげた白衣《はくい》の非人、さらに抜身の朱槍が三間の空《くう》にきらめき、そのあとに馬上にくくられた囚人《しゆうじん》がつづく。

囚人は、しかし、白子屋おくまのように人をくった盛装ではなかった。島田もくずれて背にたれさがり、眼はうつろにすわっている。それがおくまより年若く、おくまよりたしかに美しいだけに、いっそう凄艶《せいえん》であった。

彼女の唇は、ときどき何やらぶつぶつとつぶやいていた。それが念仏ではないらしいとみて、群衆のなかからさけぶ者があった。

「何だ何だ、何をいってるんだ」

「大きな声できかしてくれ」

「末期《まつご》のことばだ。叶《かの》うことなら何でもきいてやるぜ」

すると、女囚《じょしゅう》は、恐ろしいしゃがれ声でさけび出した。

「わたしは殺されるようなことは何もしていない！　わたしはお民じゃない。わたしは叶屋の女房おせんです。助けて下さい！」

うしろ手にくくりあげられて身もだえする馬の両側に、いかめしい顔でつきそっている馬上の検使《けんし》と町方与力《まちかたよりき》は、陣笠の下で、どこふく風といった態《てい》であった。女囚の身の毛もよだつさけびはつづく。

「わたしを獄門などにすると、きっとあとで公方《くぼう》さまのお咎《とが》めがありますよ！　わたしはただの町家の女房じゃない。わたしは二十年まえに、紀州で上様《うえさま》のお情けをうけた女ですよ！　公方さまにあわせて下さい。公方さまに――」

その言葉に、人々はどよめき、顔を見合わせる。

「気がちがってるのか」

「そうらしい。二十年まえに何とかだっていったって、あの女、みたところ十七、八じゃあねえか」

「見や、そういや捨札にもちゃんときちがいとかいてあらあ」

非人のかかげてゆく捨札は、九尺の札串《ふだくし》に、長さ六尺、幅一尺三寸の札をうちつけたもの、紙幟《かみのぼり》は西ノ内紙《うちがみ》三十六枚を、竪《たて》九枚、横四枚に貼《は》りあわせたもので、ともに四人の姓名と罪状がかいてある。

「あれは神田和泉通りの叶屋《かのうや》平右衛門の妾、お民《たみ》という女だそうな」

「それが、何か憑《つ》きものがして、いまの公方様の御寵愛をうけたなどといい出したのみならず、いたるところの女にもとり憑くらしいや」

「何々、もののけの様子にて怪しきことども口ばしり……うむ、叶屋の女房にもさきほど憑いて、狂《くる》い死《じに》させたとある」

「まったく乱心まぎれなしと申しながら、ふとどき至極につき死罪獄門を申しつくるもの也、か。とんでもねえ女だなあ、いくら美しい女でも、それじゃお仕置《しおき》もむりはねえな」

これは文字のよめる連中で、しかも、いつか日本橋で晒《さら》しの刑をうけた三人の女や、叶屋の女房おせんの奇怪な死をみなかった連中のざわめきであった。ましてや、それらを知っている人々は、

「そうか、それじゃあの途方もねえ女たちは、この女にとり憑かれたものだったのか」

「どうしてまた、色きちがいにもことをかいて、公方様のお妾だったなど、とんでもないことを思いこむようになったものか」

と、くびをひねったり、うなずいたりする。

さけびつづけていた女囚は、やがて声もかれはて、がくりと首をたれると、また虚脱したように馬にゆられてゆく。そのあとに同心や、捕物道具をもった非人のむれが、二十人あまりつづく。

小伝馬町牢屋敷の裏門から出たこの行列は、小舟町から八丁堀、南伝馬町などを経《へ》て、京橋をわたり、やがて芝車町札《ふだ》の辻《つじ》にさしかかった。

品川の海は青あおとひかり、潮風は女囚の黒髪をふきなびかせた。沖《おき》を白い帆《ほ》がいくつか走っている。このあまりにも生命力にみちた夏の景観が、かえって彼女の神経を衝《しょう》撃《げき》したのであろうか。それまで半失神状態にあった女囚は、ふたたび馬上であばれ出したのである。

「わたしを殺すか。公方様は、むかし御寵愛になったわたしを殺しなさるのか。そうときまったら、下賤のものどもに拝ませてやろう」

馬の背ではねかえる足を、狼狽《ろうばい》した口取りの非人がつかまえようとしたが、おそかった。足ではねあげ、潮風にまくれあがった裾《すそ》を、彼女は首をふって歯でくわえた。あっというまに、女の白いふとももの奥は、夏の白日の下にあった。

「そうれ、二十年前、上様に感涙をながさせた秘仏はこれじゃぞ」

彼女はそれまで気がちがってはいなかった。しかし、このときにいたって、この哀れな女囚はまぎれもなく発狂したのである。

みていた群衆は、煮《に》えこぼれるように波うった。ただ彼女の狂態に一驚したのではない。眩《まぶ》しい白光《びやつこう》に照らされた女囚の秘所は無毛であった。

二

彼女がそれまでに発狂しなかったのが、むしろふしぎである。

捨札には、叶屋の妾《めかけ》お民《たみ》とあった。そのとおり、だれがみても十八歳のお民だ。しかし彼女は、ほんとうは叶屋の女房おせんなのであった。

おせんは、蔵《くら》の中でお民を折檻《せつかん》している途中、両の指さきに強烈な痛みをおぼえた瞬間から気をうしなった。指さきでつながった血管から血液が交流すると同時に、ふたりの魂が――実はお民のからだに入りこんでいた水無瀬竜斎の魂と――入れかわったのを、彼女が知る道理がない。それが第一の驚愕《きようがく》なら、じぶんの顔、からだがそっくりお民のそれになっていることを知ったのは第二の驚愕であった。その判断もつかないうちに、どやどやと奉行所から役人がきて、有無《うむ》をいわさず召し捕えられたのだ。

奉行さまにはいちどだけお調べをうけた。市井の評判とはうらはらに、秋霜のごとき感じのする大岡越前守であった。おせんはじぶんをおそった怪異を説くのに苦しんだ。はたせるかな、奉行の顔はいよいよむずかしくなった。やむなく彼女は、じぶんが二十数年前、紀州でいまの上様《うえさま》の寵をうけた過去のあることをもち出した。すると、かえってそれは奉行の眼に凄《すさま》じいひかりをおびさせた。

「乱心者」

それが奉行の唇から吐かれた断罪の言葉であり、魔に魅入《みい》られて奉公人と密通し、その暴露をおそれて主人の妻を狂い死させたというのが、彼女の茫然《ぼうぜん》たる耳におちた判決であった。

彼女はそのまま小伝馬町の牢獄にうつされた。密通の罪はおろか、主人の妻を狂死させたなど、じぶんが妻のおせんなのに、それをいいたてればいいたてるほど、乱心者という断定の罠《わな》におちこんでゆく。彼女がそれまでに発狂しなかったのがふしぎである。さらに昨夜のことだ。

彼女はひとり空屋敷の蔵の中へひかれて入った。牢役人のかかげた提灯《ちょうちん》のひかりに、壁ぎわにならんだものものしい器具がうかびあがって、それが拷問蔵《ごうもんぐら》であるらしいのをみて、おせんは戦慄した。しかし、牢役人は何もせずに出てゆき、扉《とびら》をしめた。あとに彼女ひとりと提灯ひとつがのこされた。

数十分たった。さなきだに静寂をきわめた深夜の牢屋敷だ。厚い壁にかこまれた蔵の中は、蠟《ろう》のもえる音以外、死の世界のようであった。おせんは、身うごきひとつせず、義眼のごとくひらいた眼に、ただ、あぶらのようなものに黒びかりする拷問具《ごうもんぐ》をうつしていたが、それが百何十年かにわたる幾千人の罪人の血だと気がついた刹那、それらから黒いけむりに似たものが螺旋状《らせんじよう》にたちのぼるような気がした。そして、そのなかに、ひとつの黒い影が朦朧《もうろう》とうかび出てきたのを彼女がみたとたん、蠟がもえつきたか、提灯がふっときえてしまった。

彼女は息をのんだ。錯覚《さつかく》かと思った。いままで、そんなところにだれかがいようとは思いもかけなかったうえに——その影のあらわれたところが、実に信じられないものだったからだ。

それはひとつの樽《たる》であった。それも四斗樽《とだる》ではない。たしかに小さな二斗入りの樽だ。どうしてこんなところにそんな樽がおいてあったのかわからない。まさか役人が酒をのみながら拷問《ごうもん》するものとはかんがえられないから、おそらく罪人に水をのませたり、ぶっかけたり、或いは血を洗ったりするために備えてあったものと思われる。——なんにしても、あかん坊でもないかぎり、人間のからだの入る余地のないその樽から、たしかに大人が、ぬっと立ちあがってきたのであった。

「女」

錯覚ではない。闇の中で、まちがいなく男の声がきこえた。

「怪しい者ではない」

と、深夜の牢屋敷の拷問蔵に、二斗樽から出てきた人間がいった。

「奉行様も御存じのことだ。わしがこんなところにひそんでおったのは、少々そなたの胆《きも》をひしいでやろうといういたずらッ気からだよ。もっとも、わしのたのみごとを、おとなしくききいれてもらうためもあるがな」

声は笑いをふくんでいた。

「頼みというのは――そなたの毛をもらいたい」

「――毛？」

「髪の毛ではないぞ」

影の声はそばへ寄ってきた。

「わしの欲しいのは、ほそく、やわらかく、微妙な女人の毛だ。しかも、それは切ってはならぬ。剃《そ》ってはならぬ。むしってもならぬ。左様なことをすれば、毛は死んでしまう。だから、毛嚢《もうのう》ごめに、一本一本しずかにぬきとらねばならぬ。しかも、そなたは、そのあいだ喪神《そうしん》などしてはならぬ」

「…………」

「そなたの毛が一本のこらず欲しい。……きいてくれるか？」

「…………」

「おとなしゅう、ききいれてくれれば、お仕置のこと、奉行様に御慈悲をねがってもやろう」

と、影はいった。

黒闇々《こくあんあん》たる牢獄の底の悪夢としか思えない一夜であった。ふしぎにその男は、闇の中でもよく眼がみえるふしがあったが、おせんには何もみえないのがせめてもの救いであった。ときどきふれる男のからだは、烏賊《いか》みたいにぬめぬめとして骨までへんにやわらかい感触であった。

男は、一本一本、毛をぬきとっていった。ぬきとった毛をどうするのか。いや、いったい何につかうつもりであろうか。そんな疑問は最初のうちだけで、あとは苦痛にみちたおせんのうめき声が、夜をとおして断続した。が、そのあえぎとすすり泣きに、しだいに甘美のひびきがこもり、この場合に、彼女はあやうく忘我の恍惚《こうこつ》にしずみかけた。

――とはいえ、彼女が発狂しなかったのがむしろふしぎである。

おせんの発狂をおさえたのは、その影のいった「お奉行さまへ御慈悲をねがってやる」といった言葉であった。彼女はそれだけにすがりついた。夜があけて、牢役人が入ってきたとき、その男が役人とともに蔵を出ていったのを見てはなおさらのことであった。

朝のひかりでみると、男は五尺をわずかにこえたばかりの小男であった。糸みたいにやせて、年は四十ばかり、闇中の感触も烏賊のようであったが、事実、烏賊そっくりの半透明な肌のいろであった。それにしても、とうていあの樽にひそんでいたことが信じられない。肩すらも入れることは不可能とみえた。おせんは茫然《ぼうぜん》として、その樽をながめ、また男のうしろ姿を見おくった。

それから——彼女は引廻しの馬にのせられた。男の約束をそらに、蹄《ひづめ》は刻々と断頭の座にせまってゆく。——相ついで襲うこの意外で怪奇で恐怖にみちた事態に、たえにたえぬいた彼女の気力の糸は、網膜《もうまく》を紺青《こんじょう》に染める海のいろをみた瞬間にぷつんときれて、ばらばらに吹きみだれてしまったのである。

「そうれ、秘仏開帳《ひぶつかいちょう》、秘仏開帳」

引廻しの馬上で、こうさけんではげらげらと笑う女の姿に、どっとどよめいた群衆は、やがて札の辻からひきかえすこの凄惨な見世物を追いはじめた。引廻しは、ここから赤羽橋をわたり、飯倉《いいぐら》、溜池《ためいけ》、赤坂から、四谷、本郷《ほんごう》、上野、浅草までめぐってゆくのであった。

まばらになりかけた人々のなかで、こうささやきかわす者があった。

「式部《しきぶ》、あれが、公方の妾のひとりだな」

「左様、顔と姿は竜斎のために別人となっておるが、中身《なかみ》はの」

「それで竜斎は、おせんのからだにのりうつって、みごと目的ははたしたものの、何者かのために殺されたといったな。信じられぬ。あの蠟涙鬼の竜斎ともあろうものが」

「竜斎を斃《たお》したものは唐人飴屋《とうじんあめや》の風体《ふうてい》をした男で、そのままどこへともなく姿をけしてしまったというが、たしかに公儀の隠密《おんみつ》だ。しかも、その手練からおして、かならず伊賀鍔隠《つばがく》れの奴」

「それにしても、越前めが、いまの女を引廻しにかけて江戸市中の晒《さら》し者にした心底がわからぬわ。あんなことをわめかれては、いよいよ公方の恥をみずから天下にさらすようなものではないか」

「うむ、先刻からわしもそれをいぶかしゅう思っていたが、いまやっと越前のたくらみが胸におちたような気がする」

「それは？」

「いまの女は、たしかに公方の二十年前の妾だとさけんでおった。しかし、その年ばえからして、だれもそれを信ずる者はおるまい。あれはきちがいじゃとだれも考えたろう。それのみか——以前にわれらが日本橋に晒した女も乱心者と思うばかりか——さらにこれから、われらが晒し者にする女どもも、ことごとくあらぬことを口ばしる狂女だと、町人どもはみるに相違ない。いや、そう思わせるための、越前の布石《ふせき》じゃ」

ふたりの立ち話ではない。それは、三、四人の武家姿もまじってはいたが、ほかに虚《こ》無僧《むそう》、琵琶《びわ》法師《ほうし》、六十六部《ぶ》、山伏《やまぶし》などの、一見ばらばらとみえる一団のあいだの会話であった。彼らはほんのさっき、品川の方から、はなればなれにあるいてきた。

「苦肉の逆手ではあるが、さすがは大岡忠相《ただすけ》、生き馬の眼をぬきかねぬ真似《まね》をする」

「越前が、われらの相手か、式部」

と、虚無僧がうめくのに、武家姿の式部はかぶりをふって、

「いや、そうではあるまい。われらの相手は、いま申したとおり、やはり御庭番の伊賀一党、さればこそ、江戸入りの第一歩からよう気をつけよと、殿がわざわざわしを出迎えにつかわされたのだ」

「ふふ、殿ともあろうお方が、何を伊賀者などを恐れなさって――」

と、山伏がせせら笑って、ややはなれた深編笠の武士たちにあごをしゃくった。

「あの尾張柳生の助人など、きいたら怒るだろうが、実のところ足手まといと思うが、殿の仰《おお》せゆえ、やむなくつれてきたのだ」

三

四谷御門をうつす堀の水が、蒼々《そうそう》と暮れてきた。それにほどちかい、尾張の中屋敷をめぐって、これを見張っている七つの影がある。

喰違《くいちがい》から四谷御門にかけて――また、南の鮫《さめ》ガ橋坂、裏手にあたる仲殿町《なかどのちょう》、或いは西の麴町《こうじまち》十二丁目、十三丁目などに、点々として、しかも水ももらさぬ監視の眼を、むろんふつうの人間が気づくわけもない。ほかに通行人もあるうえに、彼らのすべてが武家姿というわけでもなく、雲水やら、扇《おうぎ》の地紙売りやら、外郎《ういろう》売りやらの姿で、しかも実にさりげなく一帯を徘徊《はいかい》しているのだ。

いうまでもなく、これは公儀御庭番中の精鋭、伊賀鍔隠《つばがく》れ組であった。そもそも御庭番は、将軍の指令一下、ただちにその足で大伝馬町三丁目の通旅籠町《とおりはたごちょう》の呉服店大丸にはしり、幕命によりひそかに設けてあるその一室で、農工商、僧侶、売卜者《ばいぼくしゃ》その他一切の衣裳を以て自由自在に変装し、出立していったという。

彼らが尾張に眼をそそいでいるのは、きょうがはじめてではない。江戸城大奥の御駕《おか》籠台《ごだい》で、吉宗みずからの下知をうけて以来のことだ。とくに彼らが一刻も眼をはなさなかったのは、敵の首領ともいうべき徳川万五郎宗春《むねはる》の動静であった。

その宗春が、きょう午後、市谷御門外の上屋敷から、ひそかにこの中屋敷に入ったという報告に、本能的にただならぬものをおぼえて、彼らはこの屋敷をそれとなくとりかこんだのである。

はたせるかな、それと前後して、中屋敷を三々五々と不審な者が訪れた。まず能楽師の一行《こう》はよいとして、ほかに——方角、時刻はまちまちであったが、十人あまりの武士は怪しむに足りぬとしても、虚無僧、琵琶法師、六十六部、山伏など、まず異形《いぎよう》のものといってよい姿が、飄然《ひようぜん》とその門のなかへ吸いこまれていったのである。それらの大半の足は、ながい旅をしてきたものらしく、埃《ほこり》でまっしろであった。

ひるすぎから屋敷の奥からながれていた能の鼓《つづみ》の音がたえて、それから数刻。——さらに。

尾張屋敷の裏手の仲殿町の往来を、ぶらぶらあるいていた外郎売《ういろう》りの男のそばを、ひとりの武士がすれちがいざまに、

「こんどは、千両箱が入った」

と、ささやいた。

「なに、千両箱？」

「上屋敷《かみやしき》から運びこまれたのを、呂兵衛《ろへえ》がつきとめたそうな。見張りはひとまずおいて、

柳岸院へいってくれ」

と、いいすてて、そのまま風のような足どりで、鮫《さめ》ガ橋坂の方へきえていった。そこにも仲間のひとりが見張っているからである。

やがて、日のくれた柳岸院の柳の大樹の下に、七人の男があつまった。ふるような満天の星であった。

「さて、これをどうみる」

と、みなを見まわしたのは、武家姿にもどっているが、馬のように長い顔、すなわち水無瀬竜斎をたおしたいつかの唐人飴屋、城ガ沢陣内にまぎれもない。

「いよいよ、万五郎さまが、尾張にのこっておる御土居下組を呼びあつめられたものとみる」

と、こたえたのは、外郎売りの砂子《すなご》蔦《つた》十郎であった。

「それは、上様《うえさま》の御寵愛あそばした女人たち——残りあと六人が、みな江戸に住んでおるということか？」

しばらく一同はだまりこんだ。

「それでは、あの千両箱は？」

「おれは、路銀と思う」

「同感だ。ということは、きゃつらが宗春卿《むねはるきょう》の密命をうけて、またどこかへ旅立ってゆくということだ」

「ゆくさきは」

「すなわち、めざす女性たちのおるところ」

「それはどこか？」

彼らはまただまりこんだ。

将軍吉宗から、抹殺《まっさつ》を命じられた七人の女のうち、彼らがきょうまでにつきとめたのは、正直なところ叶屋《かのうや》の女房おせんひとりだけであった。ほとんど同時に、尾張方でも同人をさぐりあてたらしく、間《かん》一髪の争奪戦となって、そのあげく城ガ沢陣内はようやく敵の水無瀬竜斎《みなせりゅうさい》をたおした。たおしたものの――あの竜斎がみずから名乗らなかったら、あれがはたして竜斎であったか、おせんであったか、それともお民という女であったか、いまだに確信はもてなかったろうと思われるほどの奇怪な敵であった。ましてや、あの日本橋の決闘では、公方の妾《めかけ》を晒《さら》し者にするという敵の目的はみごとに果たされ、それ以前に女を消すというこちらの任務は、むしろ失敗したと断ぜざるを得ない。

それ以外に、六人の愛妾はどこにいるのか。――なにしろ、すくなくとも十七年以前、吉宗が紀州時代に情けをかけたという女たちである。彼女らのすべてが江戸にいるという保証はなく、六十余州のどこに住んでいるか見当《けんとう》がつかないだけに、さすがの彼らも焦燥《しょうそう》した。むろん大岡越前の手で必死に探索しているはずだが、とにかく挑戦者は尾張であり、むこうのスタートが早いだけに、まんまと出しぬかれるおそれは充分ある。彼らが、宗春の動静に眼をそそいだのはそのためであった。

その宗春がうごいた。同時に、彼のもとへ、尾州の御土居下組《おどいしたぐみ》とみられる面々があつまり、さらに千両箱が運ばれた。

彼らは何を語り、何をしようとするのか。

「それきくが、早道じゃな」

と、深編笠《ふかあみがさ》のひとりがいった。これは樺伯典《かんばはくてん》という男である。

しかし、それに対して、しばらくだれも返答をしなかった。伯典のいったことは、ここにいるものすべてが胸中に思いうかべたことである。これがふつうの人間の会合ならば、たとえそれがどんなに厳重な警戒裡《り》にあろうと、彼らがそれをたちぎくのにさほどの苦労はない。ただ、相手が忍者のむれとあっては——。

その敵のひとり、水無瀬竜斎をたおした城ガ沢陣内ですら、討ったあとでなお戦慄を禁じ得なかったくらいである。また他の六人も、御土居下組に対して最後の自信はゆるぎないものとしても、決して見くびってはいなかった。

いまはまず、敵の密語をきくことが緊急の用件である。しかし、そのために敵中に入ることは、ほとんど死地に身を投ずることにひとしいといえた。しかも、潜入したものは、かならずその報告を味方にもたらさなければならない。

「おれが死のう」

ひとり、こうつぶやいた者がある。思い決したといった感じではない。それまでほかの仕事に余念もなかったのが、ふといまの話を耳にいれて、かるくうなずいたという調子であった。

「志摩《しま》、いってくれるか」

と、蔦十郎がふりかえった。

ひとり、めだって小柄な影である。本来ならおぼろにしかみえぬ星月夜だが、六人の忍者は、忍者特有の猫眼《びょうがん》で、柳の下の石に坐って、せっせと手もとをうごかしている百《もも》沢《ざわ》志摩の姿を白日の下にみるように見た。

「こんなこともあろうかと、昨夜、髪飛脚《かみびきゃく》を補《おぎな》っておいた」

と、志摩はいう。

彼の口には、小さな、黒い、もじゃもじゃとした鞠《まり》のようなものがくわえられていた。それは毛の一塊《かい》であった。それを一本一本ぬいては、志摩は指さきでねじりあわせているのだ。一本の毛幹の尖端《せんたん》を、他の一本の毛根にくっつけて、ちょいとねじる。すると二本の毛は、毛嚢《もうのう》の粘着力《ねんちゃくりょく》と彼自身の指さきのわざで、一本のようにつながってゆく。それをくりかえし、くりかえし、彼は余念もなく、長い長い毛の糸を紡《つむ》いでいるのであった。

「毛は、ぬいてからあまり古うなると、飛脚の用をせぬようになるのでな。たえず補充しておかねば相《あい》ならぬが、おいそれと陰所《かくしどころ》の毛をぬかせてくれる女がいぬので、いつも苦労をするわ。昨夜ふと、小伝馬町の牢で女囚の毛をもらうことを思い立ったのは、虫の知らせか」

うれしげに笑いながら、つぶやく。口に毛の玉をくわえたまましゃべっているので、不透明な声だ。

「長い、よい毛であった。量もたっぷりとあった」

普通女人の陰毛の長さは四センチ、時には十センチ以上のものもある。数は約二千本といわれる。——まるで名工が天来の材料を手にしたかのような、惚《ほ》れ惚れとしたまなざしだ。

やがて、糸とした毛をこれまた一塊として右のふところに入れ、口にくわえていたのこりの一塊は左のふところにいれて、しずかに立ちあがった。

「ところで、髪飛脚をうけてくれるのはだれだな」

「おれが」

と、雲水姿の男がいった。一ノ目孤雁《めこがん》であった。彼の左眼はつぶれていた。

「では、孤雁のみついてきてくれ。あとはかえってくれてよい。今宵のところは、余分の人数はかえって破綻《はたん》をきたすおそれがある。おれの報告は、孤雁からきいてくれ」

そのまま、百沢志摩の小さな影は、孤雁をしたがえて、飄々《ひょうひょう》とはなれ去った。あともふりかえらずあるいていったが、山門のあたりで、

「おお、星がきれいだなあ」

と、つぶやく百沢志摩の声がきこえた。それからさりげなく詩を吟ずる孤雁の低声が遠ざかっていった。

「風は蕭々《しょうしょう》として易水《えきすい》さむし。……壮士ひとたび去ってまたかえらず……か」

のこりの五人の忍者は、一言も発せず、星影の下に黙然としてつっ立っていた。

四

尾州家には、市谷御門外の上《かみ》屋敷のほかに、麴町と四谷御門外に中屋敷が二つ、木挽《こびき》町《ちょう》と大久保外山《とやま》に下屋敷が二つあった。そのなかで、この四谷御門外の中屋敷がいちばん小さかったが、ここに曾《かつ》ての吉原の太夫春日野《たゆうかすがの》を身請《みう》けして住まわせてあったのは、ここが市谷の本邸にもっともちかかったからであろう。

きょうこの中屋敷にやってきた宗春は、午後から夕にかけて、春日野とともに奥書院で、能をみたり、またみずから舞台に立ったりして遊びぬいていた。

そのあいだ、いくどか愛臣の星野織部《おりべ》がそばに寄って、扇子《せんす》を小びらきにしてささやいた。尾州表《おもて》から呼んだ御土居下組《おどいしたぐみ》、また尾張柳生の剣士の面々の到着をつげたのである。

「十太夫はまだか」

と、そのたびに宗春はきき、その名の男がまだ到着しないという返事をきくと、参府のものどもはしばらく別室に待たせておくようにといった。盃を手に、春日野の嬌姿《きょうし》に身をもたせかけ、微笑をふくんで能舞台をながめている顔は、どこにあれだけの叛骨《はんこつ》を蔵しているのかとふしぎなくらいの閑々《かんかん》たるものであった。

夕刻にいたって、本邸から千両箱がとどいたという報告があった。

「水蓮亭《すいれんてい》に置いておけ。そこにて会おう」

と、宗春はいった。

夜に入って、ようやく山城十太夫が参着したという知らせをきくと、宗春はそのまま能をみているように命じて、すいと立ちあがった。

星明かりのみの暗い水面に、たとえようもない美しいひびきがひろがっていた。まるであの白楽天の「琵琶行《びわこう》」にある「——大珠小珠、玉盤《ギョクバン》ニ落ツ。間関《カンカン》タル鶯語《オウゴ》、花底ニナメラカニ、幽咽《ユウエツ》スル泉流氷下《ヒョウカ》ニナヤメリ。氷泉ハ冷渋《レイジュウ》シテ絃《ゲン》ハ凝絶《ギョウゼツ》シ、凝絶シテ通《ツウ》ゼズ、声シバラク歇《ヤ》ム。――」という琵琶の音そのままに。
しかし、これは無数の鈴の音なのであった。ひろい池にみわたすかぎり睡蓮《すいれん》がうかび、その葉や茎《くき》のいたるところに鈴がむすびつけてあるのだ。風がふき、池にさざ波がわたり、蓮《はす》がそよぐたびに、それは水面や水中で微妙にして甘美な交響を奏《かな》でる。風に鳴るものを風鈴というならば、これは水鈴というべきか。

これは宗春の創案した風流なしかけだが、同時に外部からの曲者《くせもの》をふせぐには、これ以上のものはないしかけでもあった。なんとなれば、池をおよいでくるにせよ、ぐぐってくるにせよ、蓮がうごけば鈴が鳴る、それはあきらかに風のしわざと異《こと》なった音をたてるからだ。鳴子とおなじ意味のもので、これは鳴子などよりはるかに繊細《せんさい》でまた風流なからくりといえた。

この蓮池のまんなかに、十メートル四方くらいの島が築《きず》かれて、その島いっぱいに廻《かい》廊《ろう》をめぐらした風雅な建物《たてもの》が一つ乗って、母屋《おもや》とはさらに三十メートルばかりの渡り廊下でつながれていた。宗春の名づけた「水蓮亭《すいれんてい》」はこれである。

夕刻、渡り廊下を、千両箱がこの水蓮亭にはこびこまれた。はこびこんだ小姓たちは、この千両箱を床の間《ま》におくと、しずかにひきかえして、渡り廊下の入口にあたる母屋の待部屋《まちべや》に坐っていた。

むろん、ここを護っているうえは、水蓮亭に曲者《くせもの》の忍びこめるわけはないから、彼らはときどき水面をわたるかすかな鈴の音に耳をたのしませながら、きょうこの中屋敷をおとずれた奇怪な国侍《くにざむらい》について、ひそやかな噂《うわさ》をかわしていた。

この鈴の交響を奏《かな》でる池が、かえって彼らを油断させたといえる。妖々と、その水の上をひとつの影がわたってきた。

それは小人のように小さく影もうすかったが、たしかに人間であった。その人間は、水を大地のごとくあるいてきた。いや、正確にいえば、水に浮かぶ蓮《はす》の葉を踏石みたいに踏んできた。そして、それに結ばれた鈴は、風にそよぐ以上のひびきをたてなかった。鈴にまじって池で鳴く蛙さえも鳴きやまないのである。

宗春が渡り廊下にかかったのはそれからまもなくであった。雪洞《ぼんぼり》をかかげた小姓が数人さきに立つ。そして水蓮亭に美しく灯《ひ》が入った。数個の雪洞《ぼんぼり》をおいた小姓たちがひきかえすのと入れちがって、黒い影が十三、水の上の廊下をわたっていった。

彼らは床の間のまえに莞爾《かんじ》と坐っている主君のまえに、蜘蛛《くも》のごとく平伏した。

「うるわしき御尊顔を拝したてまつり、恐悦至極に存じまする」

「わざわざの出府大儀じゃ」

と、宗春はうけて、

「さて、このたびその方どもを呼びよせた用件は、すでに知っておろうな」

と、いいかけてから、ふと気づいたように、

「お、江戸詰《えどづめ》のものと、尾張に住む御土居下のものとは、たがいに知らぬものもあろう。これより力をあわせて働いてくれねばならぬ仲間、まず、名乗り合ってもらおうか」

と、右にわだかまった七人の武士たちにあごをしゃくった。

「されば、門奈孫兵衛《もんなまごべえ》でござる」

「杉監物《すぎけんもつ》と申す」

「雨宮嘉門《あまみやかもん》」

「秋月軍太郎でござる」

「遊佐織之介《ゆさおりのすけ》」

「沢左司馬《さわさじま》」

「土肥団右衛門《どひだんえもん》」

七人の武士は面《おもて》をあげて名乗った。年ばえ、顔かたちはさまざまながら、いずれもただものでない眼光である。

「このうち、門奈、杉、雨宮は江戸詰、他の四人は国表にあったものだが、いずれも尾張柳生えりぬきの使い手じゃ」

と、宗春はたのもしげに彼らを見やって、こんどは左に一団となった六人の男に眼をうつした。その六人の男のうち、虚無僧、琵琶《びわ》法師、六十六部《ぶ》、山伏《やまぶし》などの姿をしたも

のがあった。これは、きょう品川から入ってきて、札の辻で引廻しの女囚を見物していた面々であった。

彼らは面を伏せたまま名乗った。剣士たちの朗々《ろうろう》たる声とうってかわり陰々と地にしみいるような声であった。

「山城十太夫でございます」

「鞍掛式部《くらかけしきぶ》でございます」

「不破梵天丸《ふわぼんてんまる》」

「御堂雪千代《みどうゆきちよ》と申しまする」

「木曾ノ碧翁《きそへきおう》で」

「檀宗綱《だんむねつな》と申す。――」

宗春はうなずいていった。

「このうち、鞍掛と不破は余の手もとで使っていたものじゃが、他の四人は国表《くにおもて》にあったもの、いずれも御土居下のもののうち、甲賀卍谷《まんじだに》出身の面々だ」

それから宗春は憮然《ぶぜん》としてつぶやいた。

「本来ならば、ここに水無瀬竜斎《みなせりゅうさい》めもおるはずじゃが、あれは死んだ。竜斎ほどの男を討ち果たしたは、あきらかにただものではない。わしの推察したとおり、公方《くぼう》は御庭番中の忍びの者をつかったとみる。その方らを江戸に呼ぶ使いのものをやったのは竜斎の殺される以前のことじゃが、やはり呼んでよかったと思う」

それから、にこりとした。

「まえまえより、紀州一円にかけて、公方の妾《めかけ》どもの行方をさぐらせていた山城十太夫が探索の首尾よく尾張へかえったならば、尾張におるその方らも、十太夫とともに江戸に参るように命じたは、余が親しくその方らの奮起を望まんがためだ。公方は忍者を使いおる。ふふ、その方らも、おもしろいと思わぬか？」

「道中、十太夫から、公方さまのお妾をさらしものにしてみしょうという殿のおん企《くわだ》てを承《うけたま》わり、また品川で出迎えた式部から、敵が伊賀者であるときいて、われら一同、血ぶるいをおぼえてござります」

と、山伏姿の木曾ノ碧翁が白いひげのなかの口を、きゅっとすぼませて笑った。

「それからまた、その後、不破の探ったところによれば」

と宗春はつづけた。

「公方は、御庭番のみならず江戸柳生のものどもを使う気でおるらしい。さきに、まず三人の妾どもを血祭りにあげた際、樋口《ひぐち》万十郎めに手つだわせたところ、ふびんや、万十郎は江戸柳生のものに討ち果たされた。万十郎は尾張柳生きっての使い手と噂《うわさ》された男、それではと、その方らを呼ぶつもりになったのじゃが」

と、ふたたび、尾張柳生の剣士たちをきっとみる。

「ありがたきお心づかい、誓って、樋口の敵を討たずにおきませぬ」

と、門奈孫兵衛《もんなまごべえ》がこたえた。あとの六人の剣士の眼もはや血ばしっている。

「それでは、十太夫よりきこう。のこる公方の妾どもの名、ゆくえは相わかったか」

と、宗春は山城十太夫の方にむきなおった。品川まで出迎えた鞍掛式部の注意もあって、方角も時間も、わざとまちまちに参集した彼らのなかで、いちばんおそくこの中屋敷にやってきた男であった。

「はっ、その女どもの名は、お駒、お浜、お鏡《きよう》、おぎん、卯月《うづき》、弥生《やよい》。——」

「そのゆくえは？」

「されば」

と、山城十太夫は唇を舌でなめた。障子の外で、水にひろがる蓮《はす》と鈴が、依然として無心で美しいひびきのさざ波をひろげていた。

五

尾州御土居下組《びしゆうおどいしたぐみ》とはいかなるものか。

慶長十五年春、大坂との手切れは遠きにあらずとみた大御所家康《おおごしよいえやす》は、東海の護りをかためるべく、名古屋の築城を諸大名二十家に命じた。この課役の諸大名が、前田、黒田、細川、浅野、加藤、福島、池田、蜂須賀など、いずれも豊臣《とよとみ》恩顧の家々であったことも、その財力を蕩尽《とうじん》させようとする家康らしい辛辣《しんらつ》な謀計《ぼうけい》であったが、大御所の気息をうかがうに汲々《きゅうきゅう》たる諸大名は、夜に日をついで、本丸、二ノ丸、西ノ丸を完成した。これに要した役夫《えきふ》の延《の》べ人数は実に五百六十万人といわれる。しかし家康は、これらの工事割を小部分に刻んで、決してひとりの大名にまとまった工事を行わせず、城の全貌をうかがわせなかったという。――

さらに家康は、二ノ丸西ノ丸をとりかこむ十六万二千二百坪の一廓《かく》に三ノ丸を築くべく、この広大な地域のまわりに濠《ほり》の掘鑿《くっさく》を命じたが、意外にこれが難工事であって、三ノ丸の城に手をつけないうちに、慶長十九年冬、大坂の役起り、翌年豊臣家はほろんで、三ノ丸の築城は立ち消えになった。

この濠を掘った土を以て、三の丸の北側一帯の、人馬もたたぬ大沼沢地帯を埋めてできたのがいわゆる御土居であり、その下に屋敷をあたえられたのが御土居下同心《どうしん》と呼ばれる家柄のものであった。

彼らは表面上、名古屋城内の門や木戸の番所に勤務していたが、その真の役目は、他の藩士すらも知らなかった。

ひとつは、この城が万一落城するような場合、主君を脱出させる役目である。御土居下御側組同心目付、諏訪《すわ》水太夫《すいだゆう》の記録「御土居下雑記」によれば、御城危急のさいは、城の裏の秘密階段から空濠《からぼり》の底をくぐり、この御土居下に出て北方の沼沢地をわたって、木曾路へおちてゆく予定であったといわれる。そして、このとき主君をまもるのが御土居下組であって、ここにはひそかに主君脱出用の「忍駕籠《しのびかご》」までが代々つたえられていたという。

それからもうひとつは、藩主の秘密親衛隊ともいうべき役目であった。右のような異常事態にそなえての日常の鍛練《たんれん》、またこの大秘事を一般家臣からまもるために、平生ほとんど他と隔絶した生活をおくることを余儀なくされていたため、いつしかこの闇黒の特殊任務をあたえられるようになったものと思われる。すなわちこれは、紀州出身の吉宗が創設した「御庭番」に匹敵する――しかも、はるかに伝統がながい――すなわち名古屋城築城とほとんど創始をおなじゅうして、百数十年にわたる――尾州藩の秘密組織であった。

万五郎宗春は、この御土居下組に、甲賀卍谷《まんじだに》出身の忍者を加えた。ここに呼んだ六人は、水無瀬竜斎とあわせ、彼がもっとも信頼し、同時に使役者たる彼すらもときに肌さむさを禁じ得ぬ、魔人ともいうべきものどもであった。

そのひとり、山城十太夫が、上方におけるおのれの探索の報告を語りおえたときだ。

「待たれい」

と、ふいに不破梵天丸《ふわぼんてんまる》がさけんで立った。障子をあけると、満々たる水面をわたってくる涼風が一同のおもてを吹いた。

「なんじゃ」

と、宗春はふりむいた。

「はっ、すこし異《い》な音が――」

「蓮につけた鈴の音であろう。鈴の音に変りはないが」

しかし、不破は急に廻廊にはしりより、欄干に足をかけ、身をさかしまにした。水中の月を狙う猿《ましら》のごとく、彼は水の面から何やらひろいあげた。その掌《てのひら》にきらりとひかったものをみて、宗春は眼をみひらいた。

「それは、小判ではないか。左様なものがどこにあった」

「蓮の葉の上に――一個の鈴とともに」

と、梵天丸はこたえて、なおじっと水面に眼をおとしていた。

「なに、蓮の上に？」

「これと、鈴が相ふれて、異な音をたてたものと存ぜられまする」

そういいながら、梵天丸は、池から這いあがらせた眼を、廻廊の欄干に、そして閾《しきい》に、壁ぎわにそってうごかせていった。

「蓮に小判がのっておる？――奇怪なことを申す、それはまことか。小判と申せば、その方らに路銀をつかわすために――」

と、宗春はさけんで床の間の千両箱をかえりみた。梵天丸の眼も、爛《らん》とひかってその千両箱にそそがれた。

「殿、恐れながら、その千両箱に小判は入っておりましょうか」

「たわけたことを申すな。もとよりだ」

「もしや、何者かが、その千両箱より小判をとり出し、すべてこの水中に捨て――その一枚が、たまたまいまの蓮の葉に――」

「な、何者が左様なことをしたと申すか、そやつはどこからきて、どこへ消えたと申すのか」

さすがの万五郎宗春が、愕然《がくぜん》として立ちあがった。不破梵天丸はかがみこみ、壁ぎわから何やらをすくいとった。それはながい、ひとすじの髪の毛のようなものであった。

「これが池の水面をわたり、この水蓮亭の千両箱に――」

宗春は、その千両箱にはしりより、ふたをあけようとした。

「あぶない！」

と、梵天丸はさけんで、宗春の手をおさえた。

「殿、この中に、敵の忍者がひそんでおりまするぞ」

「なに？」

と、宗春はうめいたきり、絶句して、その千両箱を見つめた。

そんなことが世にあり得ようか。千両箱はみたところ五、六寸に、一尺四、五寸、深さ四、五寸の大きさだ。それだけの箱に、大のおとなはおろか、あかん坊ですら満足に入れようとは思われぬ。

しかし、不破梵天丸はよびかけた。

「伊賀の鍔隠《つばがく》れのものか？」

千両箱の中で、声がきこえた。

「左様」

「もはや、すべてはきいたであろう。もはや観念して名を名のれ」

「御公儀御庭番、百沢志摩《ももざわしま》」

陰々たる声であった。宗春、剣士連はもとより、他の忍者たちも、かっと眼をむいたままである。

百沢志摩は、実に水を入れて二斗あるかなしかの千両箱に入っていたのである。——それはあり得ないこととみえて、不可能なことではなかった。

そもそも、人間の体積はどれくらいあるものか。体積といっても、立方寸、立方メートルではふつうにぴんとこないから、水の容量でいおう。曾《かつ》て作者は風呂に入ってこれを実験したことがある。私は体重五十数キロばかり、十五貫と若干《じゃっかん》という貧弱な肉体の所有者であって、満水の浴槽に頭部もふくめて沈んだとき、あふれた湯の量はわずかに二斗《と》二、三升にすぎなかった。してみれば、その私よりはるかにやせて小柄な百沢志摩の全体積が、二斗以内ということも充分あり得るのである。

ただ、そのためには、全身を粘土《ねんど》のごとく、方円の器《うつわ》にしたがう一塊《かい》のものとすることを要する。それが、この忍者には可能なのであった。彼は全身の関節をすべてはずし、あらゆる骨を軟骨様《なんこつよう》のものにかえた。十二対の肋骨《ろっこつ》は下方にしごかれて傘のごとくおりたたまれ、頭蓋骨《ずがいこつ》ですら、矢状縫合《しじょうほうごう》、冠状縫合《かんじょうほうごう》、三角縫合《かくほうごう》の組みあわせが相重《あいかさ》なって縮小した。人は、生まれたばかりのあかん坊の頭部のかたちが、異様にいびつなものであることを知っているであろう。これは胎児が産道を通過するとき、脳内液《のうないえき》を脊髄管内《せきずいかんない》に流退させて頭部を小さくする「骨重積《こつじゆうせき》」の現象とおなじ頭蓋の応形機能であった。

もしもこのとき千両箱のふたをはねのけてみれば、宗春はこの人間のかたちをなさぬ恐怖すべき忍者の肉塊をみたであろう。しかし、彼はそれをみることができなかった。

千両箱のなかの声は冷然と笑った。

「すべてはきいた。山城十太夫とやらの探索の苦労、大儀であったぞ」

「待て」

と、山城十太夫が立ちあがって、制したがおそかった。

不破梵天丸の満面が怒りに紅潮したかと思うと、彼の片掌《かたて》は千両箱のふたに置かれた。名状しがたい苦鳴が中であがったと思うと、そこから出ているひとすじの毛の糸がぶるぶるとふるえた。

同時に、千両箱のふたが黒けぶりをあげて、掌《てのひら》のかたちをした穴があいたかと思うと、めらめらとたつ炎とともに、吐気《はきけ》をもよおすような肉のやける匂いがたちのぼった。一瞬に、ふれたものは炎とかえる不破梵天丸の忍法「赤不動《あかふどう》」であった。

紡《つむ》がれた陰毛の糸は、ながくながく池をわたり、森の中に入っていた。その森の中にうずくまって、「髪飛脚《かみびきやく》」の一端をにぎっていた雲水姿の一ノ目孤雁《こがん》は、その毛の脈搏《みやくはく》が指さきにつたえる百沢志摩の最後の挨拶《あいさつ》をきいた。

「伊賀は勝つぞ。孤雁、さらばだ」

それは、はるかかなたから毛のさしひき、顫動《せんどう》、弛緩《しかん》が語る彼らのみの会話であった。

孤雁の片眼から、ひとすじの涙がおちた。

が、すぐに彼は、ぱっと墨染の衣の袖をひるがえすと、その名の孤雁のごとく――いや、一羽の魔鳥のごとく、尾張屋敷から星月夜の空へ飛び立っていった。

忍法「埋葬虫」

一

芦《あし》の湯は、箱根七湯のうちで、もっともたかい位置にある。

ここから、むかし北条の出城《でじろ》があったという鷹巣山《たかのすやま》の背をあるいてゆくと、ほとんど箱根の全景を眼にすることができるばかりか、相模灘《さがみなだ》の煙波《えんぱ》のかなたに、淡藍色《たんらんしょく》の影をひく三浦半島も、指さして望むことができる。そして、芦の湯から仰いだのではなんらの奇景でもない双子山《ふたごやま》も、この方角からみると、右の須雲川の大渓谷にながく裾《すそ》をひいて、べつの山みたいな雄々しさを浮きあがらせる。

夏の終り、いちめんに淡紅のすすきの穂をひきはじめた茅原《かやはら》のなかの山道を、ふたりの女があるいていた。この小径《こみち》を、浅間山、城山、湯坂山と、どこまでもつたってゆくと、一里半ばかりで道はひとりでに湯本まで通じている。芦の湯から湯本までは、これがいちばんの捷径《ちかみち》であって、これは湯坂道といって、むろん東海道ではなく、元和《げんな》以前の駅路だが、いまは間道のひとつだ。

「おるん、そろそろ、日がかたむいてきたようじゃな」

と、さきをあるいていた四十ばかりの女が、空をあおいでいった。碧空《へきくう》にところどころ漂っていた紗《しゃ》のような雲が、すこし赤みがかってきたのに気がついたのだ。うしろで、黄色い女郎花《おみなえし》を胸いっぱい摘《つ》んでいた若い女も、その夕焼けのきざしをみて、

「はい、それでは、宿へかえりましょうか、御老女さま」

と、うなずいた。

芦の湯の宿から出てきたふたりは、むろん旅装束《しょうぞく》ではなかった。湯本までおりてゆく身仕度《みじたく》でもない。草履《ぞうり》ばきの軽装だが、下《さ》げ髪をみてもわかるように、これはどちらも武家の女であることはあきらかで、とくに年上の女の方は、色白で、たっぷりふとっているばかりでなく、身のこなしに重々しいところがある。

もときた芦の湯の方角へもどりながら、

「かえるといえば……もう江戸へかえりたいの」

と、つぶやく。

「御老女さま、おからだはもうよろしいのでございますか」

と、女中らしい女は見あげたが、心の中では、この老女のつやつやとした白い肌、そして、この山道をじぶんより息もきらさず散策する足どりなどをみて、このお方のどこが御病気なのだろうといぶかしんだ。

「たまにきた山の景色は美しいが、あまりひと気のないのも、馴れるとかえって病気になりそうな。……」

と、老女がいったとき、おるんがささやいた。

「あ、むこうから、ひとが……」

いまきた芦の湯の方角から、ぶらぶらとあるいてくるふたつの影がある。ひとりは男らしいが、もうひとりは、この山中にめずらしくはなやかな色どりの女であった。したたるような翠《みどり》の松林のなかですれちがう。女は二十歳《はたち》あまり、これも湯治にきているのだろうか、蠟細工《ろうざいく》のような顔色であったが、その妖気の匂《にお》いたつほどな美しさが眼をひいた。

「あ、もし……」

十歩ばかりゆきちがってから、ふいに呼びかけられた。鈴をふるような声だ。女ふたりはふりかえって、その娘が細面《ほそおもて》の顔にきれながの眼をいっぱいにみひらいて、こちらをみているのに向いあった。男はどうやら供のものらしい。ちょっとかがんで、わらじの緒《お》をしめなおしている。

「慮外なことを申しあげまするが……剣気がお身にせまっております」

「なんといいやる」

と、老女は、これも眼を見はった。顔色が変った。それが、突然思いもよらぬ言葉でおどろかされたというより、不安の的《まと》を射られたといった表情であった。

「そなたは、だれじゃ」

娘はだまって、老女の足もとをみた。このとき老女は、いつのまにかじぶんの足くびに一本の赤い絹糸がからんで、それが娘の方へ二メートルばかり地を這っているのに気がついた。娘の手には、おなじ絹糸がだらりと垂れている。

「おゆるし下さいまし」

と、娘は微笑した。

「いま、あなたさまに、ただならぬ凶気《きょうき》の雲のかかっておるように存ぜられ、すれちがいざまに、この糸をかけました」

「この糸はなんじゃ」

「糸占《うらな》いでございます」

「糸占い？」

「相手に糸をかけてひき、切れた場所、また切れて二本となった糸の方角、かたちによって占う方術でございます」

辻占《うらな》い、橋占い、足占い、石占い、歌占い、夢占いなどは耳にしたこともあり、またそのいくつかは占ってもらったこともあるが「糸占い」とはきいたことがない。それだけにいっそうのぶきみさをおぼえるし、またその娘の先刻いった剣気云々《うんぬん》の言葉に思いあたることがあった。

「剣気とは、何者かが、わたしの命を狙っていると申しゃるのかえ」

「はい。それは東の方角から追って参っておるようでございます」

と、娘は地を這う絹糸をながめながらいった。

「江戸から？」

「そこまでわかりませぬ」

「そして、何者が？」

「それもわかりませぬ。ただ、東から追った凶気は、ひしひしとお身をとりまいておりますのがわかるだけでございます。……御用心なされませ」

そういうと、彼女は小腰をかがめて、背をみせた。ふたりは茫然《ぼうぜん》として見おくったままだ。

わらじの緒《お》をなおしていた男は、あわてて立ちあがった。娘は、町娘とも武家の娘とも判断のつかない身なりであったが、男は紺看板《こんかんばん》に梵天帯《ぼんてんおび》、空《から》ッ脛《すね》を出して一本刀という中間姿《ちゆうげんすがた》であった。

「あ、これ。……」

と、老女はよびとめた。

「いまの娘御は、そなたの主人か」

「左様でござります」

と、中間はいった。もみあげが風にふきなびき、金剛力士《こんごうりきし》みたいな顔と肉体をしていた。

「あのお方は、京の禁裡にも御出入なさる陰陽師《おんようじ》安倍《あべの》右陣《うじん》さまの御息女、早蕨《さわらび》さまと仰せられます」

「陰陽師、ほう、それが、どうしてこんなところに」

「されば、この箱根を西へこえた三島に叔父御さまがおすまいなされておりますゆえ、この春ごろからそこへ遊びがてらお下りでござりましたが、この夏から箱根七湯をおめぐりで、けさ、宮の下からそこの芦の湯へ移ってきたばかりでございます」

「芦の湯の、なんという宿じゃ」

「藤屋でござります」

「わたしは伊豆屋に泊っておる。いまの糸占い、気にかかってならぬゆえ、今宵《こよい》にでももういちど占ってもらいたいが……伊豆屋に訪《たず》ねてきてはたもらぬかえ?」

「伊豆屋の何様でござりましょう」

「紀州藩江戸屋敷の奥向きにつかえる年寄弥生《やよい》と申すものじゃ」

年寄といい、老女といい、これは役向きの名で、かならずしも年齢的なものをさすわけではない。幕閣に大老とか若年寄とかいう職名があるのとおなじことだ。げんにこの弥生も年は四十いくつ、いや一見は三十代としかみえぬ豊艶さであった。年寄といえば、大名屋敷の奥向きの総支配ともいうべき重い役目である。中間《ちゅうげん》は、へっとさけんで、またお辞儀をした。

「左様、申しつたえますでござえます」

二

紀州藩江戸屋敷の老女弥生が、十日ばかりまえから、この箱根芦の湯にきて泊っているのは、何も湯治にきたのではない。それは、そくそくとしてせまる或る恐怖からの逃避であった。

弥生はいま年寄をしているが、二十数年前は、時の紀州中納言《ちゅうなごん》吉宗のお手付の中老であった。あまりに濃艶にすぎて、かえって寵愛の期間がみじかかったので、大部分の人は、弥生にそんな履歴《りれき》のあったことを忘れがちである。そして、いま彼女の職掌《しょくしょう》はといえば、むろん表向きではないが、吉宗のあとをついで紀州藩主となった大納言宗直の愛妾の選別役である。しかも、たんに、その王冠の座をあらそう奥女中たちのコンテストの審査員のみならず、宗直の好みの女を求めて、ひろく外部にもスカウトの手をのばすという、いわば彼女は、紀州藩の高級女衒《ぜげん》なのであった。

しかし、この夏のはじめのころから、弥生を突如として襲った恐怖は、いまの職掌にかかわることではなかった。彼女自身わすれていた二十数年前のあの栄光の刻印であった。

この初夏のこと、同藩留守居役久保伊兵衛の妻お秀が、葺屋町《ふきやちょう》で芝居をみてのかえり、行方不明となった。そのお秀が、人のうわさによれば、日本橋でほかのふたりの女とともに全裸の晒《さら》し者となって、しかもその捨札に、彼女たちが以前公方《くぼう》の妾のひとりであったむねがかかれてあったという。その女たちは牢屋敷だか奉行所にひかれていったということだが、それっきりだ。紀州藩の方でひそかに奉行所の方に問いあわせたが、奉行所では、あれは偽者でござったという返事があったといううわさもあるし、いや、奉行所から藩邸に問いあわせがあったが、こちらから左様は女は存ぜぬとつっぱねたというわさもある。ただ、久保伊兵衛がそれからまもなく、武士らしくもなく首をつって自殺したことだけはたしかである。それからまたこの夏、やはり日本橋で、叶屋平右衛門の女房おせんと名乗る狂女が、何者ともしれぬ男に、この世のものとも思われぬ恐ろしい殺されかたをしたという。――

これらの事件は、一般世人以上に弥生を衝撃した。彼女はその女たちの名をすべて知っていた。そして彼女は、その女たちとの共通点――おなじ履歴をもっていることを恐怖したのである。何者かが、その点について身の毛もよだつ企《たく》みをしている。そのことは感得したが、じぶんの過去とそれらの事件をむすびつけて、表立ってどこに保護を申し出るわけにもゆかぬ事実であり、身分であった。彼女はうなされ、いちじは神経症をおこし、ついに宿下りと称して、ひそかにこの箱根山中にのがれてきたのである。

それなのに、東から追ってきた剣気が、もうじぶんをとりまいているとは？

夏の終りとはいえ、箱根のしかも駒ガ岳と双子山《ふたごやま》の山峡《やまあい》だ。小径《こみち》をうずめる尾花を白じろとそよがせる夕風が、急に秋みたいに冷たくなって、弥生と女中のおるんは、ぞっと襟《えり》もとをかきあわせた。――

「あっ。……」

と、弥生がさけんで、ふいに立ちすくんだ。白すすきのなかから、ぬっと立ちあがったひとりの武士が、ゆくての路上にふみこんできて、仁王立ちになった。

「紀州藩御年寄、弥生どのと申さるるはあなたさまか」

と、いうと、つかつかとちかづいてくる。

「い、いや――そなたは？」

と、弥生はふるえながら否定したが、武士は委細かまわず、

「恐れ入ってござるが、あなたさまはそのむかし、紀州表にて当上様《とううえさま》の御寵愛をお受けあそばしたな」

「………」

弥生はこたえなかったが、何よりもよくしゃべるその紙のような顔色をみて、武士は

ぷっつり鯉口をきった。とみて、女中のおるんが、ひいっと悲鳴をあげてうしろへにげ走ったが、その悲鳴の尾もきえぬうちに、それはたまぎるような断末魔の声と変った。

にげていった反対の山道に、もうひとりの武士が血刀をひっさげて、ぬっと立ちふさがっていたのである。

「その御果報が身の因果。……無惨なれど御命頂戴いたさねばならぬ」

こちらも、はやひきぬかれた刀身が、まだ肌にふれぬうちから、弥生はすでに死びとのように硬直していた。――が、夕風にひらめきかけた刀身は、突如としてぴたと静止した。その鍔《つば》もとからきっさきにかけて、蝶がとまっている。

一匹ではない、三匹、五匹、七匹、しかもなお夕空から舞いおりてくる無数の蝶は、みるみるその刀のみねをうずめ、なお武士のたぶさに、肩に、腕にとまる。それは、弥生の背後からせまりかけたもうひとりの武士にも同様であった。

しかし、世にこのような華麗な蝶があるであろうか。黄、紅、白、紫、黒、それが異様に妖しいひかりすら放って風にびらびらびら――と羽根をそよがせているのは、まるで妖異な花びらかとも見まごうばかりだ。

「や?」

と、ふたりが眼をむいたとき、鷹巣山の方角から、疾風のごとくかけてきた者がある。

弥生はかすんだ眼で、それがさっきの陰陽師についていた中間《ちゅうげん》であることをみとめた。

猛然としてふたりの武士は、ふたたび行動にうつろうとした。刃がうごくと蝶のむれもぱっととび立った。鼻さきを交錯する五色の渦に、ふたりは思わず片手をあげて眼をおさえる。

中間の足が大地を蹴ると、彼のからだは一方の武士の頭上をかるがるとこえて、弥生をまもって、すくっと立った。片手にきらめく一刀で、斬ろうと思えばひとりの武士は斬れたろうに、あえてそれをしなかったのは、まずこの老女をかばうことが先決と判断したようだが、このとき、ふたりの武士の面上にまつわる無数の蝶に気がついて、

「なるほど、これが、あれか」

といった。どういう意味でいったのかわからない。それから、

「早蕨《さわらび》さまのお申しつけにより、お救い申しあげまするぞ。しばらく、ごめん」

さけぶと同時に、左腕が弥生の脾腹《ひばら》にはしって、彼女を悶絶させた。夏草のなかへ、横ッとびに崩れ伏した女には眼もくれず、

「うぬら、御庭番の伊賀衆か？」

と、いった。弥生を失神させたのは、この場合むしろおとなしく地に横たえる方が、敵の刃をふせぐのに効果的だとみた行為だが、水際だったやりくちであった。

「こ、こやつ――御土居下組の奴だな」

羽ばたく蝶の眩惑に、満面ひきゆがめて相手はうめく。

「そうではない。おれは、尾張柳生の一門、秋月軍太郎。万華蝶《まんげちょう》の忍法をつかったものはべつにあるが、やい、うぬら、伊賀者ならばみごとその忍法を破ってみろ」

「伊賀者ではない。——そうか、うぬは尾張柳生か。それならそれで、望む相手だ。おれは江戸柳生の熊谷頼母《くまがいたのも》」

「寺西大八郎だ」

と、背後のひとりがわめいて、二、三歩、つつと出かかったが、このときまたも舞ってきた真っ黒な蝶が、羽根をひろげてぴたとその両眼をふさいでしまった。同時に、うしろなぐりにうなってきた秋月の銀蛇《ぎんだ》に、江戸柳生えりぬきの寺西大八郎ともあろうものが、この敵の刃影すら見ずに、ばふっとそののど笛から鯨《くじら》みたいに血と息を吹きあげていた。

背後にまわした一刀は、そのまま一根二針の松葉のごとくはねかえって、正面の敵熊谷頼母の刃とかみ合う——はずなのが、さすがはこれまた江戸柳生の高弟の一撃は、そのまもあらせず襲いかかって、刃はあわず、中間姿の秋月軍太郎はわずかに腰をひねって横へとびかけたが、足がもつれて、どうところがる。

えたりや、とすでに血笑《けっしょう》の声をたてた熊谷頼母の唇が、この刹那に、ふわと黄色い蝶に覆《おお》われた。ただそればかりではない、一刀をふりかぶったまま彼がよろめいたのは、口のみならず眼も鼻も、いや満面五彩の頭巾をかぶったかのように、蝶のむれに覆いつくされたからであった。

横ざまにたおれたままの秋月軍太郎の刀身が、その棒立ちになった胴をなぎあげた。まるで大根をきるような屠殺《とさつ》であった。血しぶきのみならず、内臓の飛沫《ひまつ》までがとんで、火の泥みたいに軍太郎の顔に貼《は》りついた。

顔をなではらい、彼はたちあがり、地上を見おろして、ぎょっとした。むろん、いまじぶんの斬ったふたりの男の屍骸《しがい》ではない、あの蝶のむれはどこへいったか——路いちめんにおち散らばっているのは、女郎花《おみなえし》、かぶと菊、野菊、萩、桔梗《ききよう》などの花びらばかりであった。

野道を、しとしとと、早蕨があるいてきた。片手に女郎花の一枝をさげ、すきとおるような笑顔をしている。

「……秋月さま、御無事で何より……」

白い米つぶみたいな歯が、にっとこぼれた。

「要《い》らざることを」

と、軍太郎は舌うちしたが、しかし、あるきながら早蕨《さわらび》が、いたずらのように女郎花の花をちぎって空になげ、それがたちまち黄色い蝶となって舞いとんでゆくのを、忍法「万華蝶《まんげちよう》」とは承知していても、それ以上、まけおしみの言葉は出なかった。

ようやく、失神した弥生のそばへあゆみよりながら、

「やはり、これは生かしたまま江戸へおくるか？」

と、きく。早蕨は微笑を消して、うなずいた。

「はい。この山中では晒《さら》し者にしたところで見るものもありませぬ。なるべくならば、例のとおり、お江戸日本橋で」

三

一刻《とき》ののち、なお気を失ったままの弥生を中間《ちゅうげん》がかつぎ、早蕨がつきそって、夕霧のただよう芦の湯の湯治場にもどってきた。

寛政年間に編《あ》まれた「東海道名所図絵《ずえ》」に、この芦の湯を「七湯のその一なり。権現坂よりこれまで一里。浴屋《よくや》は町の中にあり。一二三と仕切って入湯す。気味しぶくにがし。また硫黄《いおう》の香つよし。ながれ湯みな黄色なり。効能は、癩《らい》病、黴《しつ》病、五痔、一切の腫物《しゅもつ》に相応してはやく治《じ》す。浴屋のまえ両側に一町ばかり、入湯の宿ありて綺麗《きれい》なり」とある。それより六十数年前のこの当時には、宿の数ははるかに少なかったが、しかし諸侯や富商などの来遊もまれではない箱根七湯の一として、大半は草葺《くさぶ》き、また板葺きに石をおいた家だが、書院作り、数寄屋《すきや》作りの宿も数軒はあった。伊豆屋もそのひとつだ。

　あちらこちらから、黄色い湯気のたちのぼっている芦の湯の家並《やなみ》のあいだをあるいていって、その伊豆屋に入ろうとするすぐ手前で、ふっと早蕨がたちどまった。

　もう蒼茫《そうぼう》たる暮色の往来を、ひとりの雲水があるいてきた。蝙蝠《こうもり》みたいに墨染の衣をひるがえし、大きな網代笠《あじろがさ》をかぶっている。飄々《ひょうひょう》たる足どりでちかづいて、また飄々とすれちがっていった。

「……忍者」

　と、早蕨がつぶやいた。

「なに？　あの僧が？」

「あれは、たしかに伊賀者です」

「いまの、江戸柳生の奴らと一味？」

「おそらく」

「よし、追って、しとめよう」

「お待ち下さい。……きゃつ、ふしぎな奴」

「そなた、恐ろしいのか」

「秋月さま、いまの雲水の顔をごらんあそばしたか」

「いや」

「笠の下は、片目でした。その片眼のひかりで……むこうも、たしかにわたしを忍者と知ったはず。それなのに、いま……斬ろうと思えば一太刀で斬れたほど八方破れのかまえで通りすぎてゆきました。生きているうちから、きゃつ、何やら死びとの匂いがしておりました。そこが……」

秋月軍太郎は、早蕨の顔をみた。この美しい忍者の顔色が、蒼《あお》い夕霧と黄色い湯けむりのなかに、はじめてみる恐怖にゆらめいているようにみえた。

「すでに、敵は尾張屋敷の水蓮亭から、公方の妾どもの所在をさぐりあてたはず。紀州屋敷にいた老女弥生が、この芦の湯ににげてきておることも、われらと同時につきとめたとみることも不自然ではありませぬ。これは、容易なことで江戸にはかえれませぬなあ」

すぐに早蕨は微笑した。

「いや、ゆきましょう。何はともあれ、めざすこの獲物《えもの》を手中のものにするが先決。きゃつのことはいずれ何とか」

陰陽師。——

その名は、弥生《やよい》もきいたことがある。とくに、平安のむかし名の高かった安倍晴明《あべのせいめい》が、「式神《しきしん》」という眼にみえぬ怪物をつかって、他の陰陽師の呪殺《じゅさつ》をふせいだり、草の葉をなげて池の蛙《かわず》を殺したり、金毛九尾の狐を調伏したり、或いは関白《かんぱく》道長を呪《のろ》う方術師芦《あし》屋道満《やどうまん》を、紙の鷺《さぎ》をとばしてとらえた話などを読んだ記憶のあるのは、あれは「今昔《こんじやく》物語」であったか、「宇治拾遺《うじしゆうい》物語」であったろうか。——

事実は、いわゆる天文暦数《れきすう》を専門とし、ときに、それにちなんだ卜筮をする職能の所有者であったろうが、しかし、弥生はその伝説どおりの陰陽師をはからずも見出したのである。事にさきだって兇運を予言したあの糸占い、また、じぶんを襲ったあの魔剣のまえにみだれとんでいた五色の蝶——彼女は、それが早蕨のとばした「万華蝶《まんげちよう》」であるとは知らなかったが、それをきけばいよいよ早蕨のもつふしぎな能力に心酔したろう——失神直前にみたあの蝶のむれは、眼花《がんか》のようにまだまぶたにのこっている。

芦の湯の宿伊豆屋で眼をあけた弥生は、枕頭で気づかわしげにのぞきこんでいるその陰陽師の娘を見た。

「お気がつかれましたか。もう大丈夫でございます」

早蕨は、兇賊はふたりとも、中間《ちゆうげん》の軍平が誅戮《ちゆうりく》したことをつげた。たとえ、じぶんを襲撃した者を斬ったのが、中間であることをきいても、命の親がこの娘であることに変りはない。

「あの、おるんは?」

「御女中でございますか。あれは、むごたらしや」

といって、早蕨は眼を伏せた。弥生は戦慄した。

「あの曲者《くせもの》は、いったい何者であったろう」

「わかりませぬ。あとで軍平が、ひとり生かしておいて、事の次第をきくのであったとくやんでおりましたが」

「その中間どのは？」

「御老女さま、お命を狙う曲者は、まだこの芦の湯を徘徊《はいかい》しておるようでございます。ついいましがたも、この宿の入口をのぞきこんでいるあやしい影がございました。軍平はそれを追ってかけ出していったのでございます」

弥生はがばと褥《ねや》のうえにおきあがった。

「え、この宿にも……ああ、わたしはどうしたらよかろう。どうしたら？」

弥生のあさましいまでの恐怖のもだえを、早蕨は寂然《じゃくねん》と見つめていたが、やがていった。

「さっき軍平から承わったところでは、あなたさまは江戸の紀州様御屋敷の御年寄でおいであそばすとか、いっそ御屋敷へおかえりなされた方がいいのではありませんか」

そのとおりであった。影なき敵におびえてにげてきたこの箱根に、ついに敵の影があらわれてきたとあれば、むしろ紀州屋敷の奥ふかくひそんでいる方が安全といえる。しかし、たったひとりとなったいま、はたしてぶじに江戸にかえれるだろうか。そしてまた、じぶんを狙う影——あのふたりの武士は、たしかにじぶんが公方様《くぼうさま》のむかしの側妾《そばめ》であったかとききただしたが——いったい彼らは何者だろう？

早蕨もそのことをきいた。

「あの男たちに、思いあたられることはありませぬか？」

「ない」

じぶんがいまの将軍の愛妾であったことは、めったに口外できることではなかった。事実、そのことで、しかも二十何年もたったいま、どうして命を狙われることになったのか、見当《けんとう》もつかないのだ。ひょっとしたら、その公方さまからつかわされた死の使者ではあるまいか、漠然《ばくぜん》としたそんな疑心暗鬼もあって、かんがえていると、坐っているこの場所が、じりじりと果てしのない淵《ふち》へ沈みこんでゆくような恐ろしさに襲われてくるのであった。

「ああ、わたしはどこへにげたらよかろう」

と、両掌《りょうて》を頰にあてようとして、ふっと気がついた。その一方の手くびにまたあの赤い糸がからみついて、娘のひざにすうとのびている。はっとしたとき、その絹糸はぷつりときれた。

「西へ」

と、早蕨はたたみに這《は》う糸のかたちを見おろしてつぶやいた。

「御免下さいまし。また糸で占わせていただきました」

　と、娘は黒い眼をあげていった。

「あなたさまのお命を救うには、西へおにげなさるよりほかはないと、糸占いには出ておりまする」

「西へ、西のどこへ」

「それはわかりませぬ」

　と、早蕨はむしろ冷やかにこたえたが、そのきれながの眼に、ふと微笑の灯《ひ》がともった。

「御老女さま、いっそ三島のわたしの叔父のところへおいでになりませぬか」

　と、いった。

　弥生はあっけにとられたように、この陰陽師の娘の顔をながめていた。ふと、理屈もなく、この娘にひどく牽《ひ》かれるもののあることをおぼえたのはこのときだ。決して命をたすけられたせいばかりでなく、ふしぎに弥生は、血のどよめくような思いがした。それはなぜだかわからない。ただ、いま娘の申し出てくれた場所よりこの難をのがれるところはないと思案した。

「そなたの叔父御《おじご》も、陰陽師かえ」

「いいえ、神官でございます」

「あの中間どのから、父御は安倍右陣《あべのうじん》と申される由をきいたが、もしかしたら、そのむかしの安倍晴明の血をひくものかえ」

「京の家にあります系図には、左様にあるようでございます」

「おお、やはりのう。わたしがここでそなたに逢えたということは、ほんに天の……」

そのとき、たたみに這っていた赤い絹糸に波がうった。早蕨は愕然《がくぜん》としてたちあがった。

「御老女さま、すぐ御支度をねがいまする」

「なんと、いま発《た》つと申しゃるか」

「はい。何者かは存じませぬが、東の方よりこの家にむかい、ただならぬ剣気のちかづいてくるのが、糸占いに出てござります」

弥生はうろうろとたちあがりながら、

「お関所は、どうするえ。西へ越す手形は、わたしはもっておらぬが」

「手形など、どうにもなります。この夏から七湯をめぐっているわたしは、関所のお役人とも親しゅうございますし、それに、お役人も知らぬ間道《かんどう》も存じております。……とにかく、はやく」

——その実、早蕨はそんな目算はなかった。さっき、秋月軍太郎と談合した結果、敵が弥生のいる場所とじぶんたちのことをさぐりあてた以上、ここから江戸まで二十五里、すくなくとも弥生をぶじに東海道を通らせることは至難であるという結論に達したのだ。そして、逆に西へ沼津へおりて、そこから舟で江戸へはこぶという手をかんがえついたのである。そのために、例の忍者と確信される雲水の眼をこの宿からはなすべく、軍太郎が囮《おとり》となって出ていった。そのすきに弥生を宿からつれ出すことが緊急の用で、糸占いなどはむろん目眩《めくらまし》だ。

「軍平とやらは？」

「宿の主人に置手紙をあずけて参りましょう」

「怪しい影を追っていったとやら、大事ないかえ？」

「あれは下郎ながら、あなたさまを襲ったお武家ふたりを斬ってすてた男でございます」

ふたりが、蒼惶《そうこう》と伊豆屋を去ったのは、それから二十分とたってはいなかった。

四

怪しい影を追っているのは、行脚僧《あんぎやそう》の方であった。

伊豆屋から、ひとりの中間《ちゆうげん》が出てきた。これは、忍者ではない、とすでに雲水はさっき往還《おうかん》ですれちがったときから看破している。彼が狙っているもの、また追っている主《しゆ》目標は、この中間ではない。……にもかかわらず、ふっと彼が一眼をすえたのは、その中間の紺の半被《はっぴ》の肩にとまって、びらびらびら――と夜風にそよいでいるものであった。

赤い鎌のような月が、双子《ふたご》山《やま》の肩にかかっているが、地上にひかりはなく、夜の芦の湯はほとんど闇にひとしかった。その闇も真昼のように見える忍者の眼が、かえって誘いにのる罠《わな》であったといえる。中間の肩に五彩の花環《はなわ》のごとくそよいでいるものが、無数の蝶であることをみとめると、

――はて、きゃつ？

と、網代笠《あじろがさ》をかたむけ、

――この夜、急にどこへゆくのか？

しばらくかんがえていたが、雲水は中間のあとを追いはじめた。その蝶の妖《あや》しさに、ついひかれたのである。

もとより中間は追跡者に気づかぬようすだ。あともふりかえらず、阿字《あじ》ガ池から駒ガ岳の山道をとっととあるいてゆく。――いうまでもなく、秋月軍太郎は承知している。敵はみごとにひっかかった。

彼の役目は、この馬鹿者を一刻、二刻、得べくんば一夜じゅうでも箱根山中をひきずりまわすことである。ただ、それだけで結構であると、さっき早蕨に釘をさされたのが気にくわない。

宿を出るとき、早蕨が彼の肩に花びらをふりまきながら、こんこんといったことである。

「あなたさまは、あの雲水に手を出されてはなりませぬ。あれは、何やら妙な、恐ろしい匂いがいたしまする。わたしがこんな気分になったのははじめてでござりますが……」

肩の花は蝶となった。

「いや、あれはいずれ、わたしの手で討ち果たしましょうが、今夜ただいまの用は、きゃつの眼をのがれて弥生をつれ出すことが第一、決してあの雲水に仕かけられますな」

早蕨ほどのものが、ただならぬ顔色をしずめてそうくりかえしたのを、彼はただおのれへの侮辱《ぶじょく》ととった。反論するいとまもないので、こともなげにうなずいただけだが、心中、公方の狗《いぬ》め、何ほどのことやあると、かえって敵愾《てきがい》の炎をかきたてて出てきたのである。

風が、鼻孔に異様な臭気をおくってきた。硫黄《いおう》の匂いであった。あたりの風物は、突如として荒涼の気をおびてきた。一草一木すらもない、ただ磊々《らいらい》たる石ころばかりの山腹だ。ところどころから、黄色い蒸気がたかくひくくわきあがり、うずまきながれている。凄惨《せいさん》な死の世界そのままの光景なのに、大地は熱い。――芦の湯のいわゆる「小地獄」がここであった。

「偽雲水《にせうんすい》」

ふいに頭上から声がかかったかと思うと、どうっと吹きおろす風と蒸気にまじって、ばらばらと僧の顔にふきつけてきたものがある。それが蝶だとみた刹那、くるっと彼は網代笠《あじろがさ》をかたむけて、眼をふせいだ。

手をのばして、笠にとまったものをつかむ。ひとにぎりの花びらだ。

「うかうかと、よう誘い出されたな、公儀の狗《いぬ》。公方の妾をさがしにきたか。あれはそろそろうぐいす坂のあたりまでにげておろう。あはははははは」

大きな石に腰をおろし、秋月軍太郎はのけぞりかえって哄笑《こうしょう》した。ぬうと立ちあがり、はやくも腰の一刀をひきぬいた姿は、ゆらめき昇る湯気のなかに金剛力士さながらの闘志にふくれあがってみえた。

「うろたえたとて、もうおそいわ。もはや、うぬを生かしてはかえさぬ。おれは尾張柳生の一門、秋月軍太郎、冥土《めいど》の土産《みやげ》にきいてゆけといいたいが、ここはちょうどその名も地獄、閻魔《えんま》の裁《さば》きと思って、まずうぬの娑婆《しゃば》の名を名乗れ」

雲水は十メートルも下から、なお笠で面を覆《おお》ったまま、錆《さび》をふくんだ声でこたえた。

「拙僧《せっそう》か。拙僧が俗のころの名は、御庭番一ノ目《め》孤《こ》雁《がん》とか申した」

笠をとりのけ、じろっと見あげた眼はただ一つであった。その笠を手にしたまま、腰に如意棒はおろか、寸鉄すらもおびているとみえぬ雲水めがけ、秋月軍太郎の姿は鷲《わし》みたいにおどりかかった。

「坊主《ぼうず》っ、念仏をとなえろ！」

ほとんどその足の下で、孤雁のつぶれていた一眼がひらいた。その眼窩《がんか》からひとすじの煙のようなものが、矢のごとく噴いて秋月の面上で散った。散ったものの正体が何であったか、果して彼が見とめ得たかどうか。——

その刹那、秋月軍太郎は、虚空で両眼に刺すような痛みをおぼえた。名状しがたい絶《ぜっ》叫《きょう》をあげて、そのからだは一塊となって地上にころがりおち、どどと数メートル山腹をすべっていった。

奇怪なのは一ノ目孤雁が空中に噴出した煙のようなものだ。それはいちどぼやっと水ににじむ墨汁のごとくひろがったが、ふたたび漏斗状《ろうとじょう》にすぼまり、一線となり、すうと孤雁の洞穴《ほらあな》に似た眼の穴に吸いもどされていったのである。そして、その眼はふたたびぴたととじられた。

それから彼は、墨染の衣をひるがえし、ぴょい、ぴょい、と石の上を躍っていって、地上をのたうちまわる盲目の秋月軍太郎のそばに立った。そして、足もとの沢庵石ほどの石をかかえあげた。

「うふふ、殊勝や、念仏をとなえてくれと申したな？」

石はおとされた。

「南無阿弥陀仏《なむあみだぶつ》」という声は、脳漿《のうしょう》の泥しぶきをさけて、二メートルばかり、ふわととびのいた距離できこえた。

五

芦の湯から双子山《ふたごやま》のふもとをめぐって権現坂《ごんげんざか》（今の元箱根《もとはこね》）まで約一里、ひとすじの道をうぐいす坂というのは、両側のいわゆる箱根竹の籔《やぶ》に、八月なかばまで鶯《うぐいす》が鳴きしきっているからだ。そのうぐいす坂にかかると、下から湿《しめ》っぽい冷気がどうっと面《おもて》に吹きあげてくるのは、芦の湖からの夜風であった。

「早蕨《さわらび》、待ってたも」

弥生はあえぎあえぎいう。下り坂とはいえ、闇夜の悪路だ。胸はふいごみたいに熱く波うった。

「そんなに早くかけては、わたしは切ない」

「そんなことを申されているときではありませぬ」

蠟《ろう》のような顔色の娘であったが、さすがに若い。それに、彼女自身糸占《うらな》いの恐怖におびえているのか、その走る足は羚羊《かもしか》よりも早かった。宿を出るとき、夜発《よだ》ちの用心にといって、宿の亭主から買いうけてきた一刀を小わきにかかえていた。

「ええ、是非もない。それではお手を」

早蕨は、弥生の手をとって走り出した。

闇の中を、手をとられてまろぶようにかけながら、この恐怖とあえぎのなかに、弥生はまたふしぎな恍惚《こうこつ》をおぼえはじめていた。膠着《こうちゃく》した白い掌と掌《て》の感覚から、血のざわめくような陶酔《とうすい》が脈打ってくるのだ。

「ああ、もうたまらぬ。早蕨、かんにんしや」

空よりもおぼろな水光をひろげた芦の湖《うみ》のほとりにたどりついたとき、弥生は精も根もつきはてて、せまい砂地の上にくずおれた。走っているあいだに、しどけなく垂れた帯、みだれぬいた裾《すそ》をひろげて、ただ背を波うたせている女を、早蕨は困惑の表情で見おろした。弥生のみならず彼女の髪もくずれはてて、いまは背にながながとおちている。

「御老女さま」

「もうしばらく、息を休ませて――」

と、弥生は必死のねがいをこめて、あえぐのどをあげたが、水明かりにきっとうぐいす坂の方角を見あげている早蕨の妖艶で凜々《りり》しい横顔をみると、ふいに彼女にしっかりと抱きしめられたい衝動をおぼえた。この奇怪な激情に弥生はみずからおびえた。

「かたじけない……わたしのために、これほど苦労をしてくれて……礼はあとで思いのままにしてつかわすゆえ……」

弥生は、早蕨の足にすがりついた。

「そなた、紀州家に御奉行する気はないかえ？　わたしの胸ひとつでは、そなた、玉の輿《こし》にのることもできるのじゃ」

「紀州の殿様のお妾になることでございますか」

ふいに早蕨はふりむいて笑った。弥生はぎょっとして眼を見はった。

「紀州の殿様のお妾になったたたりがどんなにこわいことか、いまあなたさまが身をもって御存じのはず――いや、こんな話をしているときではありませぬ」

早蕨の笑顔に苦味《にがみ》がまじると、彼女はもういちどうぐいす坂にかかる赤い細い三日月を見あげて、吐き出すようにつぶやいた。

「追ってきた」

「え？　何者が？」

「あなたさまのお命を狙う男が――しかも、何やら、このわたしさえ逃げ出したくなるほど、へんな胸さわぎを呼ぶ奴が」

「では、あの軍平は？」

「殺されたでございましょう。坂をかけおりてくる跫音《あしおと》はたしかに忍者。――もはや、あなたをつれてこれ以上はにげられますまい」

まだうちあけてはいないはずの、じぶんの素姓、じぶんの秘密を知っているらしいこの娘の言葉へのいぶかしさを、この場合弥生はわすれた。

「早蕨、たすけてたも。どうぞ、たすけて——」

しがみついたからだをくるくるとまわされると、たちまち彼女はまるはだかにむかれ、ゆもじさえもちぎりすてられた。とみるまに、早蕨もみるみるじぶんのきものをかなぐりすてる。

「………」

声にならぬ弥生の絶叫であった。それはふいにじぶんが一糸まとわぬ裸身とされたことの驚愕《きょうがく》ではなかった。水光を背に浮かびあがった早蕨の裸像。

「——男！」

「左様、拙者の名は、御堂雪千代《みどうゆきちよ》と申す」

声音《こわね》もかわり、たたきつけるようにいうと、その女装をすてた美少年は、そこの砂地にじぶんと弥生の衣服を撩乱《りょうらん》とまきちらした。

「抱かれい、拙者を抱かれい」

いうよりはやく、彼は弥生を右腕でひきずりあげ、胸と胸、腹と腹をあわせ、胴もおれよと抱きしめて、左腕は肘《ひじ》をまげ、抜きはらった刀を垂直に、八双の構えにした。

「かたくつよく、拙者と一体になるつもりで——わけは、あとで申す。敵を斃《たお》すか、われら両人の命をおとすかの瀬戸際でござるぞ」

弥生は憑《つ》かれたもののごとく、白くむっちりとした両腕と両足を、男のからだにまきつけた。

御堂雪千代《みどうゆきちよ》は、そろえた両足の爪先をたてた。いや、爪立ちというより、ふたつの足《あし》蹠《うら》を合掌させ、その尖端を錐《きり》のごとくにして直立したのである。その足くびから先が、独楽《こま》みたいにまわり出した。正確にいえば、距骨滑車《きよこつかつしや》や跟骨《こんこつ》関節面が急速に廻転しはじめたのである。

むろん、弥生にはそんなことはみえなかった。ただ彼女は、からみあったふたりの裸身が、まるで柔かい泥へ沈んでゆくように、砂の中へめりこんでゆくのを感じたばかりである。驚愕より、恐怖より、しかし彼女は、この美少年と一髪のすきまもなく密着した肌の官能に、忘我の域《いき》にあった。

足から腰――腹から胸――ふたつの首だけ地上にのこったとき、雪千代はささやいた。

「拙者の口から息を吸い、拙者の口に息を吐くのでござるぞ」

ぴったりと唇を重ねあったふたつの首が地上からきえたとき、その部分に生じたくぼみに、まわりから砂が渦《うず》をまいてながれおち、完全に埋め去った。砂上にはただ刀身のみが生《は》え、それもやがて砂中に没した。

御庭番の伊賀者一ノ目孤雁《こがん》がそこにはせつけたのは、その数分後であった。疾風のごとく湖畔《こはん》を走りすぎようとして、彼の一眼が、そこにみだれにみだれてぬぎすてられた衣服をみると、はたと足をとどめた。

「水へ？」

と、つぶやいて、つかつかと汀《みぎわ》へよりかけて、ふとまたたちどまる。それにしても、このぬぎすてられた衣服のちらばりは面妖《めんよう》だ。そう疑って、撩乱《りょうらん》たるきもののまんなかにつっ立って、もういちどじろりとまわりを見まわす。

その刹那、大地の底から一条《じょう》の光芒《こうぼう》がつきあげられた。それは仁王立ちになった忍者孤雁の股間《こかん》に下から垂直に立った。電撃されたように彼はとびあがろうとしたが、からだは串《くし》で刺されたようにうごかなかった。ふんばった墨染の衣《ころも》のすその輪のなかに、徐々《じょじょ》に徐々に、刀身があがってゆき、かわりに黒血は滝のごとくに砂をうちたたく。その血の滝のなかに、ついに刀身をにぎった生腕が一本、にゅっとあらわれていった。

孤雁の一眼は、かっとみひらかれたままであった。刀身のきっさきが肺にまで達したとみえて、その口からはごぼごぼと血泡があふれ出した。血まみれの口で、にやりと笑ったのである。

「埋葬虫《しでむし》よ、おれの眼の墓穴にたまった死液を吸え。たのんだぞ」

そのとき、足下の腕が、刀の柄をはなした。一ノ目孤雁はどうとあおむけにたおれた。

すでに完全にこときれた一ノ目孤雁は――いや、一ノ目ではない、とじられていた眼は、ふたたびぽっかりと、ふかい穴を、赤い三日月にさらしていた。

しばらくののち、湖畔でひそやかに水音をたてるふたつの白い影があった。息たえだえに身を洗うなり、ばたりと、汀《みぎわ》にたおれ伏した女のうえに、砂上にちらばった衣服の一抱《ひとかか》えをふわとなげると、

「着ろ」

と、御堂雪千代はいった。美しい唇に魔笑ともいうべき翳《かげ》をただよわせて、

「なんで、このおれがきゃつごときを恐れたか。——」

と、ゆすった肩に、そのとき刺すような痛みをおぼえ、

「あっ」とさけんだとき、同時に、死んだように横たわっていた弥生も、びくっとはねあがった。

「なんだ?」

愕然《がくぜん》としてふりあおぐ顔の上を、煙のようなものがながれすぎて、三日月の空にぼやっとひろがって消えていった。さすがに雪千代は、それが微小な昆虫の集団であることを見とめたが、それ以上の判断はつかなかった。

六

埋葬虫《しでむし》。

鞘翅科《しょうしか》に属する昆虫で、シデムシ科の総称。種類の多い中形の昆虫で、一般に体は扁《へん》平《ぺい》で、前胸ははばひろく、翅鞘《ししょう》は大であるがみじかく、腹部の数節がその下から出ているものが多い。頭部は比較的小で触角《しょっかく》はみじかく、先端数節が球状になっている。脚の跗節《ふせつ》は五節がふつうである。幼虫もまた体は楕円形《だえんけい》で、扁平《へんぺい》である。多くは黒色光沢《こうたく》があるが、赤色または黄色の美麗な斑紋《はんもん》のあるものもすくなくない。幼虫成虫ともに動物質および植物質の腐敗したものを食い、陰湿《いんしつ》の場所に棲息《せいそく》している。――

二日ばかりたって、小田原から東へ、東海道を下ってゆく美しい姉弟《きょうだい》にも似た旅人があった。一見、姉弟《きょうだい》のようだが、傍《そば》によって注意すれば、女の方が男のいうままに、夢遊病者のように従っていることが看取されたであろう。いうまでもなくこれは、尾張御《お》土居下組《どいしたぐみ》の忍者御堂雪千代と、彼をおそれ、しかもこの美少年の蠱惑《こわく》の糸にあやつられている紀州家の老女弥生《やよい》であった。

芦の湖のほとりで、御庭番一ノ目孤雁を斃した雪千代は、もういちど芦の湯にとってかえして様子をうかがったのち、もはやじぶんたちを狙う当面の敵はないと判断して、ふたたび江戸へ、東海道をえらんだのである。

江戸へ——それでも弥生は、雪千代が紀州屋敷へとどけてくれるものとかんがえている。しかし、雪千代は、いうまでもなく、日本橋に晒《さら》すつもりでいる。

小田原から大磯へ。——このときふたりは、おたがいの身辺にただよっている微かに甘ずっぱい異臭をかんじた。大磯から平塚へ。——ふたりの顔や肌に、ぼんやりと青黒い斑点《はんてん》があらわれ出した。平塚から藤沢へ。——ふたりの髪の毛がぬけ、唇がとろとろとろけるような感覚があった。藤沢から戸塚へ。——ふたりの襟首《えりくび》に白じろとうごめくものを何かとみれば蛆《うじ》であり、頭上にまわる羽音を何かときけば金蠅《きんばえ》であった。

じぶんたちの肉体上の変化に身の毛もよだつ或る想像をしつつ、なお信じきれなかったが、最初の甘臭い匂いが腐臭のはじまりであったと気がついたのは、戸塚から程ガ谷への道程であった。

——おれたちは生きながら腐れてゆくのだ！

御堂雪千代は狂気のごとく、松並木のかげで弥生の背をむいた。やがて「公方様御側妾」と朱文字を入れるべき女の皮膚は膿爛《のうらん》し、それをはいだ彼の指の皮膚もずるりとむけおちた。

美しい甲賀の忍者は、それこそ死びとの色に変って、白い初秋の日の下にたちすくんだ。江戸まではまだ十里あった。

忍法「女人花」

一

讃岐国象頭山《さぬきのくにぞうずさん》の空は秋晴れであった。白い雲が、小猫のようにあそんでいる。

この中腹にある金毘羅大権現《こんぴらだいごんげん》は、その創立の時さえわからぬ古い昔から諸人の帰依《きえ》があつく、とくに船旅の守護神として、信仰をあつめ、千三百有余の石段の道に参拝者の姿がたえたことがない。しかし、むろん現代のように、その石段もみえぬほど観光客の行列がつづいている時代とちがって、山は、人声よりも、ほがらかな小鳥の声の方が高かった。

めずらしく、その社《やしろ》のまわりで、はなやかな笑い声がきこえる。ひとりではない。十数人の女の声で、それが絵馬所から出てきた。腰元風の女たちにかこまれたふたりの女性の美しさに、思わず眼を洗われたようにたちどまったほかの参詣人《さんけいにん》も、さらに女たちをとりかこむいかめしい武士のむれに、

「あれは、どなたさまじゃ」

「どこのお大名の奥方と姫君だろう」

と、おそるおそるささやきあった。奥方と姫君とみたのは、その中心の身分ありげな

ふたりの女性が、一人は四十二、三、ひとりは十七、八であったが、その気品にみちた美貌が、あきらかに母子《おやこ》の相似《そうじ》をみせていたからであった。

やがて、どこやらから、彼女たちの素姓《すじよう》をきいてきた者がある。

「あれは、蜂須賀《はちすか》様の御部屋様《おへやさま》じゃとよ」

「母御の方も、御家老様の奥方だという。――」

「ちかく、殿様とごいっしょに江戸へゆかっしゃるので、船旅の平安を祈願なさるために阿波《あわ》からおいでたそうな」

その母娘《おやこ》は、いま二挺《ちよう》の山駕籠《かご》に、風鳥のような艶姿《えんし》をはこんでいた。娘の御部屋様の方は、おりるのは徒歩《かち》でよいといったのだが、すぐ母親が「なれぬこの石段、まんいち、足でもふみはずされたら、どうなさる。それに、それ、ほかの参詣人が眼ひき袖ひきしてながめているではありませぬか」と、制したのである。

「でも、駕籠はかえってあぶないではございませぬか」

若いお部屋様は、山駕籠に手をかけたものの、すぐ眼の下に雪崩《なだれ》のようにおちてゆく石段を見おろして、ちょっとおびえた表情であった。供の武士が微笑した。

「あいや、この駕籠かきどもは、それが渡世にて馴れております。お上《のぼ》りのときと同様、駕籠は横なりに、両人、足をそろえてそろそろと下しますゆえ、大丈夫でございます」

それで、この美しい母娘はやっと山駕籠に身を託《たく》した。

いま、供侍《ともざむらい》がいったように、最初に母の駕籠が、つづいて娘の駕籠が、水平のまま横なりに、一歩一歩おりはじめた。駕籠かきの足に不安はない。——

そのとき、銃声が山にこだました。

同時に、駕籠のすぐまえをおりていたひとりの武士がもんどりうって、石段をころがりおちていった。途中で、血しぶきの尾をひきながら。——

銃声よりも、この惨劇よりも、人々の胆を一転させたことが起った。弾《たま》はあたらないのに、駕籠かきのひとりが、驚愕《きようがく》のあまりよろめいたのである。棒が肩からはずれた。とみるまに、もう一方の駕籠かきも当然ぐらりとして、駕籠は石段の上になげ出された。

「わあっ」

みな、何をさけんだかわからないような声をあげていた。一瞬、血は凍《こお》って総すくみになり、かっとむき出した眼の下を、駕籠は一転し、二転し、しかも何かからんだのか、中の女性を花のようにもみながら、凄《すさま》じい音をたててころがりおちていった。たとえ、天魔があらわれても、これをとめるすべがあろうとは思われなかった。

人々は、はるか下の石だたみに、柘榴《ざくろ》をたたきつけたような武士の姿と重なって、飛散した山駕籠を見たように思った。それは幻覚であった。山駕籠は一転し、二転し、三転しようとして、そこでふわととまったからである。

その一瞬まえに、石段のはしから金色のひかりを発して、反対側の立木へ、糸のようなものがひろがったのを見なかった人々は、石段の中途で、底を空にしてとまってしまった山駕籠をみて夢でもみるように立ちすくんだきりであった。

「おそらくおいのちに別状はございますまい。はやく助けてあげなされ」

おちついた声が、やっと人々の耳をうった。石段のはしに、金毘羅《こんぴら》参りの老人がひとり立っていた。この場合、とくに金毘羅参りというのは、背なかの箱いっぱいに朱面の大天狗面を背負った独特の白衣姿をいうのである。

老人のこぶしからは数十条の糸のようなものが、反対側の杉へ、ちょうど扇《おうぎ》のように張られていた。その巨大な糸の扇へ、おちてきた山駕籠はふわりとひっかかったのである。

「…………」

その奇怪さにあきれているいとまもなかった。促《うなが》されて人々は、ころがるように山駕籠のところへかけおりた。ぶじだった駕籠のお部屋様もまろび出したが、むろんこんどは誰もとめる者はない。

「母上さま！　母上さま！」

彼女は、たまぎるような声で、ようやくもとにもどされた山駕籠にすがりついたが、急に声をのみ、まわりを見まわした。

母なる女人は、失神していた。しかも、裾《すそ》は完全にめくりあげられ、袖はひきちぎれて一方の乳房からわき腹までむき出しになった無惨な姿であった。四十をこしているとはいえ、なまなましいほど白い肌が、秋の日にひかった。気品のたかい——そして、ふだんじぶんでも充分それを意識しているひとの姿だけに、この場合にもかかわらず、武士たちは思わず手をひき、顔をそむけた。

「お怪我《けが》はないようですな、それは祝着《しゅうちゃく》」

と、また金毘羅参りの老人がいった。彼はさっきとは反対側に移っていた。そして、杉の幹に一直線に点々とつき刺さった鉤《かぎ》のようなものを、ていねいにひきぬいているのである。鉤のついた糸は——それはふつうの糸ではなく、琴糸様《こといとよう》のものにみえたが——鉤がぬけるに従ってたもとへしまいこまれていった。

お部屋様が、何やら呼びかけようとしたとき、石段からあまり遠くない山の中で、ただならぬ絶叫《ぜっきょう》がきこえた。

「さっき、鉄砲をうちかけた曲者《くせもの》です。私のつれが追っかけてゆきましたが、おそらくつかまえたのでしょう」

はじめて、鉄砲の曲者の存在を思い出し、武士たちは、狼狽《ろうばい》しつついっせいに抜刀して、その声の方へ石段からとび出していった。

二

樹間から遠く石段のみえる林の中の、一本の大木の枝に、ひとりの武士が釘づけになっていた。文字どおり、まさに釘づけだ。左の手の甲《こう》は、木の幹にぴったりとくっついたまま、手裏剣にぬわれていた。

狙撃《そげき》した鉄砲は、すでに、下の落葉のなかにしずんでいる。狙い損じて、先に立った供侍《ともざむらい》に命中し、「しまった」と舌うちした次の刹那《せつな》、めざす山駕籠が石段をころがりおちていったのをたしかにみて、こんどは「しめた！」と、木からとびおりようとした。その足をはたととめたのは、駕籠が石段をおちていったはずの大音響が、妙なところでぷつんととぎれてしまったことだ。その位置では、駕籠のゆくえが樹立ちにさえぎられてよくみえず、「はてな？」とくびをかしげ、いらだって、のびあがって、その疑惑をたしかめようとしていたので、落葉のなかを、うしろから這ってきた物音に気がつかなかった。

「曲者《くせもの》」

声ひくく呼びかけられて、愕然《がくぜん》として反転した。――その手の甲を、ぴしりと手裏剣にぬわれたのである。鉄砲は、その刹那にとりおとしてしまった。

　呼んだのは、金毘羅《こんぴら》参りの男であった。むろん、石段でころがりおちる山駕籠を救った金毘羅参りとは別人で、そのつれだ。まだ若い。わざと声をかけたのは下枝にさえぎられた狙撃者の位置をうごかせるためであったが、手裏剣は一髪《ぱつ》それて、その手をぬった。

「…………」

「…………」

　ふたりは、樹の上下で凄じい眼でにらみあった。しばらくだまっていたのは、この場合、相手が剣士か忍者か、おたがいに判断に苦しんで、つぎの攻撃手段をかんがえあぐねたのである。名もしらないが、ただ或る素姓だけはたがいに知っている。

　本来ならば、高い位置にいる者の方が有利だ。しかし、樹上の男は手をぬわれ、それに、そのとき石段の方から殺到してくる跫音《あしおと》があった。

　そのからだがうごこうとするのをみて、地上の金毘羅参りが一歩ふみ出した。その刹那、樹上の男の左手から、びゅっと白い流星が吹きおろされたのである。その手は完全に樹にぬわれているものと承知していただけに、避けるまもなく、それは金毘羅参りの右眼にぷつりとつき刺さった。

　それは、いままで樹上の男の左掌《ひだりて》をぬいとめていた手裏剣であった。刺された掌《てのひら》でそのままつかみ、ひきぬくと同時に、逆にそれをうちかえしたのである。

「あっ」

よろめきつつ右眼をおさえて、金毘羅参りはとびさがる。その手裏剣をぬくにいとまもなく、腰の一刀をひきぬいたとき、樹上の武士はこれまた刀身をひらめかして、むささびのごとく落葉の上にとびおりていた。

出来るなら、そのまま逃走したかったのであろうが、さすがに金毘羅参りの一刀はぴたと相手のうごきを封じた。双方凝然《ぎょうぜん》と相対して、

「柳生新陰流《しんかげりゅう》！」

同時に、ふたつの口から、おなじうめきがもれた。

一瞬に、武士の姿勢から逃走の気配は失われた。その満身に敵愾《てきがい》の殺気がふくれあがった。一方は江戸柳生、一方は尾張柳生――その剣脈から、たがいに相いれぬ百十余年、刀法骨肉の増悪を感じとったのである。

ひとりの左掌は貫通傷をうけ、指は三本ばらばらにおちて、かまえる柳生流「碇《いかり》がかり」は必死だが、他のひとりもこれまた右眼に手裏剣を立てたまま、半顔血潮にそまってむかえうつ柳生流「虎の一足」もまた必死だ。

金色の秋の日がふりまかれ、風のたびにそれが浮動する林の中に、この一画《かく》のみ、日光も風も、殺気のために氷結したようであった。

そもそも、江戸柳生と尾張柳生がなにゆえかくも不仲となったのか。

つきつめていえば、それはまえにもいったように、柳生流太祖《たいそ》石舟斎《せきしゅうさい》の直系たる新次郎厳勝《としかつ》――その子兵庫助《ひょうごのすけ》――の裔《すえ》が、尾張藩の剣法師範の地位にあるのに、石舟斎の五男である但馬守《たじまのかみ》宗矩《むねのり》の子孫が将軍家の師範、すなわち天下の御指南番たる栄誉につつまれているからだ。

江戸方からみれば、むろんその地位についての誇りと驕慢《きょうまん》があり、尾張方からみれば、単純な嫉妬《しっと》とはいえないべつの自負があった。但馬守宗矩が将軍家師範となったのは刀術に於て天下第一であったためではない、あれは宗矩の政治的手腕のゆえである。――これは、或る程度あたっている。しかし尾張柳生のめんめんからすれば、但馬守が単なる剣人以上の人物であったとは思わず、名声以下の剣人にすぎなかったという結論がでてくるのである。それに、真の剣法的実力に関しては、尾張柳生にとって何よりの自信をいだかせるひとつの歴史的な事実があった。

尾張柳生の祖兵庫助はただ剣ひとすじのむしろ狷介《けんかい》の人で、政治的な叔父の宗矩と相合わなかったが、何といっても叔父と甥《おい》の縁である。たんに不通の生涯をおえたばかりであるが、三代将軍家光の代にいたって、故意か偶然か、ただいちどだけ、江戸柳生と尾張柳生の御前試合をこころみたことがある。家光が世を去る半月ばかりまえ――慶安四年四月五日のことであった。

江戸柳生は、但馬守宗矩の三男、当代の将軍家師範たる飛騨守宗冬であり、尾張柳生は、兵庫助のおなじく三男、蓮也斎厳包《れんやさいとしかね》であった。このとき飛騨守宗冬は三尺三寸、枇杷《びわ》の蛤刃《はまぐりば》の木刀を中段にかまえ、蓮也斎は二尺のおなじく枇杷の蛤刃の木刀を右手にだらりとさげ、ただその太刀さきは左斜めに下向させていた。とみるや、蓮也斎は、袴《はかま》のすそさばきもかろやかに、するするとすすみ出た。

宗冬は、もとより真《しん》の先《せん》をとるかまえでいたので、はっとしたとき、相手はすでに大山の圧するごとく、眼前に迫った。その刹那、宗冬は中段の木刀を右片手にとって、払いうちに、蓮也斎の左の頸《くび》のつけねから、右あばらのはずれにかけて打ちさげた。宗冬の太刀が中天の月ならば、一足まえにふみ出した蓮也斎の右足の甲は水のごとく、その太刀影を映した。一瞬はやく、蓮也斎の木刀は、頭上から拝みうちに一拍子《びょうし》に合わせうって、宗冬の太刀を手もとに打ちおとしていた。

宗冬の太刀は、蓮也斎の左から右下へ、さっとかすめただけである。尾張柳生の秘伝「肋《あばら》一寸」――わが肋一寸をきらせて、一撃敵に死命を制する太刀がこれであった。

敵の木刀をうちおとした蓮也斎は、そのまま、す、す、す、と寄りつめた。宗冬は声も発し得ず、蒼白になってたちすくんだきりであった。宗冬がうなだれると、蓮也斎はしずかに太刀をひき、もとの座にかえって、将軍と宗冬に目礼した。その木刀のさきか

ていたのである。ら血が一滴おちた。いまの一撃は、木刀のみならず宗冬の右拇指《おやゆび》のつけねをうちくだい

病中ながら、息をつめて凝視《ぎょうし》していた家光は、うち仰いで長大息《ちょうたいそく》一呼《こ》ののちたちあがったといわれる。――これが、尾張柳生の一統に、いまでも燦《さん》たるあとをのこす歴史的な一こまであった。同時にまた、江戸柳生にとって、尾張柳生をたんに見くだすことのできない痛恨の事実であった。

そのような積年の凝塊《ぎょうかい》があるところへ、突如として江戸柳生の一門、海野《うんの》小源次が殺され、九鬼伝五郎は左腕をうちおとされるという事件が起った。しかも下手人は、まごうかたなく尾張柳生のものであるという。――そこへ下った将軍吉宗の密命であった。えらび出された柳生の高足七人、多田仁兵衛、熊谷頼母《くまがいたのも》、寺西大八郎、大道寺竜助、櫓《やぐら》平四郎、戸張図書《とばりずしょ》、それに隻腕となったが復讐の一途にもえる九鬼伝五郎は血ぶるいして、公儀対尾張の暗闘に参加したのである。

一方、尾張柳生が、江戸柳生にもやしていた嫉妬《しっと》と侮蔑《ぶべつ》はそれ以上であった。彼らの方もまた同僚樋口《ひぐち》万十郎を最初に血まつりにあげたのは、江戸柳生であることを知ったのである。万十郎自身が、絶命するとき「相手は、え、え、江戸柳生……」といかにも無念げに一句をのこしていったことを知ったうえに、はからずも主君の宗春から、将軍の面皮をはがすという痛烈無比の企図をうちあけられては、彼らもまたこの暗闘に、い

つどこで落命しようと悔いはないというほどの武者ぶるいをおぼえたのであった。

将軍吉宗が曾《かつ》て愛したという寵妾十八人のうち、生きのこりの七人の女性をもとめて、彼らが相逢うところ、必殺の血しぶきはあがらざるを得ない。すでに、江戸柳生に於て、海野小源次、多田仁兵衛、熊谷頼母、寺西大八郎の四人が屠《ほふ》られ、尾張柳生に於て、樋口万十郎、秋月軍太郎の二人が討ち果たされて、いまここに、また一方を断じて斃《たお》さずんばやまぬ決闘がくりひろげられようとしている。——


しかし、その結着ははやかった。

相対峙《あいたいじ》するふたりのまわりを、かけつけてきた供侍のむれはむらむらととりまいたものの、氷結した殺気にあてられてしばらく息をのんで棒立ちになったままであったが、たちまちそのひとりが、思いがけぬ言葉をさけび出したのである。

「これは御直参《ごじきさん》の戸張図書どのではないか！」

狙撃した武士は、はっとしたようだ。いま呼んだ阿波侍《あわざむらい》が、江戸勤番の際、柳生道場で知った男であることに気がついたのだ。が、次の瞬間「曲者はそやつだ！」とその男がさけんで指さすと、阿波侍たちはどっと白衣の金毘羅《こんぴら》参りの方へ殺到してきた。

「ちがう！」

さけんだのは、若い金毘羅参りではない。うしろからちかづいてきたさっきの老人の方であった。

「鉄砲をうったのは、そっちじゃ。お待ちなされ、いまわしがとらえて進ぜる」

そういうと、たもとから鉤《かぎ》のついた琴糸の輪をとり出した。

しかし、たちすくんで血ばしった眼でじっとこれをにらんでいた江戸柳生の戸張図書は、老人がこれをうちふるまえに、みずからの刃《やいば》を頸《くび》にあてると、いっしょに頸動脈《けいどうみやく》をひき切ってしまった。重傷と重囲と、それにこの老人の素姓を感づいた彼は、はやくも観念しておのれの口を封じてしまったのである。

彼は、将軍御用の御庭番と共同戦線をはっている者だ。それだけに万一ここでとらえられ、拷問《ごうもん》などうけて事の次第を白状させられたら、容易ならぬこととなる。ふつうの隠密《おんみつ》でもこのような場合おなじ自己処理法をとるものだ。ましてこの場合、阿波藩とのあいだに事をおこすのは、決して将軍の本意ではなかった。

敵がたおれたとみるや、若い金毘羅参りはとびかかっていって、じぶんの眼につき刺さっていた手裏剣をすでに絶命している胸へいくどもつき立てた。

「こやつめ！　こやつめ！　お、おれの眼を、よくも、よくも――」

その酸鼻《さんび》な光景に人々が顔をそむけたのは当然だが、つれの老人もそっぽをむいて、全然同情の表情のないのが異様であった。

そのとき、女中のひとりが小ばしりにちかづいてきた。

「あの、金毘羅参りどの、どうぞおいで下さりませ、主人が是非ともお礼をと申しておりますゆえ――」

「主人とは？」

「阿波の蜂須賀家のお品《しな》のお方さまでございます」

「ほ、あのあぶなかった御女性が？」

「いいえ、あれは御家老、小出主膳《こいでしゅぜん》さまの奥様卯月《うづき》さまで、お品のお方さまの母御にあたられるお方でございます」

三

ふたりの金毘羅参りは、阿波侯お部屋様《へやさま》お品の方につれられて、徳島にゆくことになった。

素姓をきいても、江戸の町人で叔父と甥《おい》、名は老人の方が曾兵衛《そうべえ》、甥が杉七というものでございますと、おだやかにこたえるばかりであった。それにしても、あの高い石段から転落する山駕籠《かご》をささえた琴糸の妙技は、いまだに夢みる思いであるし、甥の杉七にしてもただ者とは思われない。その好奇心もあったし、とにかく母の卯月のいのちの恩人である。

「わたしも、ちかいうち殿様にしたがって江戸へ下《くだ》る身、それではいっしょに江戸へかえればよいではないかえ」

と、お品の方はいった。まだ十七、八で、大名のお部屋様となっただけあって、まるで玲瓏《れいろう》たる月輪をみるような美貌だ。片眼から血をしたたらせてうめきながら、若い杉七という金毘羅参りは、もう一方の眼で、うっとりとその顔を見つめたくらいであった。

「とんでもございませぬ」

と、曾兵衛は苦笑した。

「金毘羅参りと申しても、物見遊山《ものみゆさん》同様の気楽な旅のかえりに、お大名のお行列にくっついてゆくのは、風呂《ふろ》がえりに大八車をひっぱってゆくよりくたびれます」

曾兵衛の遠慮のない口上にお品は笑った。江戸者とは思えない朴訥《ぼくとつ》さもかんじられ、これがあのもの凄じい妙術をふるった老人とは信じられないくらいであった。

「それでも、金毘羅さまへ、こうお参りをしたうえは、あとは江戸へかえるだけでありましょう。いえ、江戸下りを共にするかどうかはべつとして、それでは、ともかく徳島へだけでも、いっしょにきてたもれ、徳島へはいってみやったかえ」

「いいえまだでございます」

「それでは、是非きてたもれ、阿波踊りの時期はすぎたが、所望いたすなら殿様に申しあげて、町じゅうの総踊りをみせてもよいぞえ」

「それに、先刻のあの琴糸の技《わざ》は、何の術でござろうか」

と、供侍のひとりも熱心にいった。

「あの妙術を、是非是非、家中一統へ御指南ねがいたい」

「それだから、あまりありがたくねえのでございますよ」

曾兵衛は閉口して、手をふった。

「殿様だの、家中だの、とおっしゃられると、もう足も肝《きも》もちぢんでしまいます」

「それなら、そのことはもういわぬ。そこの甥御《おいご》の傷の手当もせねばなりませぬ。どうぞ、徳島で、ゆっくり保養していってたも」

あくまで哀願されて、そのふしぎな金毘羅参りは徳島につれられていった。

徳島は蜂須賀二十五万七千九百石の城府で、藩主は蜂須賀淡路守宗員《あわじのかみむねかず》であった。四国三郎と称される五十里の長流吉野川が海に入るところ、西に眉《まゆ》のごとく横たわる眉山《びざん》をのぞむ美しい、どこか南国的な城下町であった。

どうしてもお城はごめんこうむりたいと老人がへきえきするので、ふたりは、その一画《かく》ではあるが、お品の方の実家――国家老の小出主膳の屋敷に入った。

当然、お品の方の母、卯月《うづき》を狙撃《そげき》した者は何者で、なんの恨みあっての所業か、ということが問題になった。その狙撃者が、江戸の旗本、戸張図書という者らしい、といわれても、いっそうわけがわからない。

卯月はむかし、海をへだてた紀州藩の奥向きにつかえていた女だが、のちに縁あって阿波藩国家老小出主膳の後妻となった。それからもう二十年になる。それ以前にも以後にも、江戸はおろか、京より東へ一歩も出たことはなく、江戸の旗本、戸張図書などその名をきいたこともない。

「曾兵衛、そなたはどう思う」

と、卯月はきいた。よほど思いあぐねた様子である。

あのお品の方を生んだ母だけあって、これまた四十すぎとはみえない美しさであった。家老の妻らしく、凜然《りんぜん》とした威厳のあるのが、あれ以来、さすがに恐怖と疑惑にしずんだ夕顔のような顔色であった。

「わたしには、さっぱり」

と、曾兵衛は手をふった。そばには、杉七が、黒い眼帯をかけたまま横たわっていた。

卯月は見舞いにやってきて、またその相談をしたのである。徳島へきて七日めの夜である。

「したが、奥方さま、あのようなあぶない目にあわれたことは、あれがはじめてでございますか?」

「いままで、いちどもない」

「それがこんど起ったというのは、このごろお身のまわりに何か変ったことが起って、それとつながりがあるのではございますまいか」

「わたしの身のまわりに？　わたしの身には、これといって何の変ったこともないが」

卯月は思案した。

「変ったことといえば、娘がちかいうち、江戸入りをすることくらい」

「お品の方さまでございますか」

「左様」

お品の方は、十日ばかりのち、殿様の淡路守とともに出府する予定であった。それは、彼女が大いに淡路守に寵愛されているせいでもあったが、もうひとつの理由があった。

淡路守には、以前から城にもうひとりのおえんの方という愛妾がある。これは御国御前といって、大名が帰国しているあいだの準《じゅん》正妻ともいうべき位置の女であったが、このおえんの方がお品の方の姉なのであった。もっともこれは卯月の腹をいためた娘ではなく、前妻の娘だが、要するに淡路守は美貌の姉妹を側妾《そばめ》としたわけである。この姉はおだやかな女で、姉妹のあいだに風波があるとはみえないが、やはり同じ城で同じ男に愛されているということは妙なことであった。とくに、その父が、国家老だけに、表だって云々《うんぬん》する声はきこえないが、それだけにかえって小出主膳は気を病《や》んだ。それで父の主膳の方からねがい出て、妹のお品の方のほうは、淡路守の出府の機会に江戸の下屋敷に住まわせることにしたのである。

「はて、もしかしたら、それではござりますまいか」

「娘の江戸下りにかかわりがあるというのかえ」

「ほかに思いあたられることがござりませぬなら」

「曾兵衛、娘が江戸へゆくからといって、なぜ母のわたしが狙われるのじゃ」

「あれは、あなたさまを狙ったものではございますまい。お品のお方さまをお狙い申しあげたものでございましょう」

卯月の顔色は変った。曾兵衛はくびをかしげて、

「狙いあやまったか、それともあのとき山駕籠そのものをまちがえたか。――」

「それでは、お品の江戸下りをいやがるむきがあるとでも申すのか」

「曲者は、江戸の男でございましたな、あれは、貧乏旗本で、どこやらから金で買われたものではございますまいか」

卯月の顔は、凝然《ぎようぜん》と宙《ちゆう》にすえられたままであった。

彼女の脳裡にうかんでいるものはあきらかであった。ややあって、色をうしなった唇でつぶやいた。

「そんなはずはない……あの奥方さまが……」

「わたしのかんがえるのは、素町人の悪推量でございます。奥方さまがどんなお方か存じませんが、わたしたちが徳島にきてたった七日、それでも殿様がどんなにお品の方さまを御寵愛か、おうわさは耳に入っております。それほど御寵愛の方をごいっしょにおつれなさるときけば、江戸のほうも、決していいおきもちはなさるまい……と、いうのは、こりゃ、下々《しもじも》の女房なみにかんぐる下衆《げす》の智慧《ちえ》でございましょうかなあ」

「もし、そうだとしたら……もし、そうであったとしたら……」

卯月はわなわなとふるえ出した。

「しかとした証拠もないに、左様な大《だい》それたことを殿さまに申しあげることはできぬ」

「まったく、あの曲者を死なせたのは残念なことでございました。が、いまにして思うと、あの男がじぶんから首をかき斬った恐ろしい死にざま……あれは、よほど容易ならぬむきから送られてきたことの証拠ではございますまいかな」

「ああ、わたしはどうしたらよかろう」

卯月は、身もだえした。

「いまさら、娘の出府をとめることはならぬ。といって、江戸に恐ろしい罠《わな》が待っているとしたら――」

曾兵衛は老人らしい分別のしわをひたいにきざんで思案していたが、卯月の顔をみあげていった。

「いっそ、あなたさまも御出府あそばしたらいかがでございます」

「え、わたしが？」

「お品の方さまをおまもりなさるのは、母御さまのあなたさまのほかはございませぬ。といって、わたしの申したことが、あたっているやらとんでもないかんちがいやら、それも知れぬいまとしては、あなたさま御自身三月《みつき》なり半年なり江戸に腰をすえられ、お品の方さまをまもりながら、ほんとうのところを念のゆくまでお探りなさるのが、何よりの妙案だと存じまするがな」

　卯月は、首をたれ、唇をかみしめてかんがえこんでいた。

　この老人の推量は途方もないことであったが、あり得ないことではない。第一、そのほかに、先日のぞっとするような危難の原因が思いあたらないのである。

　そして、もしそれがまことなら、事柄が事柄ゆえ、夫の主膳にすら、うかとは相談もできないほど恐ろしいことであったし、それをさぐり、たしかめ、娘をまもるものは、たしかに母のじぶんしかないのである。それより、そうときいた以上、江戸へいった娘のあとに、とうていひとりこの国元で座視《ざし》していることはできない。……

　卯月《うづき》は起った。

「碧翁《へきおう》」

と、ねどこの杉七が顔をあげた。眼帯をかけない方の眼を、きらりと卯月の出ていった方角へおくって、

「かかったな」

と、笑った。罠《わな》にかかったという意味だ。老人はにこりともせず、うなずいた。

「ただ殺せばよいというなら簡単じゃが、どうあっても江戸へおびき出して、将軍家のひざもとで晒《さら》し者にせねば、われらの用は果たせぬからの」

これは、尾張御土居下組《おどいしたぐみ》の木曾ノ碧翁であった。若い方は、おなじく尾張柳生の剣士杉監物《すぎけんもつ》である。

「卯月――あれが公方《くぼう》が寵愛した女か、それが二十何年もまえとは思われぬほど、さすがに美しいの」

杉監物はまた笑った。黒い眼帯をかけているが、いい男だけにかえって凄味がある。

「おぬし、情がうつらぬか」

「ばかなことを」

と、碧翁は舌うちしたが、やや狼狽《ろうばい》した体《てい》でもある。

「わしはな、ちと娘のお品の方に惚れた」

と、監物はつぶやいた。

「眼もだんだん癒えてはきたが、城からときどき見舞いにきてくれるお品をみるたびに

心がぞくぞくして、いつまでもここにねていたいような気がする。——碧翁、お品の江戸下りには、むろん同行するのだろう」

「むろん江戸までは、お品、ではない、卯月の方を、御庭番よりまもってやらねばなりませぬ」

「その道中がたのしいの」

「ゆきつくはては、地獄じゃが」

「卯月にとっては地獄であろうが、娘のお品に用はないはず。どうせ、阿波藩国家老の奥方を晒《さら》し者にするのじゃ。五十歩百歩、藩主の妾をどうかしても、殿はお叱りなさるまい」

「監物さま。殿より受けた御用に要《い》らざる用をかさねては、万事をあやまるもととなり申す」

忍者、木曾ノ碧翁はきびしい顔でいった。

「わかっておるわ」

「女色などに心をうばわれておっては、せっかくここまでこぎつけた細工に、一挙にひびが入ります。金毘羅権現《こんぴらごんげん》の江戸柳生は、こちらの細工のたねを向うでつくってくれた間抜けでござったが、敵は江戸柳生ばかりではない。——」

碧翁は声をひそめた。

「伊賀者がおります」

杉監物は、顔をしかめてうなずいた。江戸柳生の者がすでに卯月を狙っていることがあきらかとなった以上、公儀御庭番の伊賀者が、どこかで卯月に兇念にみちた眼をそそいでいることは、当然予想された。しかし、彼にとって、それはあくまで予想の域にあった。

このとき、眼にもとまらず木曾ノ碧翁は、ふところから何やらとり出すと、ぱっと天井になげた。天井に霰《あられ》をまくような音がひろがると、碧翁のこぶしを中心に、十数条の琴糸がひらいていた。

天井につきささったのは、琴糸のさきのするどい鉤《かぎ》である。それは、行燈《あんどん》に星座のごとくひかって、人の形をえがき出した。そして、その鉤のひとつから、ぽとっ、ぽとっ、と血がしたたりおちはじめた。……

物音に人々がかけつけてきたとき、木曾ノ碧翁は、何くわぬ顔をして琴糸をしまいこんでいたが、天井裏にあがってみると、ひとりの男が虫の息になって這っていた。四十あまりの、だぶだぶとふとって、下り眉《まゆ》に眼が小さく、お盆みたいなまるい顔をした男で、身に寸鉄もおびぬ経帷子《きょうかたびら》の巡礼姿であった。

ひきずりおろされ、顔に水をぶっかけられて、眼をあけると、

「出来心じゃ。まだ何も盗みはしませぬ。おゆるし下され」

と、おろおろとしてさけんだ。彼は顔、四肢、胸から腹へかけて、碧翁のなげた鉤の数だけの傷をうけていた。

この場合、さすがに「夜盗か」といい出す者のなかったのは、先日の事件あっての今夜だから当然だ。

この巡礼姿の妙な曲者《くせもの》をぐるりととりまいたなかに、むろん主人の小出主膳もいたが、妻の卯月から何やらささやかれると顔色をかえ、じっと曲者をにらみつけて、

「よし、責めてみろ」

と、家来たちをふりかえって、

「ただ、このこと、かまえて外には知らせるな」

と、命じた。この曲者が江戸の奥方からすじをひいているのではなかろうか、とささやかれ、事の重大性をはっきりと意識したのである。

まもなく、庭の方で、凄じい悲鳴があがりはじめた。犬のほえるような、哀れな、大げさな悲鳴であった。いまの巡礼が、拷問《ごうもん》されているのである。

「碧翁、いってみる必要はないか」

と、ねどこに半身を起して、杉監物が気がかりそうにいった。碧翁はくびをふった。

「あれも、伊賀者でござる。殺されたとて白状するものではござらぬ」

「いや、苦しまぎれに、こちらの素姓を――曾《かつ》ての公方側妾《そばめ》たる卯月をかどわかして江戸で晒し者にしようとはかっておるおれたちのことを、ばらしはせぬか」

「それをいえば、その卯月を将軍の命をうけて殺しにきたおのれのこともいわねばなりませぬ。公儀御庭番が、口が裂けたとて左様なことは申さぬにきまっております」

「しかし、あれはほんとうの忍者だろうか」

「なぜ？」

「忍者にしては、あまりにも芸なし猿ではないか。のみならず、あのぶざまな泣声をきくがよい」

「拙者は、むしろそれを不審に存じておる」

木曾ノ碧翁は、腕をくんだ。ややあって、監物はいった。

「気にかかるなら、碧翁、この際、きゃつの息の根をとめておいた方がよかろう」

「むろん、生かして江戸にかえす所存はござらぬ」

碧翁はうす笑いした。

「ただの、われらが、卯月をつれて江戸へ発《た》つ日まで生かしておきたいのでござる。――ふむ、それまでおのれで縊《くび》れ死んだりせぬように、あとでちょいと全身の骨の蝶つがいをはずしておいた方がよいかもしれませぬな――生きて、われらが江戸へ発つ姿を見せられる、これほどきゃつにとって恥辱はないはず、そのおり、骨をもとどおりになおしてやっておけばあとでおのれで縊れ死ぬことでござろう」

庭の悲鳴がやんで、ちがう混乱したさけび声が渦まいた。「──や?」と碧翁がたちあがったとき、ひとりの家来がかけこんできた。

「妙なものがまた舞いこんできてござるよ、来てみなされ」

笑っている。

「いまの巡礼の女房と名乗る女でござる。やはり巡礼でござるが、亭主が盗賊に入ったのを待っておって、それがなかなか出て参らぬので門前をうろうろしておるのをとらえた次第で──」

「なに、きゃつの女房?」

碧翁と監物ははねあがって、かけ出した。

水底のような秋の月光にみちた庭には、人々にとりかこまれて、地上に白いものがうごめいていた。すぐに、それはうつ伏せになったさっきの巡礼にとりすがっている女だと気がついた。男の白衣《はくい》は墨をあびたようだ。さっきの怪我《けが》のうえに、あきらかにいまの拷問《ごうもん》のせいの血潮であった。それにすがりついていた女が顔をあげてさけんだ。

「ほんとうだよ! このひとはあたしの亭主だよ!」

監物はまばたきした。やはり白い経帷子《きょうかたびら》をきた女であったが思いがけぬ美貌であった。それも、涙のせいかうるんだような眼、やや厚めの椿の花弁《かべん》みたいな唇、白くくくれたあご、そんな姿でこの蒼《あお》い月光のなかで、息をのむほど肉感的な女であった。

しかし、彼女がすすりあげながらさけんだ声は、どこかゆるんだ調子があった。

「あたしはこのひとの女房だよ、女房だけれど、まだ枕を交《か》わしたことはない。このひと、いやだって、きいてくれないんだよ。それなのに、あたし、このひとを亭主だと思ってるの、好きで好きでたまらないんだよ。ね、かんべんしてやって――殺されちまっちゃあ、あたし、とうとうこのひとに」

はっきりと卑猥《ひわい》な用語をつかって、

「……してもらえないじゃないか！」

武士たちは、みな笑った。

「少し、ばかのようでござる」

と、さっき呼びにきた男がささやいた。木曾ノ碧翁の顔に動揺の波がわたった。

四

五日のちのある夕だ。

小出屋敷の裏庭の一隅に急造された牢獄に、ひとり杉監物はちかづいた。

ちょうど石垣と土塀の組合わせを利用して、二面と天井を柱のような格子でくみ、牢というより獣《けもの》の檻《おり》のような狭い空間に、奇怪な巡礼夫婦は入れられていた。まえに七、八人もの番人が、槍と刀を秋の日にきらめかして徘徊《はいかい》している。四人はふたりとも、からだの関節をすべてはずされている。あの曾兵衛のしたことであった。

小出主膳は、なおいぶかしいふしがあるから、いちじこれはほんとうの盗賊ではないかと思ったこともあったが、曾兵衛は、なおいぶかしいふしがあるから、せめてお品の方のお旅立ちの日まで、このままにしておくように、といってきかないのであった。主膳は次第に、曾兵衛たちこそいぶかしいと思い出していたが、ともかく妻のいのちの恩人で、杉七にいたってはそのために片眼を失うという犠牲をはらっているのだから、彼らのいうことをしりぞけかねたのである。

杉監物は、その牢の前へいった。

「御苦労さまでございます。少し見物させて下さいまし」

と、番人にいう。江戸の町人、杉七の言葉づかいである。いたみは去ったが、完全につぶれた右眼をなお黒い眼帯で覆《おお》っていた。

血のような残光が杉の樹立《こだ》ちからおちて、檻のなかの二匹の巨大ななまこみたいな男女にそそいでいた。監物はなかなかそのまえを去らなかった。それは或る目的があるからであった。

さっきお城からお品《しな》の方《かた》がやってきた。お部屋さまが、ふつうの嫁が里がえりするように、そうしげしげと実家にかえれるわけはないが、江戸へ立つ日は十日ばかりのちにせまっていることではあり、且《かつ》は何しろ家老の娘だから、いろいろと打ち合わせるという口実が容易にとおるらしいのである。それはそれとしてお品の方がきたうえは、きっとあの巡礼の話をきいて、この檻《おり》をみにくるだろう。それを利用して、しばらくあの美女と親しく口をきいてみたい、というのが望みで、監物はそれを待っていたのだ。

「おお、あの西日の色――この世の終りのような」

と、巡礼の男が、ふるえる声でつぶやいた。

「この世の終りの見納めに、しばらく話したいおひとがあるなあ。この世の終りに……」

この独語を、意味のない言葉ときいていた監物は、ふいにはっとなった。巡礼の男は、しきりとこの世の終りとくりかえす。終り――尾張だ!

「御番人さま、少々思いついたことがあり、この巡礼と話してえことがございます。しばらくここはあっしひとりにおまかしになって下せえませんか。いえ、大丈夫です」

と監物はいった。この町人たちが、ただものでないことをうすうす感じている番人たちは、うなずいて、立ち去った。

「御土居下組か？」

と、巡礼はいった。監物は蒼白になっていた。

「やはり、うぬは！」

「おれは公儀御庭番、真壁右京《まかべうきよう》」

監物はにらみつけていて、やがて冷笑した。

「伊賀者にしては、あきれはてた未熟者だな」

「女のせいよ。道中、ふとした縁で、このお紋という女巡礼に惚れられての、女色こそは忍道の敵とは思っても、なにせ、少々うすのろながら、見るとおりの美女、こやつの恋をふせぐのに心気みだれて、わしの術は地におちた。……もはや、お庭番のお役目は果せぬなあ」

「ふふ、いまさらくやんだとて、もう追いつかぬわ。うぬが白状せずとも、どうせ左様であろうと、いずれその素ッ首ははねるつもりであったのだ。おれは尾張柳生のものじゃが、待て、お土居下組のものを呼んでくる」

「いや、話はそなたでよい」

お庭番真壁右京はしずかにいった。

「そなた、そなたが惚れておる女があろう。先夜、天井できいたが、卯月の娘お品の方とやらを。——そのお品の方をつれてこい。ちょうどこの女がおれに惚れたように、お品の方がおまえに惚れるように、おれがまじないをかけてやる。うたがうな、忍法争いにまけたおれの最後のひきでものだ」

杉監物は、右京をにらみつけたままであった。いかにうすのろにせよ、この美しい女巡礼がむしろ滑稽味《こっけいみ》のあるこの男に、あれほど奇怪な恋着をみせるのを、ふしぎだとは思っていた。

そのとき、うしろで、跫音《あしおと》がきこえた。監物はふりむいた。数人の侍女をしたがえたお品の方が、恐ろしげにちかづいてきた。

「面白い見世物があるといえ。ほかの女たちは人払いさせろ」

と、右京はいった。

先刻右京のいった言葉と、玲瓏《れいろう》たるお品の方の顔が、右京の心にもえる焦点をつくった。魅入《みい》られたような好奇心と、この忍者が関節をすべてはずされてなまこのごとき肉体であるという安心感もあった。

「お部屋様、この曲者がいま何やら面白い見世物をみせるそうでございます。しばらくおつきの方々を遠ざけて下さりませ。……私がついておりますゆえ、お案じなされますな」

お品の方は、侍女たちからはなれて、ひとりおそるおそるそばにやってきた。

このとき、真壁右京は、美しい女巡礼をとらえて、その裾をひきめくり、ふたりの眼前で犯しはじめた。監物とお品の方は「あっ」とさけんでいた。お品の方のおどろきは、むろんこのあられもないふたりの姿態を目撃した狼狽《ろうばい》であったが、監物は、この関節をはずされたはずの忍者のうごきへの驚愕《きょうがく》であった。しかし、右京は、たしかに全身の関節をはずされているにまちがいはないうごきだ。

「ああ、とうとう、おまえさん。……」

女巡礼は狂喜した。そして、これまた関節をはずされているにまちがいはない蛇のような緩慢《かんまん》な動作で、男に応じはじめた。ゆっくりとした、そのくせ、朱のごとき残光がめらめらとそこから炎をあげるような奇怪な秘戯図《ひぎず》がくりひろげられた。その異常さが、監物とお品の方の眼と足を釘づけした。

江戸の忍者、真壁右京は、女巡礼をはなした。が、なお女の足を両手でおさえて、落日にぬれた黒い美しい谷をみせつけていた。にたりとしていったのである。

「息を十するまで、待たっしゃれ」

監物とお品の方は、息を三つした。

このとき、黒い谷に、微小な赤いものが、ぽっとひとつ浮かび出た。それが実に緩慢に――しかも、息を七つしたときまさしく茎をもち、赤い花弁をもった花としてのびてきたのである。

九つめの息をしたとき、びゅっと凄じい大気をきる音がした。右京と女巡礼の胸に、琴糸をひいた鉤《かぎ》がうちこまれた。

はっとした瞬間、悲鳴とともにゆらいだ鮮麗な花から、黄色い花粉のようなものが吹いて、監物とお品の方の鼻口を覆《おお》った。

「忍法、女人花。……」

伊賀の忍者真壁右京は笑った。

「礼をいえ、これでふたりとも、たとえ死すともはなれじと想い合うようになるぞ！」

そして彼は、女巡礼の屍体《したい》の上に、どたりと重なって絶命した。

「たわけ、何をしておる。敵の罠《わな》におちるぞ。――」

血相かえてとんできた木曾ノ碧翁は、思わず曾兵衛の言葉をわすれて叱りつけて、杉監物の顔をにらみつけた。

「何が罠じゃ。ただ、たのみもせぬにこやつら、妙な見世物をみせたまでのこと、罠になんぞおちぬわ」

と、杉監物は顔をゆがめて片眼で碧翁をにらみかえした。碧翁は、しかし、凝然として、女巡礼のむき出しになった股間《こかん》の美しい花をみつめている。

花から赤いしずくがおちた。それは吸いあげた血であった。

「人に咲く花。……」

人に咲く花があり得るか。もとより碧翁も監物もそんなものはみたことはないが、しかし、冬虫夏草といって、虫体に寄生する嚢子《のうし》菌類《きんるい》の一種がある。胞子《ほうし》が生きた昆虫の口か気門から体内に入って、菌糸《きんし》がひろがるのだ。皮膚病における頑癬《たむし》、白癬《しらくも》のたぐいも、おなじく生体に寄生する黴類である。それは下等動物と高等動物の連鎖にあたる蘚《せん》苔類《たいるい》にすぎないが、しかしこの伊賀の忍者の体液には、顕花植物《けんかしょくぶつ》の胞子が培養《ばいよう》されていて、陰湿《いんしつ》な女体の沃土《よくど》におちると、一瞬、匂《にお》いたかく花となって咲き出でたものであろうか。

阿波侯お部屋様《へやさま》お品の方《かた》が、素姓もしれぬ江戸の町人杉七と、小出家の邸内の黄葉林のなかで心中しているのが見つけ出されたのは、それから三日めの朝であった。心中とはみえたが、ふたりのからだに傷はなく、毒をのんだ様子もなく、ただぞっとするような憔悴《しょうすい》が、ふたりの顔にむき出しになっていた。あたりの秋草はおびただしい白露にぬれ、そのどの花よりも美しい真紅《しんく》の花が、女の谷から咲き出して、そよいでいた。

卯月と曾兵衛が、その屍骸《しがい》のそばに立ちつくして、茫然《ぼうぜん》と顔を見合わせたとき、秋風が吹いて、花は霧のごとく花粉をとばした。

阿波侯が江戸へ発《た》つ日の朝、小出家では、たしかに曾兵衛をとじこめておいたはずのあの檻《おり》の中で、どうしてもぐりこんだか、その曾兵衛と卯月の、やつれはて、からみあった屍体が発見された。そしてまた妖《あや》しい女人花《にょにんばな》は、国家老奥方の気高いばかりの裸身から、匂いたかく咲き出して、滅《ほろ》びのひかりのなかにゆれているのであった。

忍法「波千鳥」

一

そのむかし、豊太閤が大坂城を築《きず》いたとき、石垣の巨石の大半はこの一帯から切り出して、はるばる船で運んだものだという。その伝説はおそらく事実であろうと思われる奇岩と巨石が無数にむき出しになった山であった。

この大宝山の中腹には、有名な千光寺があるが、これまた後年頼山陽が、「岸腹僧寺《ガンプクソウジ》ヲ嵌《カン》ス」と詠《えい》じたように岩中にあり、本尊は千手観音《せんじゆかんのん》で、平城天皇《へいぜいてんのう》の大同元年、多田満仲《ただのまんじゆう》が中興したといわれるほど開基《かいき》の古い寺で、参詣人《さんけいにん》も多い。寺の境内にたてば、はるか潮けむりの彼方《かなた》に四国の山々が望まれ、また碧波《へきは》のうちに緑を盛《も》りあげた大小の島影がみえるが、すぐ眼の下にも、松林につつまれた大きな島が横たわって、その松林の中から、カーン、カーン、と槌《つち》の音がほがらかに秋の空にひびいている。その島にもある石切場からの音であった。

山の下は、海にはさまれた蛇のように狭い港町で、家々に庭もみえないほどの甍《いらか》の波だ。そのむこうには無数の帆柱《ほばしら》が林立している。古いむかしから、大明や朝鮮、カンボジヤや呂宋《ルソン》の船がきっと寄って、酒や魚を求めていったという備後《びんご》尾道の港であった。

「お夏。……」

石のかげで、あえぐような声がした。

――千光寺へ参詣《さんけい》にゆく石段の道からそれた岩と岩のくぼみである。

そこに、前髪立ちの十七、八の少年が、若い女にしがみついていた。どちらも町家風《ちょうかふう》の身なりだが、少年は顔こそ美しいが、肌は蒼白《あおじろ》く、女はややふとり肉《じし》で、椿《つばき》の花みたいに赤い、肉感的な唇をしていた。その唇をひらいて、わざと少年の唇のまえであえぎながら、

「房之助《ふさのすけ》さま、あれ、そんな。……」

といいながら、手は少年の手をとらえて、袖ぐちからじぶんの胸もとへさそい入れている。少年は、もはや、美しい風光も、遠く千光寺からふってくる鐘の音も、眼にも耳にも入らないらしい。霞《かす》んだような眼つきになって、

「一と月ぶりだ。やっとおまえと外に出られたのは」

そういったとき、女の白い腕も蛇のように少年の秘所をまさぐって、もてあそびはじめ、彼はのけぞるように身もだえした。お夏はさらに刺戟的な動作をくりかえしながら、

「ほんとうに、こんな愉《たの》しい思いをするのも一と月ぶり……わたしも房之助さまが恋しゅうて、恋しゅうて」

さすがに、頬はぽっと薄紅色にそまっていたが、眼は少年のもだえを愉しむようにひ

かって、観察していた。

「けれど、この次はいつまたこんな風に、ふたりだけになれるのでしょう」

「わたしの弱いからだが丈夫になるように、千光寺へお詣《まい》りする——この山道をのぼるだけでも丈夫になるからと、おっかさんにいう智慧《ちえ》が、どうしてきょうまで出なんだかとくやしいよ。しかし、こんどからは、この手をつかう」

「でも、いつもわたしをお供には出して下さらないでしょう」

「大丈夫だよ。おっかさんはまだおまえのことなどかんづいていないのだから」

「ほんとうに、山陽道きっての廻船問屋《かいせんどんや》西海屋《さいかいや》の坊っちゃまと、下女とではたいへんな身分ちがい。……お内儀《かみ》さまがゆめにも御存じないのはあたりまえですけれど、それだけに、いつまで、房之助さまとこんなことができるかしら」

岩のかげに、お夏はむちむちしたひざの上に、少年をのせるようにしていた。古怪な南画屏風《なんがびょうぶ》のような岩にもたれかかり、乳房を少年にいじらせながら、片足をなげ出し、片足を少年の腰に巻きつけている。白い秋の日に、むき出しになったふとももが生なまとひかって、それ自身一個の生き物みたいに、微妙にうごめきつづけていた。口では悲しそうな言葉をつぶやいているが、年下の男のあたまをべとべとに醱酵《はっこう》させてしまうことを充分勘定にいれた、大胆で濃艶きわまる姿であり、うごきであった。

「いつまでって、わたしはそのうちきっとおまえをお嫁にする」

「そんな……お内儀さまが御承知なさるものですか」

「きいてくれなければ、死ぬといってやる」

「ほんとうですか。房之助さま……この可愛らしい口で、もしうそをついたら」

すえた果物のような息を吐きかけながら、お夏は少年の唇にじぶんの唇を重ねていった。そして、じぶんの未来の野心を、粘《ねば》っこい唾液《だえき》の蜜とともに吹きこむように、舌を少年の舌にからみつかせた。

寺の鐘の音、港の船の法螺貝《ほらがい》のひびきが遠くなり、白い日のひかりが乳みたいに重く、この岩かげによどんだようであった。

「ほう」

ふいに声がした。ふたりははっと顔をあげたが、からみあった四肢《し》はとっさには解けなかった。

「こんなところにおったのか。寺へ上っていったのが、道理でいつまでもおりてこねえと思っていた。――ふふ、若いのに寺詣《まい》りとは殊勝なものだと感心していたら、とんだところに極楽を見つけていたもんだ」

二

岩と岩とのあいだの小径《こみち》に、ひとりの男が立っていた。三度笠をかぶり、紺《こん》の手甲脚絆《てっこうきゃはん》に長脇差を落しざしにした旅人《たびにん》である。日やけした顔に、吊《つ》りあがった眼が、白い糸みたいにさらにほそくなると、

「ねえや、お前《まえ》さん、大《たい》したやりてだね」

と笑ったのは、いま、「ほう、こんなところにおったのか」とそらっとぼけたが、だいぶまえからいちぶ始終を立ち見していたらしい。

少年をかばうようにして、じりじりと反対側へさがりながら、お夏はさけんだ。

「おまえさまはどなたですか」

「ちょっとききたいが」

と、旅人はその問いにはこたえず、

「ふたりとも、西海屋から出てきたようだが、西海屋のお内儀《かみ》さんはお浜さんとおっしゃるね」

「お浜はわたしのおっかさんだ。おまえさまは?」

と、少年が唇をふるわせながらいうのに、旅人はなおのしかかるように、

「ふうん、お内儀さんには、おまえさんのような息子があるのか。おそろしく早熟《ませ》てい るところをみると、ひょっとしたら種は紀州かもしれねえぞ。で、おっかさんはむかし 紀州からきたひとだろう?」

そのとき、どこかで、「答えるな。——」という声がきこえた。少年とお夏より、旅 人の方が、ぱっとうしろへとびのいた。反対側の——少年とお夏の背の方から、笈《おい》を背 負ったふたりの山伏《やまぶし》がかけよってきた。

「答えるな。どけ」

と、ひとりの山伏は、お夏と少年をはねのけて、前に出た。同時に、おどろくべきこ とに、もうひとりの山伏は、そこに相対峙《あいたいじ》した四人の頭上を、錫杖《しゃくじょう》ひっつかんだまま、 白鷺《しらさぎ》のごとくに旅人の背後へ飛んで、しかも空中で一回転しつつ、こちらをむいてとん と立ったのである。

「砂子蔦十郎《すなごつたじゅうろう》。——」

さすがに旅人は、悲鳴のようなさけびを何処かへなげつつ抜刀した。ふたりの山伏は きっと頭をふりあげたが、峨々《がが》たる巌上《がんじょう》にうごく影もない。

「砂子蔦十郎という奴がそこらにおるのか」

「それは江戸《えど》柳生《やぎゅう》か、御庭番か」

お夏と少年をかばった山伏の手にも、すでに戒刀《かいとう》がひかっている。そのあごは黒い髯《ひげ》に覆《おお》われていた。旅人は背を岩にぴったりつけて、左右に眼をくばりながら、また呼んだ。

「砂子――来てくれ――蔦十郎」

「おうい、砂子蔦十郎とやら、出て来ぬか。どこの岩穴にもぐっておる」

声をあわせて呼んだのは、宙《ちゅう》をとんだ山伏だ。兜巾《ときん》の下の顔はまだ若く、美しい顔だちなのに、面もむけられないような精悍《せいかん》の気がみなぎっている。返事はなかった。

「おい、江戸柳生、情《つれ》なくも相棒は助けに来てくれぬぞ」

と、若い山伏は獣《けもの》みたいに真っ白な歯を軋《きし》らせて笑った。髯《ひげ》の山伏が声をかけた。

「ふむ、こやつは江戸柳生か」

「御庭番ならば忍者、忍者ならばかような場合に、かような悲鳴はあげませぬなあ」

「よし、では、拙者が――」

「待った。この岩の狭間《はざま》で刀を振っておっては手間どるばかりでござる。どうやら、敵はもう一匹おるというに――」

若い山伏は錫杖《しゃくじょう》で大地をひとつきすると、鏘然《しょうぜん》たる環《かん》の音をひいて、つつと前へ出た。

「これ、戒名つくって回向《えこう》してやるに、うぬの名をきいておいた方がよかろう。名を名のれ」

「おれか、おれは直参櫓平四郎《じきさんやぐらへいしろう》。おれより、うぬは」

「おれは甲賀山伏《こうがやまぶし》、不破梵天坊《ふわぼんてんぼう》」

笑いながら、極めて無造作にななめに錫杖をふりおろす。江戸柳生の櫓平四郎ははっしとこれに一刀をかみあわせた刹那、相手の錫杖がふつうのものとちがって、錫《すず》でも木でも角《つの》でもなく、すべてが鉄から出来ていることを知った。

「きえーっ！」

それは、櫓平四郎の絶叫であったが、また鉄と刃の相触《あいふ》れたひびきともきこえた。刃が鉄とかみあった瞬間、それは新陰流《しんかげりゅう》「甲割《かぶとわ》り」の秘剣と化したのである。刀身は折れず、鉄の錫杖の半ばまで斬りこんでいた。

同時に平四郎は、じぶんの双腕に拳から灼熱の稲妻がはしるのをおぼえた。はなそうとした掌《てのひら》が柄《つか》に焦《こ》げついた。一瞬、空に交叉《こうさ》した錫杖と刀身が、灼金《やきがね》の色と光の十文字と化した。

「忍法、赤不動《あかふどう》」

梵天坊――いや、尾張御土居下組《おどいしたぐみ》の忍者不破梵天丸はにこと破顔した。――彼は一刹那に数百度、いや数千度の体熱を、しかも双腕の下膊《かはく》から拳にかけてのみ発して、おのれの体組織には何らの損傷をも受けないのであった。

「おうい、砂子蔦十郎、いいのか。相棒の葬礼に立ち合わぬのか。それでは、御免蒙《こうむ》って、手廻しよく火葬にするが、よいな?」

不破梵天丸は、もういちど錫杖をふりあげた。平四郎の手から皮膚はおろか肉まで剝《は》ぎとって、刀身はもぎはなされた。とみるや、その刀を嚙《か》みつかせたまま、灼熱の錫杖を平四郎の頭上へ、ふたたびばしっとたたきおろしたのである。

三度笠を炎とかえながら、櫓平四郎は石の上にたおれた。その胸を梵天丸の奇怪な十文字槍はぴたりとおさえている。きものはもえて火の蝶のようにとびかい、異様な臭気をあげて肉は溶《と》け爛《ただ》れる。櫓平四郎は一声獣のようなさけびをあげ、一度手足を痙攣《けいれん》させただけで悶死《もんし》した。

「土肥さま」

と、梵天丸は平然として、もうひとりの山伏をみた。少年は恐怖のあまり喪神していたし、お夏は腰がぬけたように坐ってはいるものの、散大した瞳孔はあきらかに意識のないことをあらわしていたし、髯《ひげ》の山伏も、あまりの酸鼻《さんび》さに土気色の顔をしていた。

「赤不動……江戸屋敷水蓮亭でいちど見たが、やはり、凄いものだな」

「土肥さま、これから西海屋へのりこんで」

梵天丸は刀をもぎとった錫杖を片掌《かたて》でしごいた。すうと白い蒸気のようなものがたって、刀痕はどこへかみえなくなった。そばに寄って、世間話のようにささやいた。

「お浜を江戸へ送るのに一工面が要《い》りますな」

「お、そういえば、公儀の犬がちかくにもう一匹おるといったな。それは御庭番か、江戸柳生か。こんどはおれにまかせい」

「左様なものは、何が出てきてもむしろ望むところですが」

と、梵天丸は鼻で笑った。

「お浜を江戸まで二百里、わざわざおびき出す算段がなあ」

ふたりの山伏が、それぞれ軽がると、女と少年を背におって大宝山を下っていったあと、しんとした秋の日の下で、石がつぶやいた冷たい声がきこえた。

「甲賀の手の内《うち》みたぞ。しかし、火が勝つか。水が勝つか。——これアおれにもちと自信がないわ」

三

尾道《おのみち》はおろか山陽道指おりの廻船問屋西海屋の女房お浜は、見知らぬ山伏ふたりにつきそわれ、まだ半分気を失ったままで千光寺からかえってきた息子の房之助と下女のお夏をむかえて、おどろきに眼を見ひらいた。

「いったい、これはどうしたことでございますか」

不審と不安にひそめた青い眉《まゆ》が美しい。十七になる息子があろうとは信じられない若さだが、荒くれ男を使う家の内儀だけあって、どこかつよい気性がほのみえる。——主の伊兵衛は、酒をつんだ廻船で大坂へいっていた。

ついてきたふたりの山伏は重々しくいった。

「まず息子どのの気がはっきりしてからおききなされい」

やがて正気にもどった房之助とお夏から、千光寺でひとりの旅人にふいに「母はむかし紀州からきたひとか」と問いかけられたという話をきいたお浜は、いっそう妙な表情になった。そのひとりの旅人の年齢人相をきいても、まったく心あたりがない。

房之助とお夏は、しかしその話よりも、むしろ恐怖の眼を山伏たちになげた。

「あれを見られたか」

と、若い方の山伏は微笑した。

「あれは、修験道《しゆげんどう》にて、わが身挙体火輪《きよたいかりん》なりと観《かん》じ、火天の大印をむすび、火天の小呪をむすべば、怨敵《おんてき》たちまち調伏なす火界呪《かかいじゆ》の修法でござる」

お浜はむろん、あの凄じい決闘をみた房之助とお夏にも、何のことやらわからない。

「あの旅人は、息子どのに兇念を抱いていたゆえ、拙者がたすけなんだら、かならずいのちは危うかったに相違ござらぬ」

「房之助に兇念？　なぜ？」

お浜は、むしろあっけにとられた顔であった。

「房之助はこの家で生まれ、尾道はおろか、家の外へさえめったに出たことのない十七の子でございます。母親のわたしがみてさえ、腹のたつほど身体《からだ》も心も弱い子が、見知らぬひとさまに、そんな恐ろしい恨みをむけられるいわれがございません」

「それは、房之助どのの素姓からだ」

と、髯《ひげ》の山伏がいった。

「え、房之助の素姓？」

「お内儀」

と、彼は声をひそめていった。

「と、呼ぶのも恐れ多い。そなたはもと紀州でいまの公方《くぼう》さまの御寵愛をうけた方ではないか？」

「……だれから左様なことをおききなされました」

「あの旅人からだ。じかにきいたのではない。岡山の宿で立ち聞きしたのだ。……話せばながくなるが、それは当家に縁のないことだから端折《はしょ》っていう。宗門の大法に叛《そむ》き、谷行《たにこう》の仕置にかけた破戒の元修験者《しゅげんじゃ》があったと思われい」

「谷行とは？」

「生きながら千仞《じん》の谷へつきおとす修験道《しゆげんどう》の刑罰じゃ。その男が、……岡山の宿で、となりのひそひそ声が、死んだはずのその男の声ではないか。これは、とわれらは耳をすませた。その話が、こうじゃ、備前尾道の廻船問屋西海屋の内儀は、むかし紀州で公方さまのお情けをうけた女で、そのときの御落胤《ごらくいん》がいまそこで育っておるとのこと、これを亡《な》き者にすれば、どこやらから千両の金が手に入るとか。――そのどこやらとは誰のことか、相手の旅人は何者か、そのときはまったくわからぬ。いちどは悪運つよい奴、こんどこそはのがさず成敗《せいばい》してくれようと戒刀をとりなおしたものの、その話があまりに容易ならぬことじゃから、ひとまずそのなりゆきをみとどけようと、ひとしれずあとをつけてきたのだ。そして、はからずも大宝山で、きゃつらが息子どのをつかまえ、いまにも毒手にかけんとする気配をみて、もはや見のがすことは相ならぬととび出し、その破戒の曲者《くせもの》は成敗したが、もうひとりは、どこへにげたやら、ついに姿をあらわさなんだが」

こういいながら、髯《ひげ》山伏は、ちらちらと房之助とお夏の方をみる。ふたりはあのときの旅人とこの山伏の問答はきいていたのだが、恐怖に麻痺《まひ》していたこととてはっきり記憶せず、いまの山伏の話が嘘かまことかもよくわからない。

「――何ということでございましょう。とんでもない思いちがいでございます」

と、お浜ははげしく頭をふった。

「いかにもわたしは、むかし公方さまのお情けをうけた女でございます。けれど、それは十八年前、おいとまをいただいて堺《さかい》の実家にかえっているとき、いまの夫《おっと》伊兵衛に望まれて、この尾道へ嫁《かた》づいてきた者、その翌年に生まれた房之助は当年十七歳、年をかんがえれば、左様なことは途方もないまちがいだということはわかりますのに。――」

「十八歳か、十七歳か、そこらあたりになると、ひとにはよくわからぬのではないか」

お浜は唇をかんだ。きれながの眼をすえて、

「それにしても、房之助がもし御落胤ならば、御落胤を亡きものにすれば千両もらえるとはなんという恐ろしい――恐ろしさを通りこして、わたしにはわけがわかりませぬ」

「われらにも、わからぬ。しかし、世つぎ争いとか何とか――慾にからむ俗世の修羅《しゅら》は、大どころほど醜《みにく》く、あさましく、下々《しもじも》のものには身の毛もよだつこわいものであろうとは想像がつく。わるい奴ではあったが、こりゃ、あの曲者、あのとき成敗せいで、生かしてその黒幕を聞けばよかったの。もうひとり、姿をくらました奴もおるが」

「ああ、わたしはそのおひとに逢いたい！　逢って、わたしの口からいいとうございます。房之助は、決してそんな大それた素姓の子ではないということを――」

「ま、ここしばらく用心なされ、用心なされ。われらものりかかった船、力になって、怨敵《おんてき》退散を祈って進ぜるほどに」

そして、ふたりの山伏は、そのまま西海屋に腰をすえてしまったのである。その上、

怨敵退散を祈ってやるといった通り、奥庭に強引《ごういん》に悪魔調伏《ちょうぶく》の護摩壇《ごまだん》をきずいて、加持《かじ》祈禱《きとう》の支度にとりかかったのであった。

お浜ははじめなかば迷惑の様子でもあったが、あらためて房之助から千光寺に於けるこの山伏の凄じい法力をきき、またこのものものしい修法の支度をみて、次第に彼らにすがりつきたい気分にひきこまれていったようであった。——千光寺へそっと人をやってさぐらせてみると、殺されたという旅人の屍骸《しがい》はなかった。もうひとり残っているその仲間が始末したものにちがいない。それがお浜にいよいよ恐怖を起させた。

房之助は、むろん一歩も家を出ることは禁じられた。家どころか、西海屋の奥ふかく、座敷牢の囚人みたいに閉じこめられてしまった。すくなくとも、父の伊兵衛が大坂からかえるまでは、というお浜のきびしいいいつけであった。

七日ばかりたった或る夕方であった。房之助が、夕食をはこんでいった下女のお夏と、膳をよそに抱きあって口を吸いあっているのが、息子の動静に敏感なお浜に、とうとう見つけ出された。お浜は驚愕《きょうがく》し、また怒って、房之助を叱責した。すると十七歳の息子は眼をつりあげて、お夏をお嫁にしてくれといい出したのである。

「いいえ、なりません。まあ、なんということをいい出したものか。年上の、しかも下女風情《ふぜい》を——おまえは、西海屋の大事な一人息子ではないかえ。なりませぬ。決してゆるしませせぬぞえ。それにしても、いつからそんなふしぎな仲になっていたものか、お夏もお夏、どうもこのごろ妙に色っぽくなったとみていたら、乳くりあう相手がおまえであろうとは――分にこえた望みをかけたとて、わたしがゆるしませぬ。お夏！　お夏！」にげていったお夏を、お浜は金切声《かなきりごえ》でよんだ。内憂外患《ないゆうがいかん》こもごも至る、といった狼狽ぶりであった。お夏の返事はなく、口から泡《あわ》をふいて何かいおうとした房之助は、ふいにおびえたように眼を宙にあげてだまりこんだ。奥庭の方から、炎の声そのもののような山伏梵天坊の祈禱の呪文《じゆもん》がながれてきたからである。

「のうまり、たたきゃていびゃり、さらばもつけいびゃり、さらばた、たらだ、せんだ、うん、キ、キ、キ……」

お夏がそのまま西海屋から消えてしまっていることが発見されたのは、夜に入ってからであった。

四

――まるで湖のようにしずかな波音だ。白い半月の影をおとしている瀬戸内海に沿うて、一羽の鴉天狗《からすてんぐ》のような姿が翔《か》けていった。

「団光坊《だんこうぼう》さま」

ゆきすぎかけて、修験者は土にわらじの指をくいこませた。路からそれて、波うちぎわに転々とうちあげられた流木のひとつに、腰をおろしていた女が立ちあがった。

「なんだ、こんなところに待っておったのか」

舌うちしたのは、髯《ひげ》の山伏である。大股にちかづきながら、

「せめて神辺村《かんなべむら》までいって待っておれといったのに、尾道からたった二里のこんな今津の浜辺に待っておって、もし追手でもかけられたら何とする」

「追手が出るような気配ですか」

不安そうな顔をむけたのはお夏だ。

「いや、そんな気配はない。西海屋の御内儀は、大事な一人息子をたぶらかそうとする女狐《めぎつね》がにげ出したので、かえって胸なでおろしたようだ」

お夏はくやしそうに唇をかみしめたが、すぐにたもとから蝶むすびにした紙を出して、

「西海屋を出るときから、もうちゃんと文をかいておきました。それでは、はやくこれを房之助さまにわたして下さいまし」

山伏は受けとって、しばらくじっと娘の顔を月にすかしてみていたが、その手紙様《よう》の紙をたもとにしまいこむと同時に、ふいにすらりと戒刀をぬきはらった。

「あれ、何をなさるんです」

「この手紙はたしかに房之助にわたしてやるが、もはやおまえに用はないのじゃ」

「えっ、だって、それじゃあ、わたしと房之助さまをかけおちさせてやるといったのは」

「この手紙は、房之助をおびき出すための道具だ」

「わたしを殺して、房之助さまをおびき出して、どうしようというのです」

「さて、どうしようかの。とどのつまり、西海屋の女房をさそい出す手品のたねじゃが、房之助も……所詮《しょせん》は生かしてはおけまい。また、おまえもそれが望みであろう。冥途《めいど》についたら、はれて手に手をとって、三途《ず》の川へ道行《みちゆき》をしろ」

「あっ」

お夏は、のけぞるようにして、戒刀の唸《うな》りからとびのいていた。むろん、その一撃を避けたのが、奇蹟といっていいほどの僥倖《ぎょうこう》であった。そのまま、トトトトとあおむけざまに走っていって、汀《みぎわ》にちかい流木のむこうへ白い二本の足をひらいてころがった。

修験者は羽ばたくように宙《ちゅう》をとんで、その流木にとまったが、ふりおろそうとした戒刀が、そのままぴたと静止した。何者かに足をとらえられたからである。彼の眼は、流木にそうて、あおむけに寝ている、お夏ではない影をみた。彼の足をつかんだのは、その影の片腕であった。しかし、いかに思いがけなかったにせよ、団光坊は――いや、尾張柳生屈指の使い手土肥団右衛門《どひだんえもん》ともあろうものが、一つの足くびをとられたくらいで身うごきもできなくなったのはふしぎであった。

「尾張柳生――甲賀者はどうした？」

土肥団右衛門は口もきけなかった。流木のかげに横たわっていた影は、まるで砂上におちている奇怪で巨大な貝みたいな笠の下でいう。三度笠を顔にかぶせて寝ていたのである。その笠が、徐々《じょじょ》に徐々に浮きあがってきた。足くびをつかんだ手は、団右衛門によりすがって立つように、すねからひざへ、腹から胸へ這いあがってきた。

足くびからキーンと刺すような冷気がのぼるのを感覚したのは最初の一瞬だけである。その刹那に、団右衛門は知覚も意識も失った。しかも、彼はたおれない。刀をふりかぶったままの姿勢である。——そのあごひげに、耳たぶに、髪に、そしてふりかざした戒刀のきっさきまでも、きらきらと白い珠がむすばれていた。

「忍法、薄氷《うすらい》。——」

と、三度笠の下で、すでに完全に立ってつぶやいたのは、江戸方の忍者砂子蔦十郎にまぎれもない。——土肥団右衛門は、氷の露のひかるまつげのなかで、かっと恐怖の眼を義眼のごとく見張ったまま、全身まっしろな薄氷につつまれて氷結していた。

三度笠はしずかにはなれた。流木の上に、凄《すさま》じい速度のフィルムの一齣《ひとこま》をとめたような修験者の姿勢をのこしたまま、砂子蔦十郎はお夏のそばへあゆみよった。

「女」

と、呼ぶ。からだこそ薄氷につつまれないが、お夏の義眼のような恐怖の眼は、山伏とおなじだ。

「事情はうすうす察しをつけているが、おまえがこの山伏に殺《あや》められかけたわけをきかしてくれ」

喪神《そうしん》したようなお夏の口が、ようやくしゃべり出した話はこうである。

じぶんは西海屋の息子房之助と恋仲である。きょう房之助がそのことを御内儀《おかみ》さまのお浜さまにうちあけたら、もってのほかと立腹された。下女部屋の裏で泣いていると、いまの山伏――七日ばかりまえから西海屋に泊りこんでいる団光坊がうしろからちかづいてきた。そして、話をきいて、――ともかくこの家をにげろ、このままおまえがここにいても、事はちっともよい方角へすすむ見込みはない。ひとまず逃げて、逃げたさきから房之助に呼び出しの手紙をやれ。その手紙で房之助があとを追っかけてゆかないようなら、この恋はあきらめるよりほかはあるまい、といった。それからまた、その文づかいはわしがしてやろう、いまふたりでにげ出せば追手をかけられるだけだが、あとで房之助だけをのがすなら、わしが何とか手びきをしてやろう、おまえはさきに神辺村まで走って、そこにある古切屋《ふるぎれや》という旅籠屋《はたごや》で待っておれといって、路銀までくれた、とお夏はふるえながらいうのであった。

「ばかだな、おまえ、縁もゆかりもない山伏が、そこまで立ち入って親切にしてくれる裏に何かあるとは思わなかったのか？」

「いいえ、そのときはただありがたいおひとと手を合わせたいようでした。それに山伏は、ふたりでかけおちして一と月か二た月かくれておれば、そのうち御内儀もあきらめて、ふたりを夫婦にするよりほかはあるまい。おまえが西海屋の御新造になったら、この恋のなかだちをしてやったわしに、いささかの喜捨をしてもよいぞ、と笑ったので、うっかり信じてしまったのでございます」

「その呼び出しの手紙は、この山伏がとったなあ」

砂子蔦十郎は、氷結した土肥団右衛門のたもとから、蝶むすびの手紙をとり出し、半月にすかして読んで、にやりと片頰に笑《え》みをうかべた。言語に絶する金釘流《かなくぎりゅう》に苦笑したのである。

「わたしは神なべの古ぎれやでまちそろ。おいで下されたくそろ。おかみさまのおゆるしなさるまで、ふたりだきおうてまちくらしたくそろ。くわしくは、だん光坊さまよりおきき下されたくそろ。こいしき房のすけさままいる。なつ」

「これでよかろう。これはわしが伝手《つて》をもとめて西海屋へとどけさせてやろう」

「おまえさまが！」

ふいにお夏は、或る問答を思い出して、ぎょっとしていた。この旅人風の男に、いまいのちは助けられたにちがいないが、きみのわるさはあの山伏と同様だ。いや、それ以上だ。いったいこのひとは、あの山伏をどうしてしまったのであろう？　それよりも、このあいだ山伏がいっていた——房之助が御落胤《ごらくいん》とか、そのためにいのちを狙われているとか――何のことやらわからないが、とにかく房之助を狙っているのは、この旅人にちがいないのだ。

「お、おまえさま。房之助さまをさそい出して、もしや殺《あや》められるおつもりではないかえ？」

「わしが、どうして房之助を」

「山伏どのが、そんなことをお内儀《かみ》さまへいっていたんです。房之助さまは尊いお血すじゆえ、いのちを狙う者がある。あの千光寺の曲者がそれだとか――」

旅人はしばらくかんがえて、

「ふむ、きゃつらもいろいろと苦労しておるわ」

と、つぶやいた。それから、手紙をお夏になげかえした。

「おれは小倅《こせがれ》に興味はないが、この手紙はおれなりに用がある。これ、おなじ文句をもういちどかけ。ただ、団光坊は死んだ。だん光坊にきけというところを、ぼん天坊にきけとかきあらためろ。……きかぬか？　きかぬなら、きくようにしてやろう」

旅人はお夏の手くびをつかんだ。氷にふれたような冷たさが腕をはしって、お夏は硬直した。旅人の手はふたたび人肌にもどった。

「いや、きさま、色っぽい顔をしておるの。べつのやりかたで、おれのいうことをきくようにさせてやろう。それほどあの小倅のことが気にかかるか、明日の朝になってもういちどきいてやるわ」

三度笠の下の眼が妖光をはなって、お夏の肌を這うにつれて、彼女はもういちど凍《こお》りついてしまうような感じがした。

五

その翌日、尾道から西へ三里、三原の酒屋の下男で、姫路へ用足《た》しにいっていた男が、妙な顔をして西海屋をおとずれた。

「こちらに、山伏の梵天坊とおっしゃる方がいらっしゃるかね」

梵天坊が出て、「けさ神辺の宿で、団光坊という山伏さまに手紙をことづかってきましただ」と、その男がいうのをきくと、手紙をよんで、物蔭《ものかげ》へつれていった。

「団光坊は、そのほかに何もいわなんだか」

「女があまりに器量よしゆえ、往生させるまえ、しばらくわしに慰さませろ。ふの字のことは、おまえにまかすといってくれ――とおっしゃりましただ」

「女がそばにいたか」

「へ、若い美しい女が、まるで蔦紅葉《つたもみじ》がからみつくように」

尾張御土居下組《おどいしたぐみ》不破梵天丸は苦笑した。ふの字とは、むろん房之助のことだ。房之助をまずこの家からさそい出すために、下女お夏をそそのかす、という智慧は土肥団右衛門の「軍法」であったが、いまにしてかんがえると、彼自身の色好みから出た智慧であったかもしれぬ。房之助をさそい出すのは、むろんそのあとで、母のお浜にあとを追わせるためだ。——手数はかかるが、なぜお浜を旅させる必要があるか、むろんその真の理由はだれにも知られてはならぬことであった。囮《おとり》の下女はすぐにそこらの海辺で討ち果たす、と団右衛門は約束して、みずからその約束をやぶったかたちだが、梵天丸は彼を責めようとは思わない。彼の色好みは、こんどの同行二人旅でいやというほど思い知らされていたし、なんといっても尾張藩では上級の男だ。それに、そもそも梵天丸は、心中団右衛門をそれほどあてにしてはいないのだ。むしろ足手まといに思っているのだ。

梵天丸は、お浜にお庭番の伊賀者の眼がそそがれていることを感知している。もし土肥団右衛門がじぶんからはなれて、単独行動で山陽道をうろうろすれば、或は団右衛門のいのちは危いかもしれぬと思う。そして、それでもかまわぬと冷然と見すてている。それで伊賀者が見くびっておれのまえにあらわれてきたら、それこそ望むところだ。おれの「赤不動」をふせぐ忍法が世にあり得るか？　ない！

約束をやぶって、じぶんがお夏の手紙をもってかえらず、人に話したという山伏団光坊の人相その他について、それ以上くわしくきくことを梵天丸に忘れさせたのは、その土肥団右衛門への軽視以外の何ものでもなかった。思えば、彼自身を破滅の炎になげこんだものこそ、この絶大なる自負からきた粗放さであったのだが。——

「わたしは神なべの古ぎれやでまちそろ。おいで下されたくそろ。おかみさまのおゆるしなさるまで、ふたりだきおうてまちくらしたくそろ。くわしくは、ぼん天坊さまよりおきき下されたくそろ。こいしき房のすけさままいる。なつ」

座敷牢にいる房之助にこのお夏の文をみせ、彼を西海屋からのがれ出させるのは、不破梵天丸にとって幼児を菓子で釣《つ》るより易しいことであった。かけおちして母をおどろかせ、望みをとげるというさきのことより、お夏と手をとりあって旅をするといううれしさに、十七歳の房之助の眼はかがやいた。その夜のうちに、房之助は、山陽道を東へ、お夏を追って木の葉みたいに舞いとんでいった。

朝になって、房之助が消えているのが発見されて、西海屋では上を下への大さわぎとなった。

「房之助はどうされたのか。——ああ、そのえたいの知れない悪者にさらわれてしまったに相違ない。とんでもないまちがいなのに！」

お浜は身もだえした。夫の伊兵衛が留守であるだけに、悩乱は甚だしかった。そして、朝から庭の護摩壇《ごまだん》に坐っている山伏梵天坊《ぼんてんぼう》を責めた。

「山伏どの、あなたは房之助を護ってやるといったではないかえ。房之助はどうしたというのじゃ。まあ、このような大袈裟《げさ》な護摩壇などつくって、なんの加護があったのか――これ、もうひとりの山伏どのは、この一日二日、姿もみえぬようですが、どこにゆきゃったえ」

「団光坊は、護摩壇の五瓶にさす樒《しきみ》の葉を求めて山へいってござるが……」

梵天坊は当惑した表情であった。

「お待ちなされい。これより房之助どののさらわれたはいずれの方角か、軍荼利明王《ぐんだりみようおう》にうかがいをたてて進ぜる。おん、ばさら、ぎに、ばら、ねんばたな、そわか。……」

お浜は山伏をすておいて、奉公人に命じて、西へ、東へ、北へ、捜索のむれを追いたてた。――しかし、房之助のゆくえは杳《よう》として知れなかった。

夕方になって、尾道の漁師《りようし》のひとりが、西海屋にやってきた。備後灘《びんごなだ》に漁《りよう》に出ていた彼は、百貫島《ひやつかんじま》という小島の磯にひとり立っている房之助の姿をみたといい、びっくりして舟にのせようとしたが、房之助はくびをふって、ただ、これを母にわたすようにと、一通の手紙をわたされてきたという。――

「えっ、房之助が離れ小島に？」

お浜はのけぞりかえった。

「して、島には、ほかに人影もみえなんだかえ」

「いんね。けんど、いまから思うと、ひどくおびえてござらしただ。わしも面妖《めんよう》には思ったでがすが、何しろ、若旦那は、一刻もはやくとおっしゃるものでがんすから」

お浜はふるえる手で、手紙をひらいた。

「わたしは百貫島におりそろ。わたしが公方さまの子でないことはわかってくれそろ。されど、みのしろ千両ほしいと申されそろ。それから、千光寺のかたき、ぼん天坊をつれてきてくれと申されそろ。舟には、おふくろさまとぼん天のほか無用と申されそろ。このこと、他言するときは、わたしのいのちはなくそろ。

おふくろさま。　　　　　　　　　　　　　　　　　　　　房之助」

まごうかたなく房之助の文字であった。みるからに、恐怖にねじくれた筆のあとであった。

お浜は眼をひからせた。房之助をさらったのは、やはりあの正体のしれぬ旅人であることはこれで判明した。「千光寺のかたき」というのは、大宝山で殺されたという仲間のしかえしをしたいというのであろう。西海屋にとって、千両はなんでもない。千両はおろか、息子のいのちがたすかるとあれば、一万両でもしかたがないと思う。ただ、どうしてうまく梵天坊をつれ出すかだ。梵天坊は恐ろしい法力をもっているというから、或いはおだてて、さそうことができるかもしれないが、とにかくこの手紙はみせないにかぎる。

お浜は、いそいで梵天坊をよんだ。

「山伏どの、房之助のいどころが知れました」

「え、どこに？」

「房之助はの、この沖合の百貫島につれてゆかれたとやら。――」

　彼女は、漁師のしゃべったこと、房之助の手紙にあることを、そのままにいった。ただ「千光寺のかたき、ぼん天坊をつれてきてくれと申されそろ」という個所だけをのぞいて。

「それで、一刻もはやく千両箱をもっていってやらねばなりませぬ。このこと他言無用とはありましたが、女のわたしに舟も漕《こ》げぬし、恐ろしゅうもある。おまえさま、いっしょにいってくれませぬかえ」

「ほ、千両の身代金《みのしろきん》……どうせ左様なこととは存じておったが、わるい奴でござるな。左様なものはやることはござるまい」

「いいえ、いいえ、とんでもない！　息子のいのちにはかえられませぬ。それより、山伏どの、どうぞわたしをたすけて下されまし。このあいだ、われらものりかかった舟、かならずまもってやるといわれたではないかえ」

　不破梵天丸は、お浜をみず、宙をみていた。そらっとぼけもあるが、実は、もくろみといささかちがうので、心中まごついているところもある。房之助をおびき出したら、団右衛門がこれをとらえ、おどして手紙をかかせることはもくろみどおりであるが、ただお夏をつれて江戸へゆくということになっていたのである。それをたねに、お浜を江戸へ旅立たせ、じぶんがこれをまもって出かけるというのが、彼らの謀計であった。海とは思いがけなかった。

房之助を沖の小島につれ出したり、千両箱がほしいといったり、団右衛門は何をかんがえたのか。房之助のいのちを狙うという架空《かくう》の曲者《くせもの》に化けとおして、事をいよいよもっともらしく運ぶつもりか。いや、ひょっとすると。――

房之助をあやつっている者は、団右衛門ではなく、きゃつかもしれぬ！

はじめて、ふっと不破梵天丸の胸に、みえぬ忍者、名だけは知っている砂子蔦十郎の影がうつった。その可能性は充分ある。しかし――きゃつがおれに勝つ可能性は万に一つもない！　むしろ、それこそ望むところだ。それに、お浜を西海屋から、つれ出すことが至上命令である以上、彼女とふたりでひそかに舟で尾道をはなれるということは、ねがってもない御膳立《おぜんだ》てであった。海へ出て、そのまま大坂へゆくという路もある。要するに、お浜をお江戸日本橋までつれてゆけばよいのである。

不破梵天丸は、凄味《すごみ》のある美しい笑顔になった。

「よろしゅうござる。参ろう」

六

人ひとり住まぬ瀬戸の小島の岩かげに、西海屋の房之助は、白痴《はくち》みたいに立ったまましばりつけられていた。いや、白いよだれさえあごにたらして、完全に狂った顔だ。

むりもない。直《す》ぐ眼のまえで、一日彼は、見知らぬ男とお夏との痴態《ちたい》をみせつけられたのである。見知らぬ男——それは夜の山陽道で彼をとらえ、ここにつれてきた男である。そのときは山伏の姿をしていたが、いまはまた旅人の姿にもどっている。最初にみた山伏の装束《しょうぞく》が、どうやら団光坊のそれとそっくりのものらしい。とみたのが、房之助の最後の判断力となった。すぐに彼は、その男にしがみつくお夏をみて、あっと仰天《ぎょうてん》したままなのである。

「わたしをすてないで！　わたしをどこへでもつれていって！」

お夏はそうくりかえしながら、旅人のけものめいた愛撫《あいぶ》に身をまかせるばかりか、われからいどんでゆくのだ。あれほど房之助を狂喜させた肉感的な唇や舌も、まっしろな乳房や下肢《かし》も、いまは男のもてあそぶままであった。……秋風のふく青い海に、この島にばかり、白い熱い風がにえたぎっているようであった。

「お、月が出たな。——」

と、男はいった。海の東に、半月が白じろと水をはなれようとしていた。

「そろそろ、千両箱をとりにゆこうか」

「え、千両箱は、ここにくるのではないかえ」

男はうす笑いした。のそりと立ちあがって、

「身代金《みのしろきん》千両はいい値《ね》だ。あの息子どのをかえしてやるだけでは、ちと気がとがめる。ついでにおまえもかえしてやろうか」

お夏は仰天してはね起きた。何かさけびながら、足にしがみつこうとするのを、男はどんと蹴はなした。

「いっとき、待つ身のつれづれをようなぐさめてくれた。礼をいうぞ」

そして、つかつかと歩いていって、岩にしばりつけられていた房之助のそばへ寄って、縄《なわ》をといた。

「息子どの。待たせたの。女はかえすぞ」

房之助は鎖をとかれた犬みたいに舌をはきながら、お夏におどりかかっていった。恨みもせぬ、怒りもせぬ、すでに狂って、お夏恋しやの慾望だけに充血したかぼそい四肢は、お夏のはじめて知る少年の恐ろしい力であった。悲鳴をあげながら、お夏はくみしかれた。

もつれあって岩の上をころがりまわっているふたりのそばに、旅人はうす笑いをうかべたままちかよった。とみるまに、足をあげて、房之助の背をおさえた。一瞬、ふたりはそのまま静止した。房之助の肌からお夏の肌へ、さあっと白い霜のようなものが覆《おお》っていった。――夕月にキラキラと白い珠をむすんで、交合の姿のまま、美しい少年と裏切った娘は凍結したのである。

「このおれが、こうして往生したいものじゃが」

と、彼は憮然《ぶぜん》としてつぶやいた。

「そうなれぬのが、忍者のつらいところだな」

彼は背をみせて、ぶらぶらと汀《みぎわ》の方へいった。そして――のってきた小舟はあるのに、そのまま水の中をあるき出したのである。

そこに遠浅の砂はなかった。一足ふみ出せば、数十尋《ひろ》の深さであった。その波の上を、なんたる幻妖《げんよう》、わずかにくるぶしを洗いながら、三度笠の影は悠々とあゆみ去ってゆくのであった。

「おおーい、おおーい」

白い夕月の下、うすぐらい潮《しお》けむりの中を、小舟にお浜と千両箱をのせて櫓《ろ》をあやつっていた不破《ふわ》梵天丸《ぼんてんまる》は、ふと耳をすませた。

海はあげ潮であった。瀬戸の海の特徴として満潮退潮《みちしおひきしお》のながれは矢のように迅《はや》い。いまきこえたのは、その滔々《とうとう》たる波の声であろうか。

「おおい、御土居下組。――」

梵天丸はさすがに愕然《がくぜん》としていた。島影はまわりにいくつか、遠くおぼろにみえるが、あきらかにそこからとどいてくる声ではない。――この怪異を、お浜もききつけて、おびえた顔を周囲にまわしたが、ふいに「あれ、あれ」とさけんだ。

潮のながれてくる方向、その海の上に、三度笠をかぶった人の姿がうかんでいる。それは、夕波千鳥のように波の面をあるいてくる。梵天丸は櫓《ろ》をなげすてた。三度笠の影も立ちどまった。

「ついにきたな、赤不動《あかふどう》、うぬを海へつれ出すのに骨を折ったわ」

と、相手は笑った。梵天丸の眼は血光をはなったが、しかし忍法赤不動もいかんともしがたい距離であった。

「おれは御公儀御庭番砂子蔦《つた》十郎。――御諚《ごじょう》により、その女、うぬもろともに討ち果たすぞ」

そのしゃがれ声が海をながれると同時に、艫《とも》を何やら衝撃して、月光に燦爛《さんらん》ととびちったものがある。それは氷の破片であった。

びゅっと梵天丸の手から赤い閃光がとんだ。灼熱したマキビシ――忍者特有の飛道具だが、それが海面におちてじゅっと煙をあげる彼方《かなた》で、三度笠は波にたわむれる千鳥のように飛びめぐった。舟はゆれた。将棋盤大《しょうぎばんだい》の氷塊が五つ、六つ、いちどにぶつかってきたからであった。めりっと船板の裂ける音がして、お浜はたまぎるような悲鳴をあげた。

櫓を失った舟は、ただ潮流にのって東へながれた。砂子蔦十郎は西の海面に半円形をえがきつつ、乱舞する。その足の踏むところ、水はたちまち氷塊と化した。彼はその氷塊の上をあるいてゆくのだ。そして、足のはなれたところから、瀬戸の流氷は、いま雪どけの北国の河のごとく、舟をめがけて殺到し、衝撃し、うち砕いてゆくのであった。

すでに半ば潮《うしお》にひたった舟の櫓を、ふたたび梵天丸はとって舳《へさき》をまわした。お浜は失神していた。

「あはははははは」

もはや、しとめたとみて、砂子蔦十郎の哄笑《こうしょう》する歯のおくにのどぼとけまでみえる。このとき、櫓がもえた。舟ももえた。一瞬に、不破梵天丸の山伏姿も炎《ほのお》にふちどられた。

「しまった」

さけんだのは、梵天丸ではなく、砂子蔦十郎だ。その足がみだれたとみるまに、彼は腰まで波しぶきにつつまれていた。

が、このとき灼熱の渦《うず》をひろげた舟は——曾ての将軍の愛妾とふたりの忍者とともに、白い半月のかかる海へ、銀蛾《ぎんが》のような火粉をまきちらしつつ姿を没していった。

忍法「足八本」

一

曾《かつ》て、この港には、万里の波濤《はとう》をこえてゆく遣明船《けんみんせん》や朱印船《しゆいんせん》や、また逆に遠い海のかなたからわたってきた南蛮船《なんばんせん》が、白い帆や朱《あか》い旗の影をおとしていたという。或いは武装せる自由都市として全市に濠《ほり》をめぐらし、精鋭なる近代兵器をそなえて当時の覇者《はしゃ》織田信長《だのぶなが》にすら抗したという。また銀の十字架《クルス》を腰にさげた紅毛人がさえずりながら徘徊《はいかい》し、また紹鷗《じょうおう》とか宗及《そうきゅう》とか利休とかの富豪兼《けん》大文化人が、松風の音をききつつ清寂の茶室で瞑想《めいそう》していたという。——すべては夢だ。

いまは海に帆影もまれに、町をめぐる運河も青みどろをうかべ、それに影をおとす土蔵も、さすがに数は多いが、黒ずみ、壁の剝落《はくらく》したものも少くない。斜陽の町、泉州の堺《さかい》であった。

それは、元和《げんな》の禁教令以後、貿易港としての特権を長崎にうばわれ、またその後商業都市としての生命もしだいに大坂に吸いとられたからで、ここに残るのは、曾ては豪奢をきわめた町人の城の巨大な残骸《ざんがい》であり、滅びゆく無数の名家の堆積《たいせき》であった。

とはいえ、元禄のころ西鶴が「日本永代蔵《にほんえいたいぐら》」に、「此津《このつ》は長者《ちょうじゃ》のかくれ里、根のしれぬ大金持その数を知らず、ことさら名物の諸道具、唐物唐織《とうぶつとうおり》、先祖より五代このかた買置きして、内蔵《うちぐら》におさめおく人もあり、また寛永年中より年々取込む金銀いまいちども出さぬ人もあり、外よりは細ぼそとして内証《ないしょう》手広き習い——」とかいた名残りの面影は、まだこの町に夕映《ゆうば》えのごとく漂《ただよ》っている。

その一軒——「伊良子屋《いらこや》」と紺《こん》のれんに白く染めぬいた大きな店のまえに、或る秋の午後、十人あまりの異形《いぎょう》の男たちが立った。深編笠《ふかあみがさ》の武士ふたり、あとは山伏ばかりだが、そのなかに虚無僧《こむそう》と六部《ぶ》の姿がまじっている。

「頼もう」

町家を訪《おとず》れる声らしくもない荘重《そうちょう》な声をかけて、彼らは中に入っていった。

店の中央には、奉公人の影もすくなく宏壮《こうそう》な柱にはところどころ蜘蛛《くも》の巣がかかり、たたみのふちはほぐれてさえいるが、これでも中世、堺《さかい》を支配した名家の裔《すえ》、織物問屋として名のきこえた店であった。小僧が奥へかけこむと、主人の源内があわてて出てきた。

ふたりの武士が、深編笠をぬいだ。ひとりは、年は三十すぎ、漆黒《しっこく》の総髪を背にたれて、おっとりと気品にみちた顔をして、武士というよりどこやらお公卿《くげ》さまのような感じがあり、もうひとりは四十四、五であろうか、これまた面長《おもなが》の色白の顔ながら、学者のような重厚さがある。

これが、扇《おうぎ》をなかばひらいて、重々しくささやいた言葉が、伊良子屋源内を驚倒させた。

「御亭主。……まだ世にいうははばかるが、ここにおわすは将軍家御落胤《ごらくいん》、徳川天一坊様と仰せられる」

源内は虚《うつろ》な眼で相手をみたが、そこに悠然と立つ総髪の武士のおのずからなる威容にうたれて、われしらず、はっと両手をついていた。中年の武士はいった。

「今日、ただいま当家をおとずれた用向きと申すは、実はそなたにかかわりあることではない。そなたの内儀おぎんどのにお逢いしたいのじゃ」

「女房に――」

「左様に申せば、そなたも思いあたろう。おぎんどのは、公方様が紀州におわしたころの御側妾《おそばめ》であったはずじゃが、それよりまえに、やはり御側妾およしの方様の婢《はしため》であったそうな。天一坊様は御幼年にて母君を喪《うしな》いたまい、母君についてよう御存じあそばされぬ。さればによって、しばらく当家に滞在なされておぎんどのから、母君御在世のころのおん物語を、あれこれとおききなされたい由じゃ」

源内はあわてて、小僧をよんで、内儀のおぎんをよびに走らせた。おぎんが出てきた。

これは、それほどの年ではないと思われるのに髪に白いものがまじり、いかにも病身げな源内とかわって、大柄《おおがら》で、派手《はで》づくりで、白いあぶらがぽたぽたしたたりそうな女

房であった。亭主から耳うちされて、これまたあわてて手をつかえたが、まじまじと天一坊をあおいで、

「まあ、ほんとうにおよしのお方様に、お生き写《うつ》し……」

と、つぶやいた。

「御亭主、あまりに唐突のことにておどろいたろうが、まずいまの内儀の一言にて、疑念は無用にねがおう。証拠の御墨付《おすみつき》も所持いたしておる。また、堺《さかい》に参ったその足で、あらかじめ奉行所の方にもとどけてあれば、念のためそちらにききあわせてくれてもよい」

と、中年の武士は微笑していった。

「いえいえ、疑念など、めっそうもございません」

と、伊良子屋源内はほそい手をふって、

「して、あなたさまは？」

「拙者の名か、拙者は天一坊様の家老をつとめる山内伊賀亮《やまのうちいがのすけ》と申すもの。――」

二

伊良子屋源内にとって、鬱病《うつびょう》にかかりそうな日がはじまった。

むろん、いやもおうもなく、どかどかと泊りこんできた天一坊一行《こう》がその原因である。奉行所へあらためてうかがいをたてるまでもないことであった。女房のおぎんは、天一坊様がそのおふくろさまにそっくりだといっているし、「若《も》し女子《おなご》であったならばいずかたへでも嫁《かた》づけよ、男子出生いたせば、この証拠の短刀をもって名乗り出るように」という公方様の御墨付《すみつき》をたしかにもっているし、それにもう三十年もまえに亡くなったというおよしの方《かた》について、実によく知っている。——もっともこれは、おぎんのいうことである。

ただし、御墨付は、三十四年前の元禄《げんろく》十一年の日付で、署名も頼方《よりかた》とあった。現将軍吉宗《よしむね》の前名である。当時彼はまだ紀州藩もつがず、越前丹生藩《にゅうはん》三万石の藩主であった。

せっかく寵愛の女を懐妊《かいにん》させたのに、そのような御墨付をわたして別れなければならなかったのは、おそらく吉宗の年齢にもとづくものであったろう。当時彼は十六歳であった。いかに彼が早熟であり、女好きであったか、いま盛徳の君子みたいな渋い顔をしている吉宗からは想像もできないが、とにかくいかに大名とはいえ、この年では、公然と子供の出生を祝うのに気がひけたろうし、また当時から彼にいささか偽善者の萌芽《ほうが》があったことも、このことで思いやられる。むろん、およしの方は年上で、当時二十三歳であったといわれ、その婢《はしため》のおぎんは、まだ十三歳の小娘にすぎなかった。――おぎんが吉宗の側妾《そばめ》に加えられたのは、彼が紀州に移ってからのことである。

「まあ、このように御立派な若君さまが御誕生あそばしたのに、どうしておよしの方様はそのころ御名乗り出あそばさなかったのでございましょう」

と、おぎんはいった。山内伊賀亮は苦笑した。

「さればでござる。およしの方様は、その後故郷の紀州名草郡《なぐさごおり》平野村に御隠棲《ごいんせい》でござったが、年をこえてこの天一坊様がお生まれなされたものの、何にいたせ殿様はおんとし十六、若君御誕生を名乗り出《い》でるは殿のおん恥を世にさらすことにもなり、またじぶんも何やらうら恥ずかしく、とつおいつ躊躇《ちゅうちょ》なされているうちに、はからずもかりそめのおん病でこの世を去られたということでござる。それゆえ、この若君と御墨付は、そのままおよしの方の兄君の山伏どのがあずかり、殿様が紀伊の御太守に、また天下の公方様へとお登りあそばすのをみるにつけて、いよいよ名乗り出る勇気を失っていまに到ったわけでござる」

この一行《こう》に山伏の姿が多いのも、そういう素姓からであろうか。つじつまは合っている。おぎんはしかし、山内伊賀亮の言葉の内容もさることながら、その銹《さび》をふくんだ声の快感にひきこまれるようであった。

「まあ、およしの方様のお子様とあれば、もったいない話ながら、わたしにとっても、ひとさまの御子のような気がいたしませぬ」

「それに――おぎんどの」

と、伊賀亮は微笑した。

「そなたがおいとまをいただいた際、公方様から頂戴なされたかたみの御刀は、天一坊様が御所持あそばす証拠の御短刀とおなじ紀伊の刀工文殊重国《もんじゅしげくに》の、巴造《ともえづく》りのものであったというではござらぬか。……よほど御縁がふかいのですな」

「ああ、そう申せば、上様《うえさま》がその御刀を下さるとき、おまえはおよしに仕えておったものであったな、それではおよしにつかわした文殊重国の対《つい》の一振《ひとふり》をやろうと仰せられましたが、よく御承知でございますね」

おぎんと伊賀亮、また天一坊様との話はかぎりなくつづく。……亭主の源内はとりのこされた。

天一坊様は、やがて御親子御対面のため江戸表へ御下向あそばすということだが、いったい、いつまでここに御滞在なさるのか。――源内は憂鬱《ゆううつ》であった。

もっとも、源内が女房に無視されたのは、こんどがはじめてのことでばない。二十五年前、紀州藩で奥女中をしていたというおぎんを妻にむかえて以来のことだ。そのとき彼は、おぎんに殿様のお手がついていたということさえ知らなかった。どういう事情でおぎんがおいとまをいただいたのか、その理由を決しておぎんはいわない。そのくせ、彼女は事あるごとに、殿様、いやいまの公方様をもち出す。彼女は伊良子屋《いらこや》の奥向きのしきたり作法を、ことごとくじぶん好みのしきたり作法通りにかえたのみならず、商売の方もじぶんが乗り出した。もともと商売といっても、ほとんど名ばかりのもので、実は蔵々《くらぐら》に充《み》ち満《み》ちている財産を護ってゆくだけの伊良子屋であったから、権式たかい女の商法でもまず大過なかったといえる。もともと若いころからの商売ぎらいで、ただ蔵にある遠いむかしの南蛮《なんばん》の道具や器械や書物などを研究するのが、ただひとつの愉しみであった源内には、かえってこれは好都合なことであったが、しかし完全に女房の支配下にあった。というより圧政下の二十五年であった。

源内はこの女房のいうがままであった。食べる物、着る物、一切おぎんの好みと意志以外に出られなかった。彼女の怒りにふれたとき、彼が生命より大事にしている遠眼鏡《とおめがね》をたたきつけてこわされて、数日間気絶したようになったこともある。それから、若いころ、おぎんが明らかに手代と密通していることがわかりながら、身体虚弱で妻の求めの何十分の一も応じられない源内は、それをとがめる勇気すらなかった。しかも、秋の彼岸《ひがん》の一日、奥座敷の床の間《ま》に、彼女が拝領した巴造《ともえづく》りの文殊重国を飾って、そのまえで奉公人一同とともにお辞儀させせられるのである。その日が、おぎんがその短刀を頂戴した記念の日であるらしく、むろん彼女が公方様の側妾《そばめ》のひとりであったなどとは奉公人は知らされていないから、ただ曾《かつ》て紀州の奥向きに仕えていた内儀が拝領した葵《あおい》の御紋つきの御刀であるというだけでお辞儀させせられているにすぎないが、なんの手柄《てがら》で妻がこの御刀を拝領したかということを知っている源内には、若いころは胸もにえる思いのしたことがあった。しかし、それも古いことだ。いまもおぎんは飽《あ》きもせず、文殊重国を飾る。そのまえでうやうやしく拝礼する源内の能面みたいに品のいい顔には、もはや生気とともに、なんの感情の波紋もみられなかった。

伊良子屋源内は澄んだ秋の日も、まるでものうい夏の午後のように青くよどむ掘割《ほりわり》の水に、剝落《はくらく》した土蔵のむれがひっそりと影をおとすこの廃市の亡霊のような夫であった。だから彼は、天一坊一行におぎんがへばりついて、まるでじぶんの親戚がきたようにしゃべりたて、さわぎたてることに不満をもったのではない。それはかえって、じぶんが女房の鎖からのがれることができて、ありがたいくらいのものだ。ただ彼は、彼の愛するこの家の静寂がかきみだされるのが憂鬱だったのである。

静けさをみだす、といった程度のものではない。まるで鴉《からす》みたいに野卑でやかましい山伏たちである。むろん、天一坊様が大大名、ことによったら次の天下様になられたあと、おまえは一万石、おれは二万石といったたぐいの大言壮語だが、この連中がほんとうに万石取りになったとしたら、日本のどこかで謀叛《むほん》が起きるのではないかと思われるくらいの狂気じみた喧騒ぶりである。なかでも、その未来を女との快楽につないで、最も下卑《げび》た夢想話を、げらげら笑いとともにふりまいているのは、一行の中の虚無僧と六部であった。古びたこの家の家鳴り震動のなかで、悄然《しょうぜん》としているのは源内だけであり、粛然《しゅくぜん》としているのは山内伊賀亮だけであり、泰然としているのは天一坊様だけであった。

三

彼岸《ひがん》の前日の午後のことである。源内が彼のもっとも愛する土蔵のなかで、百五十年もむかしの天文年間、南蛮人から買ったという昆虫図譜《こんちゅうずふ》をひもといていた。

土蔵の中には、豪奢《ごうしゃ》な寝台やら、油でかいた南蛮屏風《びょうぶ》やら、織物やら、香炉やら、楽器やら、画集やら、さまざまの道具器械、なかには彼自身いかに思案しても、目的も使用法も見当もつかない器械類がならべられていた。一見雑然とみえるが、これでも彼なりのうごかすべからざる秩序があるのである。彼はこの土蔵に他人の闖入《ちんにゅう》してくることを何よりもきらった。

それが数日前、女房の高飛車《たかびしゃ》な強制で、不承不承《ふしょうぶしょう》にただいちど、天一坊様と山内伊賀亮だけに見物をゆるしたことがある。じぶんにはみせたことのない妻の愛嬌によるものであったが、天一坊様が子供みたいに無遠慮に、あちこちの道具をなでまわしたり、器械をいじくりまわしたりするたびに、彼はいらいらとして叫び声があふれそうであった。それ以来の源内には、天一坊様がそのときひどくお気にめしたらしい南蛮の春画集を、お発《た》ちのとき献上を命ぜられるのではないかと苦のたねだ。

ふと彼は顔をあげた。庭に跫音《あしおと》がきこえたからだ。彼は鉄の金網の張ってある窓にのびあがった。

庭は、曾《かつ》てはこれでも遠州流の名園だったのだろうが、いまは池はくずれ、石燈籠はたおれ、蓬々《ぼうぼう》と草のみ生《お》いしげった廃園にちかいものであった。そのなかにこれももとは南蛮渡来の種から生えていまいかにも異国的な実をたわわにさげている柘榴《ざくろ》の樹の下に、山内伊賀亮がひとり立っていた。そして、むこうから小走りに走ってきたのは、女房のおぎんであった。

ふたりは相対《あいたい》して何やら話し出したが、声はきこえない。ただ、こちらむきになった女房の顔に、源内などいちどもみたことのない、四十の半ばこえた女とは思われない媚《こ》びがかがやいていた。

「では、明夜五ツ半、あの土蔵で」

と、ふいに伊賀亮の声がきこえた。はっとすると同時に、源内は頭をしずめたが、その一瞬、おぎんがあわてて指を唇にあてるのをたしかに見た。

相別れてゆく跫音をききながら、源内はどろんとした眼を、黴《かび》の香が青い霧みたいにただよっている蔵の中にすえた。

明夜五ツ半、この土蔵で何をしようとするのだ？

その夜、おなじ廃園の柘榴《ざくろ》の下である。山内伊賀亮は、もちまえの寂然《じゃくねん》とした姿で立っていた。その前にひざまずいているのは、配下《はいか》のうちの六部と虚無僧である。月のないただ墨のような闇の中であった。

伊賀亮は呼んだ。

「山城十太夫」

虚無僧があたまをさげた。むろん天蓋《てんがい》はかぶってはいない。

「七溝呂兵衛《ななみぞろへえ》」

六部が黙礼した。

「今夜、おまえら両人をここに呼んだは余《よ》の儀でない」

伊賀亮はしばらく沈思している風であったが、やがていった。

「天一坊様を世にお出し申しあげるについて、われら一党ここ数年いろいろと支度をととのえ、万に一つの遺漏《いろう》もないように苦心いたしておる。一党のものすべて気ごころは相わかっておるが、おまえらふたりはいずれもこのごろ新たに加わったものじゃ」

「さればで――ただし、天一坊様への一心、やわか他の衆に劣《おと》りましょうや」

と、ふたりはいった。伊賀亮はつづけた。

「山城十太夫、おまえは一党の普明坊《ふみようぼう》がおよしの方様とおなじころ、やはり御側妾《おそばめ》であったお柳《りゆう》の方様をたずねて、但馬国《たじまのくに》へ出むいた際、そこで拾ってきた男であった。お柳の方様はすでに五年前死去なされおった由じゃが、その御幼女のころをよく存じておるというおまえのおかげで、こちらの調べはほぼついた」

「お力になれば倖《さいわ》いと存ずる」

「七溝呂兵衛、おまえは一党の阿含坊《あがんぼう》が、およしの方様が御側妾《おそばめ》であったころ、御老女であった梅ガ枝《え》どのをたずねて、若狭国《わかさのくに》へ出むいた際、そこで拾ってきた男であった。梅ガ枝どのはすでに七年前死去なされておった由じゃが、まだ世にあったころよく茶のみ話をきいたというおまえのおかげで、こちらのききたいことは、ようわかった。――両人に、礼をいう」

「いや、あのようなことで御一党にお加え下され、御礼申しあげねばならぬはわたしの方でござります」

「さて、ここまでは礼をいうが――わが本心をうちあければの、わしはおまえら両人が、どこまで天一坊様への忠心ありやと、少々不安に思うておる。――」

「御家老」

「待て、よくきけ、天一坊様は神かけてまことに御落胤でおわすが、父君は天下様じゃ。お名乗り出なされたとて、おお、およしの子か、はい左様かと、まるで土産物《みやげもの》でもうけとるように容易にお受け下さるものではないぞ。狂人ではないか、偽者《にせもの》ではないかという疑念風評はかならず生ずる。特に、御公儀には、眼光骨に達すといわれる大岡越前どのもおわすことじゃ。或いは、いっとき入牢拷問《じゆろうごうもん》のごとき難儀をうけるやもしれぬ。そのときただ慾心のみにてわれらに加わった者は、かならず相手の疑心の誘いに媚《こ》びて、心にもなき虚言《きよげん》を吐き、御落胤は実正《じつしょう》なるを、内より崩すおそれがある。世には、真が真としてとおらぬこともあるのじゃ」

「あいや」

「この真を、あくまで真としておしとおすためには、鉄石の覚悟と服従の心が要るものと思え。——まず何よりさきに、わしの申しつけることを、水火といえども辞さぬ覚悟と服従の心があるか?」

「御家老、いかなることをなせば、お認め下さりましょうか?」

伊賀亮はまた沈思して、それから低い声でいった。

「たとえば、ここの内儀おぎんどのを犯せと申したら?」

ふたりはぴたと沈黙した。やがて、七溝呂兵衛がいった。

「御家老、それはあまりにも途方もない——おぎんどのは当家の御内儀、いやいやそのむかし恐れ多くも公方様の御側妾であったお方ではござりませぬか。左様な真似《まね》をいたして、もしあとで訴えでもなされたら、こちらの首がとびはしませぬか」

「そう思うなら、思うがよかろう」

伊賀亮の声は、冷やかであった。山城十太夫がいった。

「御家老、拙者女は好きでござるが——ここの御内儀は、あのように艶冶《えんや》とは申せ、あまりにも姥桜《うばざくら》すぎて、双方ともに、ちと無惨なような」

「そう思うなら、思うがよかろう」

伊賀亮の声は、いよいよ氷のようであった。そして彼は問答の興味を失ったもののごとく、闇中に背を見せかけた。ふたりは、この奇想天外な難題が「試験」であることを直感して、狼狽してよびかけた。

「御家老、お待ち下さい」

「御申しつけ、承《うけたま》わってござる。われら、仰せのごとく当家の御内儀を犯して御覧に入れ申す」

翌日の朝であった。おぎんは夫の源内にいった。

「旦那さま、きょうは御彼岸《おひがん》でございます」

彼女はきみのわるい笑顔をうかべていた。

「と、申せば、あの――」

「御短刀拝礼の日だろう。知っております」

と、源内は憮然《ぶぜん》としていった。おぎんはいよいよ笑顔になった。

「おいやでございましょう」

「何が」

「御短刀にお辞儀なさるのが――ほんとにあなたは偏屈屋《へんくつや》だから――いいえ、いいわけなさらなくとも、わたしにはよくわかっているのです」

「………」

「だから、きょうはかんにんしてあげますよ。というと恩きせがましくおいやでしょうね。ほんとうは、わたし、あなたにおねがいがあるのです」

「何かね」

「きょう、大坂へいっていただけませんか。実はこのあいだから大坂の大和屋《やまとや》さんに、織賃の話でどうしても話し合いにゆかなければならない急ぎの用事があるのですけれど、天一坊様の御泊りで、それもならず、といって――」

源内は、ぼそりといった。

「わたしがゆくよ」

まもなく源内は簡単な旅装束をして、伊良子屋《いらこや》を出た。

が、日がくれて、堺《さかい》の町が夜の闇に沈むと、伊良子屋の裏の木戸からひとつの影がふらふらと入ってきて、庭《なが》をよぎって家に入り、さらに土蔵の中に入っていった。その影は、蔵の一隅にある長持《ながもち》のなかに身をひそめた。

四

南蛮蔵《なんばんぐら》に灯がともった。おぎんは寝台に豊かな腰をおろして、年にも似ず胸をわくわくさせていた。

「伊賀亮様は、是非とも話さねばならぬ大事の用があるとおっしゃった。天一坊様がまことの御落胤《ごらくいん》であるとの証人に、いっしょに江戸へいってもらうことになるかもしれぬとおっしゃった。

事のなりゆきで、二十五年ぶりに上様《うえさま》にお目見えすることにでもなったら、どんなに上様はびっくりなさるであろう。あのころは、上様もまだ二十二、三、わたしのお添寝のしぐさに、はじめのうちは夢中になっておよろこびなされたが、あとでは、おまえはすこししつこい、といって、おとなしい卯月の方《かた》にお情けをかけなさるようになったが、そのときのくやしかったこと。腹をたててわたしがおいとまをねがって和歌山のお城から出たあとしばらくして、上様はいくたびか、おぎんはいかがしておるであろうか、と仰せられたということを人づてにきいた。わたしをきらわれたのは、やはりいっときの男の移り気にすぎなかったのだ。思えば、あれもこれも若い日の夢であった。

とはいえ、江戸に下ったとて、まさか上様にお逢いすることはかなうまい。いいえ、上様にお逢いできなくても、伊賀亮様とごいっしょに江戸まで旅をするだけでもうれしい。わたしとしたことが、小娘のように胸をどきつかせて――それにしても、この年になって、はじめてしんから好いた殿御にめぐりあうとは、何という悲しいことであろう。いくら、あのとき上様から、いずかたなりとも縁組勝手とのおゆるしをいただいたとはいえ、伊賀亮様は御落胤様の御家老、まさか上様の御側妾であったわたしが、その女房になるというわけにはゆくまい。――まあ、わたしは何というばからしい夢をえがいているのであろう。それというのも、この伊良子屋にきてから、あの黴《かび》くさい木乃伊《ミイラ》みたいな男を亭主に、あんまりわびしい暮しをつづけてきたからにちがいない。

それにしても、江戸下りのお話だけで、夜この蔵で逢いたい、ついてはきょう御亭主をどこかへ出しては下さらぬかと、伊賀亮様が仰せられたのはいぶかしいし――心たのしくもある。きっとそれだけの用ではないに相違ない。それが何だかわからないけれど、うれしい虫の知らせが胸をときめかす。いま、この蔵できっと何かが起る。――」

灯を受けて、ぼうっと紅色にほてらせた顔を、ふとおぎんはあげた。蔵の戸があいて、山内伊賀亮があらわれた。彼女は立ちあがろうとした。

「おぎんどの、わしはちと所用ができた」

と、伊賀亮は笑顔で、無造作にいった。

「わしの代りに、このふたりから話をきいてもらいたい」

あっと口をあけたおぎんの眼に、伊賀亮の姿がうしろへさがり、そのうしろからふたりの男があらわれた。虚無僧と六部姿でこの家にきた男たちであった。両人だけのこして土蔵の土戸はとじられた。


土蔵の外で、短銃を抱いて、山内伊賀亮はかんがえた。

「さてこれで、あわよくば二兎《と》、どうころんでも一兎は射とめることができるだろう。文殊重国《もんじゅしげくに》か、大岡越前の密偵か。

天一坊はおよしの兄の山伏の子だ。およしの方は、女の子を生んだが、子供はすぐに死に、やがておよしの方も死んだ。あとに御墨付だけがのこった。証拠の短刀は、山伏が飲み代《しろ》に売りとばしてしまったのだ。はからずもその御墨付を見る機会があり、その子天一が叔母のおよしそっくりだという話をきいて、おれは天下を狙う大芝居を思いついた。ただし、このことはその山伏をこの世から消したいま、おれと天一しか知らぬことだ。その天一も、父親が死んだのは、おれに一服盛《も》られたせいだとは知らぬ。

さて、天一はおよしの方そっくりだ。御墨付はある。それに、ここ数年、およしの方の知り人をたずねて、配下《はいか》をいたるところにつかわし、およしの方について、およぶかぎりのことは調べあげた。もはや、いくらつつかれてもぼろは出さぬ自信はある。

ところで、ただひとつ、かんじんの証拠の文殊重国がない。三十数年前に売りとばされた刀が、いまさら見つかるわけはない。そのうちおれは、その刀とそっくりの——対《つい》の文殊重国を、おぎんの方、つまりここの内儀がもらったということをふときいて、天の助けとばかりこの伊良子屋にのりこんだ。

されぼとて、これを公然ともらっては、およしの方の拝領物《はいりようもの》でないことになるから、それはならぬ。ひそかに盗んでも、届けを出されては何にもならぬ。この伊良子屋の夫婦に、奪われたとも盗まれたとも知られずに、文殊重国を——いま奥座敷の床の間《ま》に飾《かざ》ってある文殊重国を手に入れねばならぬ。そのためには、それが消えたことを、ほかのだれにも口外できぬ状態にふたりを陥《おとし》れる必要があるのだ。

ところで、あの山城十太夫と七溝呂兵衛《ななみぞろへえ》という男はくさい。ばかのようにげらげら笑っておるが、決してばかではない。ばかのような顔をしておるところが、いっそうくさい。両人とも、普明坊《ふみようぼう》、阿含坊《あがんぼう》が、それぞれの探索の旅で拾ってきた男だが、拾われたとみせかけて、きゃつら、たくみにこちらにもぐりこんできたのだ。いうまでもなく、おれたちに眼をつけておる江戸の——おそらく大岡越前の手のものだ。ただふしぎなことは、きゃつら、いかに考えても、両人のあいだに同志らしいつながりがみえぬ。それでは一方は、まったく慾につられて一味に加わってきた奴か。しかし、少くとも一方は、たしかに越前の諜者《ちょうじゃ》だ。それがどっちかは、いまおれもわからぬ。いずれにせよ、おれには無用の奴らだ。

いまおれは、その両人にここの内儀を犯せと申しつけた。さりながら、ここの内儀は曾《かつ》ては公方の側妾であった女、きゃつらがもし公儀の犬ならば、それを犯すことはやわかできまい。内儀を犯さなかった奴——それが公儀の犬だ。もし犯さなかったら、おれの命令に叛《そむ》いたものとして、この鉄砲で誅戮《ちゅうりく》する。犯したか、犯さなんだか、たとえ偽りを申したとて、この蔵の中には——おぎん自身にきくまでもない、だれより眼を皿のようにして、耳をそばだててきいておる証人の亭主がかくれておるのだ。

両人ともに犯さなんだら、公儀の犬は始末できるが、文殊重国《もんじゅしげくに》をどうしてもらうか、ちとこまる。しかし、それはそのときでまた思案するとしよう。

さて、両人もしくは一方が、申しつけたとおり内儀を犯したとする。それを亭主の源内がみておるのだ。その結果、いかなることが起るか。

源内めが狂乱して、その男を殺すか。男も女房も殺すか。そのときは、わが家来を殺《あや》めた下手人として、源内を討ち果たす。源内が女房だけを殺すか。そのときは、源内を殺して、心中とみせかける。

或いはその男が反撃して源内を殺すか。そのときは、密通して亭主を殺させた不貞の女、また世話になった当家の主人を殺したふらち者として、女房とその男を討ち果たす。または女房がひどく抗《あら》ごうて、その男を殺すか。そのときはわが家来を殺した下手人として討ち果たし、あとでこれまた源内を殺して、心中とみせかける。しかし、あのおぎんという女――ひょっとしたら、犯されたたかぶりで、かえって夫を殺すやもしれぬ。そのときは、これまた夫殺害の下手人として、この鉄砲で誅戮《ちゅうりく》する。

何がどうころんでも、そのどさくさにまぎれて文殊重国をもらっても、あとで伊良子屋夫婦がそれを口外できぬ状態には、何とか追いこめるだろう。いずれにせよ、大望あるおれにとっては、犯そうが殺そうが、虫けらにもあたらぬ奴ら、さあこの蔵の中で血みどろの操《あやつ》り芝居の幕をあけろ」

土戸《つちど》の中で、公儀御庭番七溝呂兵衛はかんがえた。

「上様《うえさま》の御側妾《おそばめ》お鏡《きょう》さまの件で、若狭《わかさ》にいっておる際、ふとあの阿含坊がやはり上様の御側妾およしの方様について調べておるのにぶつかって、不審に思うてくっついてきたが、ちと深入りしすぎたわ。

あの天一坊様がまことの御落胤かどうかはおれにもわからぬが、それがどうあろうとおれの任務にかかわりはない。ただ、いまとなっては、おれのやらねばならぬことは、この内儀おぎんをここで討ち果たすことだけだ。それにしても、この天一坊一行は共に暮せば暮すほどいぶかしいので様子をみておったら、突然思いがけぬ罠《わな》におちたわ。

伊賀亮は、おれを越前守様の密偵と思っているらしい。おれはそうではないが、さればとて、おれが公儀の御庭番だという素姓をうちあければ、いよいよ仰天するだろうから、おなじことだ。

伊賀亮の胸のうちも今夜のたくらみもよくわかっておる。

きゃつは、この内儀を犯せという命令をきかなんだら、公儀の犬として討ち果たそうと思っているのだ。羽織のかげに、たしかに鉄砲をもっておったな。ところでおれはまさに公儀の犬だが、犯すはおろか、このおぎんそのものを殺すのが任務なのだ。犯すだけにして素姓をかくし、伊賀亮の当推量《あてずいりょう》の裏をかくのは面白いが、それではおれの用はつとまらぬ。おれはどうあっても、この女を殺さねばならぬのだ。ただし殺せば伊賀亮は、きっとそれをいいがかりにおれを殺すだろう。女を殺して、この虚無僧になすりつけても、あの長持の中の亭主が眼を皿にしてみておるだろう。

いや、それよりもこの山城十太夫め、こやつたしかに尾張御土居下組《おどいしたぐみ》、おぎんをさらおうと乗りこんできたに相違なく、ただ殺せばよいというおれの仕事より面倒じゃが、それだけにいまおれがこの女を殺そうとしても、手をつかねて見ておることはあるまい。

さて、こやつを斃《たお》し、おぎんを殺して、しかも伊賀亮の鉄砲のいけにえにならぬ工夫はないものか？」

やはり土戸の中で、尾張御土居下組山城十太夫はかんがえた。

「公方《くぼう》の側妾《そばめ》お駒の件で、但馬《たじま》にいっておる際、ふとあの普明坊《ふみようぼう》がやはり公方の側妾およしについて調べておるのにぶつかって、面白がってついてきたが、ちと深入りしすぎたわ。あの天一坊がまことの御落胤かどうかはおれにもわからぬが、それがどうあろうとおれの任務にかかわりはない。ただ、いまとなっては、おれのやらねばならぬことは、この内儀おぎんを江戸へつれてゆくことだけだ。おれをまつまでもなく、伊賀亮がおぎんを江戸へ同行しそうなので、こいつは好都合だと待っておったら、突然思いがけぬ罠《わな》におちたわ。

伊賀亮は、おれを越前の密偵と思っているらしい。おれはそうではないが。さればとて、おれが尾張の御土居下組だという素姓をうちあけられぬから、おなじことだ。また外からみれば、尾張も公儀も同様のものだろう。

伊賀亮の胸のうちも今夜のたくらみもよくわかっておる。

きゃつは、この内儀を犯せという命令をきかなんだら、公儀の犬として討ち果たそうと思っているのだ。羽織のかげに、たしかに鉄砲をもっておったな。ところで、おれは公儀の犬ではないが、なるべくこの女を犯したくない。犯せばこれからおぎんを江戸へつれ出すのに骨がおれる。伊賀亮の当推量《あてずいりょう》とは大ちがいだが、どうあっても、この女をさらわねばならぬのだ。犯さぬのに犯したと偽《いつわ》っても、あの長持の中の亭主が耳をほじってきいておるだろう。

いや、それよりもこの七溝呂兵衛め、こやつたしかに公儀御庭番、おぎんを殺そうとて乗りこんできたに相違なく、いままで手を出さなんだのがふしぎなくらいじゃが、いまこやつにおぎんを殺させてはおれの面目がたたぬ。さればとて、おれがこの女をさらうのを、手をつかねて見ておることはあるまい。さて、こやつを斃《たお》しおぎんをつれ出して、しかも伊賀亮の鉄砲のいけにえにならぬ工夫はないものか？」

五

虚無僧と六部は、じっと顔を見あわせた。

「どちらがさきじゃ」

と、六部がいう。虚無僧は、そこに立ちすくんでいるおぎんをみて、にやりと笑った。

「姥桜《うばざくら》もいいところで、ちと閉口のきみもあったが、こうしてみればなかなかの尤物《ゆうぶつ》だの。さきにゆずるが、惜しいくらいじゃ」

「何、わしはあとでよい」

「いやいや」

六部の七溝呂兵衛はもちまえのかんだかいげらげら笑いの声をあげて、

「では、ジャンケンとゆこう」

と、いった。

勝った方がさきということになった。ふたりの忍者は、子供らしいジャンケンをした。山城十太夫が勝った。

「残念だが、わしはまず見物役じゃ」

と、呂兵衛は舌を出したが、十太夫のやや困惑した表情をどうとったか、ふいに両腕をさしのべた。

「おい、わしを縛れ」

「なぜ」

「心配だろう」

と、十太夫の眼をのぞきこむ。おぎんを犯している最中、背後からぶすりとやられることを恐れているのだろう、といったのだ。むろん二人は、おたがいの正体を看破し合っていることを知っている。こんどは十太夫が呂兵衛の眼をのぞきこんだ。このとき呂兵衛は、じぶんの顔が、かすかにひきゆがみ、つっぱるような感じにとらえられた。

「おぬしを縛って、こんどはおぬしが心配ではないか」

と、十太夫がしずかにいった。七溝呂兵衛は笑った。

「おれを殺すというのか。おれを殺せば、朋輩《ほうばい》を殺したということになって、伊賀亮どのから誅戮《ちゅうりく》をうけるぞ。これは、おれが貴公を殺したときでもおなじことだ。今の場合、いかな貴公でもおれでも、鉄砲にはかなわぬ。——要するに山城、伊賀亮どのは、われわれ両人を殺したがってござるのだ。どうやら見破られたらしいおたがいの正体、当らずといえども遠からずで、伊賀亮どのの手にのれば損じゃ。従って、おれは手足は自由でも、貴公に手は出さぬよ。出さぬが、背中が不安では、せっかくの極楽《ごくらく》が極楽になるまいと思いやっての老婆心だよ。だから、縛れ」

「では、縛る」

山城十太夫は、刀の下げ緒《さお》をほどいて、七溝呂兵衛を縛って、隅にあるえたいのしれぬ鉄製の箱の環《かん》にゆわえた。

「亭主、みろ」

と、十太夫がいった。どこかで、がさりという音がして、はじめておぎんは悲鳴をあげていた。しかし、同時に、隅《すみ》の呂兵衛もはっとした。おぎんの裾《すそ》をあらあらしくひきめくった男は、彼呂兵衛そのものの顔ではなかったか。しかし、その横顔の口がとがって煙のような息の筋がながれると、四、五間《けん》もむこうの行燈《あんどん》の灯が、ふうっときえてしまった。

闇の中で、凄惨なおぎんのうめき声がひびきはじめた。単なる苦痛の声ではない。単なる快美のあえぎでもない。その双方がいりまじり、しかも、ときどき何をされているのか、まるで嘔吐《へど》をついているような声であった。――突如、そのうめき声がはたとやみ、ふかい沈黙が蔵を占《し》めた。

「あっ。……」

十太夫の驚愕の声があがり、床を走る音がきこえると、灯がともって、行燈のそばに十太夫が立っていた。十太夫？　いや、その頬にかすかに呂兵衛の顔の名残《なご》りがあったが、一瞬にもとの十太夫の顔にもどった。同時に呂兵衛は、じぶんの顔のかすかなゆがみとひきつれが消えるのを感じた。

山城十太夫は行燈をさげて、寝台のところにはしりより、半裸のおぎんを見下ろしてうめいた。

「死んでおる！」

おぎんは満面黒紫色にふくれあがって死んでいた。あきらかに窒息死《ちっそくし》であった。むろん十太夫が殺したのではない。殺してはならぬ女なのだ。

十太夫は隅の七溝呂兵衛をみた。呂兵衛は簑虫《みのむし》みたいにしばられて、鉄の箱の環《かん》にくくりつけられている。むこうの長持のふたをちょっぴりあけて、すっとんきょうな源内の顔がのぞいていた。

「うぬだな」

つかつかと、十太夫は呂兵衛の方へちかよった。

「うぬが妙な真似《まね》をするからよ。うぬはおのれの顔をおれの顔にかえ、おれの顔をうぬの顔にかえて、さてあとでどうするつもりであったのか？　せっかくみずから縛られてやって、赤心をうぬの腹中においたおれに、さだめて一杯くわせるつもりであったろうが。それにしても、ひとの顔まで変えるとは、妙な忍法をつかう奴。——」

くびをわずかにひねって、呂兵衛は笑った。

「おれのいうとおりにしておけば、ふたりともにこの蔵をのがれる手を考えてやったものを——」

もはや、返事もせず、絶望と怒りに蒼白《そうはく》になって、山城十太夫は一刀ひっさげてするするとあゆみより、ふいにはたと立ちどまった。

床《ゆか》の上を、ぬるりと妙なものがすべってきた。はじめ十太夫は蛇かと思った。が、蛇にしては異様な色をし、異様な長さであった。——それがかまくびをもたげて、はっと薙《な》ぎつけようとした刃に、くるくるとまきついた。

「忍法足三本。……おれの腸《はらわた》だ」

と、呂兵衛がいった。いかにもそれは、彼の股間《こかん》から這《は》い出している。まさに、十太夫の刀身に蛇のごとくまといついているのは、呂兵衛の腸なのであった。

日本人の小腸の長さは、平均七七六センチ、大腸の長さは一六七センチ、あわせて一〇メートルちかい。七溝呂兵衛はその腸を肛門《こうもん》から蛇のようにたぐり出し、随意筋《ずいいきん》のごとくあやつることのできる男であったのだ。

ぺたりと濡《ぬ》れ綿のごとく刀身にはりついた腸を、恐怖の眼で見おろして立ちすくんだ山城十太夫は、ふいにどうとうち倒れた。

「女房が死んだ」

うしろで源内が、小さな鉄槌《てっつい》をもってとびあがった。

「もうおれの家だ！」

源内は、女房の屍体《したい》もふりかえらず、おどりはねていた。彼は女房の復讐のためにではなく、狂喜のために乱舞しているのであった。彼は女房の密通よりも、じぶんの蔵《くら》のあらされることを恐れて、長持の中にかくれていたのである。

あまりにもふいの襲撃に、いかに刀身《とうしん》に気をとられていたとはいえ、尾張御土居下組の重鎮たる山城十太夫ともあろうものが、一撃《げき》のもとに即死させられたのは、悲劇というべきか、喜劇というべきか。

「騒々しい奴らは、みんな出てゆけ、ここはおれのうちだぞ！」

小さな源内は、巨人のような跫音《あしおと》をたてて、土戸のそばにかけより、おしあけた。

「みんな、いっちまえ！」

思いがけないその姿に、山内伊賀亮《いがのすけ》があっけにとられて見送っているあいだに、源内はけらけら笑いながらかけ去った。

伊賀亮は蔵の中に入り、内部の奇妙な光景をみて立ちすくんだが、表の方にあがりはじめたただならぬ喧騒に気をとられて、鉄の箱から、異様な器具をとり出して、七溝呂兵衛の両手頸《りょうてくび》にはめた。それはこのあいだ見せられた南蛮渡来の鉄の手枷《てかせ》で、もがけばもがくほどくい入り、しめつけてゆく恐るべき拷具《ごうぐ》であった。

さて、それをはめたあとで呂兵衛の縄《なわ》をきりはらい、刀をとりあげて、

「あとでうぬにきくことがある。しばらく待て」

といって、伊賀亮は表に走り出た。

白い秋の雲と青みどろをうかべた掘割のふちでは、山伏たちがさわいでいた。伊良子屋源内はまだ哄笑《こうしょう》して、おどり狂っている。彼がいま、あの文殊重国《もんじゅしげくに》をそこになげこんだときいて、さすが荘重な山内伊賀亮も仰天して、衣服をきたまま堀にとびこんだ。伊賀亮が藻《も》をかぶった河童みたいになって、文殊重国の短刀をくわえて水面にうかびあがり、やがて土蔵にかけもどってみると、山城十太夫とおぎんの屍骸《しがい》はのこされたままであったが、鉄枷《てつか》をかけたはずの七溝呂兵衛の姿は忽然《こつねん》と消えていた。

いや、手枷《てかせ》はあった。手はあった。凄《すさま》じい鮮血にまみれた二個の手枷に、二本の手く

びだけがくっついてのこされていたのである。刃物できったのではなかった。腰刀はとりあげたし、たとえあっても両腕に手枷ははめられていたのである。それは、みずからの口でくいちぎって逃げたものらしかつた。そう思われたのは、蔵の壁に、

「忍法足八本」

と血痕《けっこん》りんりと、おそらく切断された手くびをこすりつけてかいたものと思われる文字がのこされており、足八本とはみずからの足をくうといわれる章魚《たこ》のことだと、あとになって肌さむく想到されたからである。

忍法「銅拍子」

一

「のう、葉末《はずえ》どの、なんとか母者びとにわびをいれてはたもらぬか」

駕籠《かご》によりそってあるきながら、公卿《くげ》はからみつくようにいう。妙心寺の裏門を出てから、長い長い土塀にそってあるきながら、おなじことをくりかえしているのである。

「それは、大燈国師《だいとうこくし》の贋《にせ》の一軸をもちこんだ麿《まろ》がわるいが、しかし、そなたの父の青貝《あおがい》市之進とて、ほんものばかりを諸家に世話しておるのではないぞ。そなたは何もしるまいが」

こんどは、おどすようにいう。駕籠はだまってゆれてゆく。森閑とした洛北《らくほく》の秋の午後だ。

「それでなければ、たかが七条家の家令たる青貝家が、いまの栄耀《えよう》な暮しのできるはずがなかろう。そなたなど、その身にまとうておるものをみても、当今の関白の姫君に劣らぬぞ」

のっぺりとした面長の美男だが、彼の着ている水干《すいかん》はくたびれて、綴糸《とじいと》もところどころほつれている。衣服のことをいったので、駕籠屋が横をむいて笑ったくらいであった。

妙心寺の長い塀もきれたのに、どこまでついてゆくのか、彼は粘《ねば》っこい赤い唇でまだつづける。

「それは、そなたの母もちゃんと存じておるはず。それなのに、いまさら麿を遠ざけようとするのは、贋《にせ》の一軸のゆえではない。いうまでもなく、麿がそなたの手をにぎったのを見たからじゃ。したがの、いかにいまは分限者《ぶげんしゃ》とはいえ、そちらは青侍《あおざむらい》上りの家柄、麿は、腐っても竹小路三位《さんみ》、本来なら、涎《よだれ》をたれてよろこばんでも、見て知らぬ顔をするところじゃ。それが、そなたの母のお駒が眼じりをつりあげたのは……」

路の両側は、いつしか白すすきの草原であった。駕籠屋もうるさげに顔をしかめているが、いま本人が名のったように、ともかく相手が三位とある以上、ついてくるなともいいかねて、ただ飛ぶように息杖をふる。

「いおうか、いうまいか」

竹小路三位は息をきらせながら、

「それはな、お駒が麿に惚れておるからじゃよ」

といって、かんだかく笑った。

京もこのあたりになると、往還《おうかん》にほとんど人影もなく、あちこち牛の糞が黒くひかっているばかりだ。ただ、このときゆくての京の町の方から、ちょいと妙な姿があらわれた。真紅と金と――もっとも、それは色あせ、錆《さ》びてはいるが、異様な唐人服をきた男である。

「ありゃなんだ?」

と、先棒がきく。

「ありゃ、このごろ江戸から来たという唐人飴屋《とうじんあめや》だ」

と、後棒がいう。

竹小路三位は、そんな問答には耳もかさず、駕籠に顔をおしつけるようにしてささやいた。

「いうまでもなくお駒は後妻、そなたの継母じゃ。それゆえ、継子のそなたを好いた麿に、母らしゅうもなく、やきもちがやけてならんのじゃ。葉末どの、お駒が麿を遠ざけようとするのは、決してそなた案じてのことではない、年甲斐もないやきもちじゃと承知しておいた方がよいぞ」

そのとき、駕籠が急に立ちどまった。思いがけず、人の丈ほどある両側のすすき野から、ひとりずつ、深編笠の武士が立ちあがって、路上に出て、ゆくてをふさいだからである。

「なんだなんだ」

と、あとずさりする駕籠屋のまえに、ふたりはするすると近よった。

「おい、これは七条家の家令、青月市之進の女房であろうな」

「そなたらは何者じゃ」

と、竹小路三位は恐ろしげに眼を見ひらいていった。

「何者でもよい。青貝の女房とあれば、ちと用がある。瘦公卿《やせくげ》、どけ」

「うろちょろすると、ぶッた斬るぞ」

深編笠の武士が、いきなり抜刀したのをみて、駕籠屋は駕籠を投げ出し、「わっ」とさけんで、横っとびに草原へにげこんだ。竹小路三位も、ぺたりと水干《すいかん》の尻をついてしまった。腰がぬけたのである。口を鮒《ふな》みたいにあえがせながら、

「ちがう。これは女房ではない。——」

と、さけんだが、深編笠の武士は刀身をひっさげたまま、駕籠の両脇によって、その垂れをまくりあげようとした。そのとき、どこかで声がした。

「待て、尾張者」

ふたりの武士は、はじかれたようにふりむいた。

そこに、唐人飴屋が立っていた。もしその姿を見ていた者があったなら、鍔《つば》のひろいとんがり帽子、袖にも裾にもいっぱいびらびらをつけて、真紅《しんく》の地に金の刺繡《ししゅう》をした妙な唐人服よりも、彼が数十間、音もなく疾走《しっそう》してきたその脚力の異常さの方に眼を見はったはずである。

彼は両手頸に、二枚の銅拍子《どびょうし》の皮紐《かわひも》をからめていた。直径一尺以上、円盤《えんばん》のようなこ

の仏教楽器《ぶつきょうがつき》のことはまえにも言った。葬式のとき僧が打ち鳴らすあれだが、むろんこの飴屋は、客呼びまたは口上の伴奏として使用しているのであろう。――が、いうまでもなく、これはただの唐人飴屋ではなかった。

「おい、尾張者、うぬら、柳生《やぎゅう》か、御土居下組《おどいしたぐみ》か」

馬面にひとを小ばかにしたような笑みをたたえていう。深編笠の武士は、駕籠からとびのいて、そのまえに立った。じいっと笠ごしにねめつけていたが、しずかにいった。

「おれは尾張柳生、門奈孫兵衛」

「おなじく雨宮嘉門だ」

声のしずけさに反し、きらめきはしる二条の刀身は、柳生流に「疾風《はやて》」と呼ばれる刀法そのものの凄烈さであった。が、真紅の唐人服は、その刹那、眼前から消えた。そのかわり、ふたりの瞳を、くわっと金色のひかりがふさぎ、金色の火花が散った。二本の刀身は、鏘然《しょうぜん》たるひびきとともに、二枚の銅拍子で防がれたのである。

次の瞬間、ふたりはよろめいた。金色のひかりは、二、三間もむこうへながれ引いていた。唐人飴屋が風のごとくとびずさったのだ。その両腕から、ふたたび銅拍子がとび来《きた》ったのは、ふたりがたたらをふんで立ちどまった刹那《せつな》であった。皮紐《かわひも》をつけたまま、凄じい速度で回転する銅拍子の妖刀のごとき周縁《しゅうえん》は、そのまま深編笠もろとも、ふたりの頸《くび》を切断し、また手許にはねかえっていった。

白い秋の日に、血の噴水をまきあげながら、首のないふたりの男は棒立ちになっていた。それは二、三分の長さにも感じられたが、おそらく実際は数秒にすぎなかったであろう。おのれの首のころがった真っ赤な路上へ、どうとふたつの胴がねじれつつうち伏した。

「唐のなあ、唐人の寝言《ねごと》には、安南《あんなん》こんなん、スラスンヘン、スヘランショ。——」

唐人飴屋は、わけのわからない文句を唄みたいに口ずさみながら、かろやかに血のぬかるみをとびこえて、駕籠のそばへやってきた。

「もひとつ欲しいは、女の首。——」

そうつぶやきつつ、駕籠の垂れをひきめくった。なかば気絶したような蒼白い美しい娘の顔をのぞくと、

「や。しまった」

と、唐人飴屋はさけんだ。

「青貝《あおがい》の女房ではなかったのか！」

娘は必死にくびをふる。何かいおうとしたが、声にならないらしい。つりあがった眼を路上にやって、その酸鼻《さんび》な光景をひとめ見るや否や、彼女は完全にがくりと喪神してしまった。

「これはとんだ人ちがいだ。もっとも、この尾張柳生もまちがっていたらしいから、無

理もねえ」

と、茫然《ぼうぜん》として、失神した娘と、首のないふたつの屍骸を見下していたが、眼をかっとむいたまま腰をぬかしている竹小路三位に気がつくと、にやりと笑った。

「おい」

「あふ、わ、わ、わ」

「何てえ声を出す。ふふ、心配するな。殺しはしねえ。このふたりのさんぴんだってよ、向うから斬りかかってきたんだ。おまえさん、みていなすったろ? お役人がきたら、そういって下せえよ」

そういうと、彼はまた血だまりをぴょいとはねこえて、そのまま真紅の風のように京の町の方へ走っていった。

二

「もし、三位さま」

すぐうしろで呼ばれるまで、竹小路三位は気がつかなかった。恐ろしい赤い唐人服の影を見送っていたせいもあるが、その男は、草むらから出てきたらしいのである。ずんぐりむっくりふとった旅絵師風の男であった。色は黒いが福相である。ただし、三位はまったく見知らぬ顔だ。

「恐ろしいことでございましたな。……いや、妙心寺のはずれで、どうやら三位さまらしいが、と、あと追っかけて参ったものの、何やらしきりとお話中なので、つい御遠慮申しているうち、このような大騒動がもち上って……いったい何事でございます？」

「わ、わ、わしにもわからぬ」

と、竹小路三位はがたがたふるえながら、

「そなたはだれじゃ」

「わたしは斗々屋《ととや》に食客しておりまする旅絵師の鞍掛式部《くらかけしきぶ》と申す者でございます」

「斗々屋」

それは竹小路三位のところに出入りしている六角通りの古道具屋で、彼もしばしばそこへ立ち寄ったこともある。そのときには、斗々屋にこんな男がいるとは気がつかなかったが。——

「だれでもよい、役人を呼ばねば」

「いま、わたしもそう考えましたが、御役人をよぶと面倒なかかりあいになりはしますまいか、三位さまの御身分、また青貝さまのお嬢さまにとっても、これはなかなか厄介な——」

「それでは、駕籠屋を呼んでくれ。駕籠屋はどこへいった」

「駕籠を放りっぱなしにして逃げ去るはずもございません。そのうち、かえってくることでございましょう！」

いやにおちついた男だ。三位はやや人心地になった。

「そなた、麿を追ってきたといったが、何の用じゃ」

「実は、わたしを青貝さまの御屋敷に出入りさせていただきとう存じまして」

「何のために？」

「わたし、狩野派《かのうは》の絵をいささかたしなんだ者でございますが、じぶんの絵よりも古法《こほう》眼《げん》の絵の方がうまいと申してくれる方が多うございます」

古法眼元信《もとのぶ》の絵がうまい——つまり、贋物《にせもの》をかくのが上手だといっているのだ。この場合ではあるが、竹小路三位はぎょっとした。

「いや、それはだめだ。実は麿も、先日大燈国師《だいとうこくし》の一軸をもちこんで、青貝市之進に苦《にが》い顔をされたところじゃ。麿は知らなんだが、どうやら贋物であったらしい」

「青貝さまは、しかし、あのようにもっともらしい顔をして、あちこちのお公卿様お寺様と、贋物を売買いなされて、大分限者《ぶげんしゃ》になられたお方というではござりませぬか」

「そ、それはそうだが……」

あまり、はっきりいわれて、竹小路三位はとっさに陳弁《ちんべん》の言葉も出ない。もっとも陳弁してやる気持もなかった。

「しかし、市之進はいま大坂へいって留守、ここ十日ばかりは帰洛《きらく》せぬというぞ」

「いえ、一応、青貝様の奥方さまへなりと、あなたさまから御引き合わせして下さりますれば、もう結構なのでございます。それは何と申しても、三位さまとともに参れば、むげに門前払いされることもございますまい。――そのお礼には」

と、旅絵師鞍掛式部は、竹小路三位の耳に口をよせてささやいた。

「三位さま、あなたさまはこの娘御を御気に召したのでございましょう」

「む、麿は好きじゃが、この葉末は、よほど麿をわるい男だとかんちがいしておるらしゅうての」

「それでは、わたしが、きっとこの娘御が三位さまをお好きになるように、これから呪《まじな》いをかけて進ぜましょうかな」

「呪い？」

「実は、日向《ひゅうが》を旅しておるとき、そこの山寺の老僧より伝授された秘法でございます。……三位さま、よろしゅうござりますか、決して余人には明かされますな」

そういうと、鞍掛式部は、駕籠の中で失神している葉末の両足をつかんで、するするとひき出し、三位が息をのむあいだに、その美しい裾《すそ》とゆもじを撩乱《りょうらん》とかきひらいた。

まっしろな両腿《りょうもも》のつけねのかぐろい谷がちらとみえた瞬間、彼の肉厚な掌は、ぴたとそれをおさえたのである。

「こ、これ……」

と、三位はのびあがった刹那、ぬけた腰がもとにもどった。

「何をする」

式部は手をはなした。そのとき彼の指と葉末の秘所のあいだに、ねっとりと白い糸がひいたようにみえた。きものをもとにもどしながら、三位をふりむいて、式部はにたりと笑った。

「これでこのお方は、あなたさまを恋しゅうて恋しゅうて、焦《こ》がれ死《じに》なさるばかりになりまするぞ。愉しみにお待ちなされ」

「そ、それはまことか」

旅絵師鞍掛式部は立ちあがって、「おう、駕籠屋」と呼んだ。さっき彼がうけあった通り、いちど逃げ去った駕籠かきが、おっかなびっくりかえってきたのである。

「駕籠屋さん。おまえもどこかで見てたろうが、てっきり盗賊と盗賊との争いじゃ。こちらの知ったことではない。かかりあいになると、おまえさんたちも当分渡世のさまたげになるよ。だから、この場はすてて、一刻もはやく下立売《しもたちうり》千本の青貝さまのお屋敷に飛ばしておくれ」

と、式部はいった。

恐ろしいふたつの屍骸《しがい》をすてて、駕籠は京へかけていった。その両側について、竹小路三位と鞍掛式部は走る。

竹小路三位卿は、名だたる貧乏公卿であった。だが、のっぺりした女殺しの美貌のみが彼の武器だが、同時に彼自身をいよいよぬきさしならぬ金銭慾の泥沼へおとしこんだ。彼が書画骨董《こっとう》の贋物《にせもの》の周旋《しゅうせん》をはじめたのは、この遊蕩費《ゆうとうひ》かせぎのためである。おなじような落魄《らくはく》の公卿や貧乏寺から、ひそかに伝来の家宝寺宝の売却をたのまれて、その口銭をとった上にあとに世間の眼をあざむく代りの贋物を売りこんでまた儲ける。——そんなことをしているうちに、蛇《じゃ》の道は蛇《へび》で、三位は、七条家の家令たる青貝市之進が、この道の大家であることを知った。しかも彼は決して贋物売買業者といった卑屈《ひくつ》な顔はしていない。何が真《まこと》でどれが贋《にせ》か、ちゃんと知っていて、或いはとぼけ、或いは嘲《あざけ》り、或いは強面《こわもて》でおし通して、真贋をたくみにくらましぬいて巨利を得る。もとは某宮家の青侍であったのが、おいおい七条家へとり入り、はては六位の諸太夫にまで昇進したのも、その財富にものをいわせたのである。

竹小路三位は、いちど青貝市之進を脅喝《きょうかつ》してやろうと謀叛気《むほんぎ》を起したこともあったが、その才弁《さいべん》、その度胸の桁《けた》がちがっているので、すぐにこれはあきらめた。そして、身分のひくい青貝家へいやしげにとり入って、甘い汁のおこぼれを吸うことに方針をかえた。市之進が出世したのち、いままでの古女房をすてて、紀州家の奥むきに仕えていた品のいいのにとりかえたというのいまの女房お駒に気に入られるのにも、精一杯じぶんの色男ぶりを利用したのである。とはいえ、この方でやりすぎては、もとも子もなくなる。その心配と同時に、べつのもっとふてぶてしい野心も起ってきて、この夏のころから、一人娘の葉末の誘惑にとりかかったら、運わるくそれをお駒に見つけられ、それ以来、彼女のきげんをそこねてしまったのだ。贋物を売りつけたなどいまさら市之進が眼くじらたてたのは、眼糞が鼻糞を笑うようなもので、むろんお駒がたきつけたのだ。

器量はいいが、おっとりして、どこか鈍いところもあるのではないかと思われる葉末であった。それだけに手練手管《てれんてくだ》にかけるのは容易にみえて、その実反響もにぶい。いらだちを越えて、青貝家の閾《しきい》がふめなくなってから急速に窮乏《きゅうぼう》の度を加え、きょうこそはどうあってもと、母の代りに何かの用で妙心寺へきた葉末を、やっとのことでつかまえた竹小路三位だ。そこに、いま、いかなるお呪《まじな》いかしらないが、この妙な絵師が、

「これで葉末はかならずあなたに恋着する」

という。えたいの知れない男だが、それは何だっていい。要するに、葉末がじぶんのものになれば、ゆくゆくは青貝家の財産はじぶんの自由になる望みもあるし、少くとも当分小遣いにこまるようなことはあるまい。

駕籠をときどきのぞきこみながら、しまりのない笑顔となる竹小路三位卿《さんみきょう》をみて、

「この馬鹿公卿《くげ》め」と、鞍掛式部《くらかけしきぶ》は嘲笑った。

彼は、おなじ尾張出身の古道具屋斗々屋《ととや》の食客となったが、もとより絵筆などいちども とったことはない。彼の目的は、青貝家へ入りこみ、ただお駒をたくみに江戸へおびき出すことにある。もと公方の愛妾お駒を狙う鞍掛式部は、尾張御土居下組の忍者であった。

実は、尾張柳生の門奈《もんな》孫兵衛と雨宮嘉門《あまみやかもん》に、葉末の駕籠を襲撃させたのも、決してお駒とあやまったためではなく、娘の葉末と承知してのことで、危いところを式部がとび出して助け、それを恩にきせて青貝家へ入りこむ算段であったが、そのときはからずも、出現した唐人飴屋《あめや》のために、一撃、まさに文字通り一撃のもとに両剣士は斃《たお》された。さすがの式部が遠い穂すすきの中で、身うごきもできなかったほど凄絶《せいぜつ》な銅拍子の妙技であった。

「さいわい、きゃつがにげ去ってくれたから、この馬鹿公卿を利用する智慧が出てきたようなものの」

と、式部は歯をかんだ。

「きゃつ、たしかに江戸方の忍者、きゃつがふたたび出現するまえに、何とでもしてお駒をひそかに江戸へさそい出さねばならぬ！」

三

下立売千本東入町《しもたちうりせんぼんひがしいるまち》にある青貝市之進の家は、もと某豪商の別邸だったもので、経済的には極端に恵まれない当時の公卿の、しかも一家令にすぎぬ身分の人間の家にしては別格の、宏壮でもあり、瀟洒《しょうしゃ》でもある屋敷であった。甍《いらか》が夕やけにかがやいている。

そこにかえってきた娘の葉末は、途中で意識をとりもどしてはいたが、すこし妙であった。

「葉末どの、もはや気分はなおったかや？」

おそるおそる抱きかかえる竹小路三位にしがみつくようにして、息をかすかにはずませているのだ。出迎えた妻女のお駒は眼をひからせた。

「いったい、これはどうしたことでございます？」

「それがだ、麿《まろ》にもわけがわからぬが、恐ろしいことであった」

竹小路三位は、妙心寺からの帰途、葉末と偶然いっしょになって、すすき野をあるいている路上で逢った惨劇《さんげき》を語った。ついでに、いかにじぶんが勇敢に葉末をまもったかということも、とくとくとつけ加えた。しゃべりながら、鞍掛式部《くらかけしきぶ》に片眼をつむったが、式部はまじめな顔で、合槌《あいづち》をうつようにうなずいてみせる。

「かかりあいになってはならぬゆえ、その場からそのまま逃げかえってはきたが、うそだと思うなら、あとで町の噂をきくがよい。首をとばされたふたりの武士の話で、京じゅうわきかえるだろう。……おお、それからな」

　と、三位はお駒の顔をみて、

「その殺された曲者《くせもの》どもは、そなたを名ざして駕籠を襲ってきたぞ」

「えっ、わたしを――わたしは、ひとに狙われるようなことは何もしておりませぬが」

「そなたでなくとも、市之進がさ。市之進に泣かされた者が、恨みをふくんで身代りにそなたを狙う、ということもあろう。用心したがよいぞ」

　それにしても、あの武士たちを殺した唐人飴屋《とうじんあめや》は何者か、竹小路三位には見当がつかない。とはいえ、まさか、公儀御庭番と尾張御土居下組の秘争などは思い及ばぬことだから、彼としては、やはり市之進の悪辣《あくらつ》な贋物《にせもの》売買から発した事件ではあるまいか、と想像するのがせいいっぱいだ。

「それで、この方は？」

「これは、そのとき通りかかって、麿とともに葉末をまもってくれた旅絵師じゃ」

　と、三位は紹介した。

「狩野《かのう》派の絵をかくそうな、市之進のことはよう存じておって、どうか青貝家とちかづきになりたいと申すゆえ、案内してつかわした」

「市之進は、いま留守でございますが」

鞍掛式部はくどくどと、いちどじぶんの絵を御主人にみてはいただけまいか、きっとお役に立つと思う、と哀願しはじめた。それを冷淡にききながしつつ、お駒の眼は葉末にすえられていた。

どうもおかしい。こんな問答を交《かわ》しているあいだにも、葉末は竹小路三位のひざにすがりつくようにして、しかもからだをくねらせている。眼はとろんとし、頬が紅潮して、胸はせわしく起伏しているのだ。

「葉末、そなた、そのような恐ろしい目にあって、病気にでもなったのではないかえ」

と、お駒はきいた。そして、きっとふたりの方へむきなおって、

「どうもお世話をおかけいたしました。御礼はのちほど改めていたしまする。きょうは、娘が病気にでもなったらしゅうございますゆえ、なにとぞおひきとり下さいまし」

と、切口上でいった。すると、葉末はひしと三位にしがみついて、

「三位さま、どうぞいらして。おかえりあそばしてはいや」

と、あえぐようにいったのである。竹小路三位はめんくらったように娘の顔をながめ、ちらと式部の方に眼をやり、それからにたにたとした。あまりに彼の呪《まじな》いとやらが覿面《てきめん》なので、ほとほと感服したのである。

お駒は唖然《あぜん》とした。すこしぼうっとしてはいるが、決してふしだらな娘ではない。それにこのごろ、竹小路三位がどんなに悪い女蕩《おんなたら》しであるか、しつこいくらいにいいふくめて、本人もよくよくそれは承知していたはずであったのに――娘はあきらかに春心《しゅんしん》をもよおしている。これはいったい、どうしたことだ？

何かあったのだ。竹小路三位に、どうかされたのだ。お駒の歯がかすかにきりきりと鳴った。

お駒は、ややふとりぎみではあるが、それだけに重々しい牡丹《ぼたん》のような感じのする女であった。縁あって、七条家の家令青貝市之進のところへ後添《のちぞい》としてきたが、かまきりのように痩せて狡猾な夫を、心中いささか軽蔑《けいべつ》している。そのうえ、葉末のように義理ある娘の家へくる気になったのは、ひとえにその金にひかれてのことだ。その点は満足しているが、しかし彼女の心には、曾てじぶんがいまの公方さまの側妾《そばめ》であったという過去の夢が揺曳《ようえい》していた。彼女が竹小路三位がくだらない男であると知りつつ、彼のへつらいに、しらずしらず甘い気分をそそられていたのは、彼が美男であるということのほかに、三位という身分への酔いがあったからだ。それだけに、この男が葉末にも色眼をつかい出したのをみると、彼女はたえがたい嫉妬《しっと》につつまれた。

「はじめから、この男の下心はわかっていたことだ。わたしへのおべっかも、葉末への色眼も、みんな金のためだ。……葉末を、こんな男のいけにえにしてなるものか」

と、彼女は唇をかみしめた。

理性はこういう大義名分をたてたが、いま眼前にからみあう三位と葉末をみているお駒の胸にひしめくのは、女としての烈しい嫉妬《しっと》だ。ふたりとも殺してやりたいほどの怒りであった。

一息、二息、あらあらしい息をついたのち、硬直《こうちょく》したように坐っているお駒は、このとき旅絵師鞍掛式部の指さきから、ほそい白い虫が二匹、三匹、にじみ出して、黄昏《たそがれ》のしずみはじめた青だたみを音もなく這い、じぶんの裾のあわせ目からしのびこんできたことに気がつかなかった。

「三位さま、わたしのお部屋につれてって……わたしを看病して」

と、葉末はとろけるような声でいう。竹小路三位は蒼白なお駒の顔をみて、勝利のうす笑いをうかべた。

「しからば」

と、いって、彼女を抱きあげて、心得顔にあゆみ去る。お駒が見送ったまま、とっさに制止の声も出なかったのは、三位の身分、また継《まま》の娘への遠慮からではなく、あまりにもはげしい怒りに息もつまってしまったからであった。

何かあったにちがいない。ひょっとしたら、媚薬《びやく》でものまされたのではあるまいか？お駒は旅絵師のことも忘れて、つかつかと座敷を出ていった。ふたりを追ったのではない。さっきかえってきた駕籠屋に酒でものんでゆけとねぎらいの言葉をなげたことを思い出したのである。厨《くりや》に出ていってみると、ふたりの駕籠屋はまだそこに腰かけて、飯をくっていた。それをつかまえて、きいてみたが、葉末と竹小路三位が、妙心寺で逢ったことは絶対にない。たしかに戻り駕籠を追ってきたもので、途中、三位が葉末にものをのませたり食べさせたりしたことは決してないという。——

そのとき、遠い往来をはしってゆく鉄蹄のひびきがきこえた。下女のひとりがかけこんできて、洛北《らくほく》妙心寺ちかくの街道に、首のない侍ふたりの死骸《しがい》が見つけ出され、いま所司代の御役人が急行していったところだと報告した。

それでは、あの話はほんとうなのだ。それにしても、殺されたその曲者は、わたしの名を呼んで襲ってきたという。いったいそれは何者であろう？

軽んじている夫ながら、夫のいないことが急に不安になった。お駒は恐怖の風に吹かれて、ふらふらともとの座敷にもどった。

灯のない座敷は、もう薄闇《うすやみ》が沈んでいた。

「御妻女」

その中で、ふいに呼ぶ声がして、それが旅絵師のもので、あの旅絵師がまだそこにいたのかと気づいたとき、お駒は、その男の声に、おどろくよりもふしぎな頼もしさをおぼえた。

「すこし、話がござる。お坐りなされ」

と、鞍掛式部はいった。さっきとちがい、妙に高飛車《たかびしゃ》な調子である。

「話？　何でございますか」

気押《けお》されて、坐ったとき、お駒はぴっちりかさねたふとももの奥に、異様な感覚をおぼえた。熱いような、疼《うず》くような、痒《かゆ》いような。

「実は、竹小路三位さまについて参ったのは……わたしの用ではありません。あなたさまを案じてのことです。あの三位さまは、実に恐ろしい方でございますなあ」

「えっ」

「きょうのことは、みな三位さまのたくらみです。きょうわたしは、御室《おむろ》へゆく途中、あまりの秋の日ざしのあたたかさに、妙心寺手前のすすき野の中に寝ていて、ふとちかくのひそひそ話を耳にしたのです。ふたりの男が、何やら話している。それが竹小路三位さまと、妙な唐人飴屋でございました。三位さまのおっしゃるには、どうあってもいまの窮境《きゆうきよう》をきりぬけるためにはこの青貝さまにとり入らねばならず、そのためにごろつき侍をやとって妙心寺がえりの葉末さまを襲わせ、さらってじぶんが手籠《てごめ》にすることをたくらんだが、そのやりかたであとの首尾がよいとは思われず、その上その侍どもが手におえぬ奴で、あとあとかえってじぶんにたたりそうに思われる。といって、いちど口に出してたのんだことはもはや取消しはならず、いっそもひとつ策をひねって、襲ったきゃつらを、おまえの手で殺してもらいたい。それをうまくつかって、麿は青貝家へとり入るであろう。あの葉末の心をとろかすよい手だても出来た。……」

旅絵師の話はおどろくべきものであったが、それよりお駒はべつの強烈でなやましい感覚にとらえられていた。ふきあげるような情慾だ。

「ただ、じゃまになるのは後妻のお駒だ。ことと次第では、もういちどおまえの妙術をかりて、あの女も葬ってもらわねばならぬかもしれぬ。首尾よう青貝家を乗っとったら、礼はおまえの望むままにつかわすほどに――三位さまは、そのうすきみわるい唐人飴屋に、こう申しておられたのでございますよ」

「ああ、あのひとなら考えかねないことです……」

お駒はそうさけんで、旅絵師にしがみついた。

「こわい。恐ろしい。どうしたらよいのでございましょう」

実は、彼女が抱きついたのは、恐怖のためばかりではなく、ただ抱きつきたいためであった。お駒はもえあがるような男恋しさの衝動にあぶりたてられた。この旅絵師が、ほんの先刻、はじめてこの家にやってきた風来坊であることも忘れていた。

「それは、ひとまず、このお屋敷から身をかくされることです。そして御主人のおかえりをお待ちなさるのですな」

下腹部を、なにやらぬるぬるとうごめき、いじくりまわすような感覚がある。だれでもよい、その部分を吸いあげ、かじり、えぐりとってもらわねばたえきれないほどであった。お駒の血管はふくれあがり、あたまは火の渦がまいているようであった。

「ど、どこへ？」

と、情慾にふるえながらいった。

「わたしはあなたさまを救いにやってきたのです。このちかく、堀川の方にも、わたしの存じよりの家がございますが」

「どこへでもつれていっておくれ。はやく、はやく」

からみつくお駒を、蔦をまきつけた木のように、鞍掛式部はひきずってたちあがった。闇の中に、唇がにんまりと笑っている。……この女を、この家からひそかにつれ出せば、あとはこちらのものだ。

ついに公方のもと愛妾をさそい出した、忍法「日蔭虫《ひかげむし》」――人の脂腺排泄管《しせんはいせつかん》に棲息《せいそく》する虫に、毛嚢虫《もうのうちゅう》というものがある。忍者鞍掛式部の皮膚の下に飼《か》う虫は、その一変種であったろうか。

四

長い廻廊をめぐって、裏手の方角へいそぐふたりの耳に、ふいに甘美なあえぎとふくみ笑いがながれこんだ。障子がすこしひらいている。通りすぎかけて、ふたりの眼は座敷の中の光景に吸われた。

正確にいえば、式部はゆきすぎようとしたのだが、お駒の方がうごかなくなってしまったのである。

葉末の部屋だ。雪洞《ほんぼり》のかげの豪奢《ごうしゃ》な夜具に、美男の公卿は、娘を抱いて坐っていた。おたがいのきものは肩からしどけなくずりおちて、夜風のさむさも意識しないのか、ぴったりと顔をかさねている極彩色《ごくさいしき》の春宮図《しゅんきゅうず》そのもののような姿であった。

「あ。……」

ふいに鞍掛式部がさけんだ。

抱きあって、夢中でたわむれ合っている公卿と娘の向うにたてられた屏風《びょうぶ》のかげから、このときぬっと立ちあがった真っ赤なものがある。それを唐人飴屋とみた刹那《せつな》、鞍掛式部の手から、びゅっと音たてて数条の閃光《せんこう》が走った。

世にも美しいひびきをたてて、忍者の飛道具マキビシは、ことごとく二枚の銅《ど》拍子《びょうし》にたたきおとされている。式部は庭へとんだ。

「御土居《おどい》下組《したぐみ》か！」

唐人飴屋は真紅の旋風のごとく縁側へはせよった。はや三間の彼方に、鞍掛式部は逃げのびている。そのうしろ姿に、うなりをたてて銅拍子が走った。

たしかに銅拍子はその影を薙《な》いだのに、鞍掛式部はそのまま、なお二間かけた。ただ、首のない胴体と足だけが。

お駒は縁側に気死したように立っていた。かっと眼を見はって、ちかくの縁側を見下ろしている。そこに一枚の銅拍子にのせられた式部の首があった。三間もむこうから、銅拍子は式部の首を切断し、皿にのせた西瓜《すいか》のごとく空中を運んで、縁側に滑走《かっそう》しつつもどってきたのである。

「おれは公儀御庭番城《じょう》ガ沢陣内《さわじんない》」

と、唐人飴屋は名乗った。式部の首に対して名乗ったのである。式部の首は、眼も歯もむき出して、なお生けるがごとき血色を保っていたが、みるみる土気色になった。

「と、名乗ってみたところで、うぬの方は名乗れぬな。が、いまのマキビシの手練で、うぬが御土居下組であることはわかったぞ」

そのとき、遠く庭のむこうで、「なんだなんだ」「いまの音はなんだ」とさけんでさわぐ声がきこえた。奉公人たちがいまのマキビシと銅拍子の相打ったひびきをききつけたらしい。

唐人飴屋はその方をみた。するりと障子のかげに入ると、

「来てはなりませぬ。別状のないことです」

のどをあげて叫んだ。おどろくべきことは、それが葉末の声そっくりなことであった。

「わたしは三位さまと大事な御用があるのです。みな、来てはなりませぬ」

奉公人たちの声が遠ざかると、飴屋はお駒にいった。

「入んな」

それから、閨《ねや》の上の竹小路三位と葉末を見やった。ふたりは抱きあったままである。

さっき真っ赤な唐人姿が、だれもいないと思っていた屛風《びょうぶ》のかげからおどり出したとき以来、全身が金縛《かなしば》りになってしまったのである。

「いや、おれもおどろいた。しばしかくれているつもりで忍びこんだこの部屋に、ふたりが入ってきたと思ったら、ひとの気もしらないで、したい放題の真似《まね》をはじめやがる。さすがのおれが、まるで焦熱地獄《しょうねつじごく》におとされたようだったぞ」

飴屋は馬みたいにながい顔で笑ったが、眼はどんよりとしたひかりをおびて、おののくふたりの姿を見すえている。ながいあごをしゃくっていった。

「おい、もういちど、いままでやっていたことをつづけてくんな」

ふりむいて、お駒に笑いかけた。

「見物しやしょう。ふたりとも内裏雛《だいりびな》みてえな顔をして、それは凄じいものだ。これ、やれといったら、やれ、やらねえか」

ひくいが、凄絶《せいぜつ》な声であった。それでも竹小路三位はびくっとしただけであったが、このとき心中仰天したことは、葉末の方から彼のからだに両腕をまきつけたまま、あおむけにたおれたことであった。ほんとうに、彼女は、いままでの行為を再演しようとしているのだ。

あの旅絵師の呪《まじな》いのききめにはおどろかされたが、それがまだつづいているに相違ない。そうと知ったが、竹小路三位は、葉末の狂乱ぶりにまたもひきずりこまれた。いまの殺戮《さつりく》と唐人服と閨《ねや》と、それに血の霧が網膜《もうまく》にねばりつき、視界は真紅に染まってくらくらするのに、いつしか彼もまっかな愛慾の炎にもだえている。恐ろしい飴屋とお駒がみていると承知しつつ、恐怖に酔って、なお倒錯的《とうさくてき》な痴態をさらさずにはいられないのであった。

「そうだ。それから起きあがって、もういちど抱きあって、口を吸うのだ」

と、唐人飴屋がいった。

ふたりは操《あやつ》り人形みたいにその通りにした。一瞬、金色のひかりがふたりの姿を一閃した。首のない男と女は褥《しとね》の上に抱きあって、なお数秒、からだをうごめかしつづけた。

竹小路三位と葉末の首は、口を吸いあったたまま、お駒の足もとにころがっていた。お駒はまるで生命をうしなったように、立ちすくんだままだ。

「……いかが」

と、唐人飴屋は妙な笑顔でお駒をかえりみた。そして身の毛のよだつような言葉をつぶやいた。

「本来なら、この両人を殺すこたあなかったんだ。極楽往生させたのは、あんまりおれを悩ましたのと、どうせおまえさんの首をいただく上は、それをみることになるふたりを、所詮《しよせん》は生かしちゃあおけねえからね」

それから、彼は、ふいに厳粛《げんしゆく》な顔になった。

「もったいなや、公方さまの御側妾《おそばめ》を、御庭番にすぎねえこの城ガ沢陣内が、御首頂戴は君命もだしがたいとしても、ここでお肌をけがし奉ろうとは夢にも思わなかったが」

と、ちらりと褥にもつれあったまま横たおしになっている白いふたつの胴と八本の手足になやましげに眼をやって、

「いかんせん、ちいっと見せつけられすぎたよ。……お駒のお方さま、恐れながら、息あるうち、拙者の煩悩《ぼんのう》をしずめて下されまし」

そういいながら、みるみる赤い唐人服をぬぎ出したのである。が、このとき彼は、いったいどうしたのか、「うっ」とただならぬ痛苦のうめきをあげていた。

いままで気がつかなかったが、彼の性器の根もとに、やんわりとまといついていた白い糸があったのだ。それが、突如として凄じい力で緊縛《きんばく》してきたのは、からまれていた器官が膨脹《ぼうちよう》したゆえか、それとも、からみついた糸様《いとよう》のものそれ自身がしめつけてきたのか。——それは、奇怪な白い虫であった！

「く、くっ」

　両手でかきむしり、とり除《のぞ》こうとしたが、それはすでに針金のごとく肉の中にくいこみ、きりきりとしぼりあげ、そして陣内の性器を根もとから縊《くび》りおとした。

　城ガ沢陣内はひざまずき、四肢をくねらせてのたうちまわりながら、縁側の方へ四つん這《ば》いに這い出した。足のあいだから、たたみに太い血の糸をひきながら。

　その背に、だれかがしがみついた。お駒であった。

「いっちゃあ、だめ」

　と、彼女は、陣内の四肢に四肢をからめてささやいた。苦痛にあえぐ男の口に、情慾にあえぐ女の口がかぶりついた。……陣内の男根をくびりおとした白い虫は、女人《にょにん》に対しては微妙にうごめき、やさしくくすぐり、理性も恐怖も炎のなかに溶かして、ついに一匹の淫獣《いんじゅう》に変えてしまうのであった。

「可愛がって、あたしも可愛がって」

　全身を波うたせていどむ女の下で、御庭番城ガ沢陣内はあおむけになって、苦悶に七転八倒しながら、両腕をのばして、一枚の銅拍子《どびょうし》をつかんだ。そのまま、覆いかぶさった女の頭上へ、おののきながらさしあげたのを、官能の鬼となったお駒は気がつかない。ぬれた女の舌がじぶんの歯のあいだからおしこまれてきたとき、陣内は銅拍子《どびょうし》を垂直におとした。

銅拍子はお駒のくびを切断し、勢いあまって、陣内自身のくびのなかばまでめりこんだ。

首なしの男女四つの屍骸《しがい》を、なまめかしい雪洞《ぼんぼり》がけむるがごとく照らしている。それをみているのは、縁側に鎮座《ちんざ》した尾張御土居下組鞍掛式部《おどいしたぐみくらかけしきぶ》の首だけであった。

青黒いその首の、耳、鼻、口、いや頬やあごの皮膚からも、白い糸のような日蔭虫《ひかげむし》がわき出して、首をのせた銅拍子の上にしたたりおち、ぞろぞろ、ぞろぞろと屍体の方へ音もなく行進をつづけてゆくのであった。

忍法「夢若衆」

一

雪のようなからだを緋《ひ》の長襦袢《ながじゅばん》にくるんで、懐紙《かいし》をくわえて女が寝所に入っていったとき男はいつものように豪奢《ごうしゃ》な夜具に身を横たえないで、閨《ねや》に坐ったまま、禿《は》げあがったひたいに手をあてて、黙然《もくねん》と思案にくれているのを見た。

女は美しい眉をひそめた。きびしい顔をして、めったに笑わない人であるが、それにしても今宵は、駕籠《かご》からおりたときから何やら鬱屈《うっくつ》した表情であった。酒のあいだも、心はほかにとらえられているようなのである。ここを訪れてきたくらいだから、じぶんに対して不機嫌であるわけがない。

「殿」

と、それでも彼女は不安そうによびかけた。それから、褥《しとね》の上にすわって、男の膝に白い手をかけた。

「あの、何かお心にさわったことでもございますか。もしございましたら、お鏡《きょう》に申しつけて下さりませ」

「おまえのことではない」

夜の風が庭の樹々を鳴らして、庭の彼方のせせらぎの音を消した。それにも男ははっとしたように顔をあげて、眼をひからせる。御所を西に、鴨川《かもがわ》の流れをすぐ東に置いた河原町《かわらまち》の屋敷であった。

男は、しばらくだまっていたが、やがていった。

「お鏡、そなたにはかくしておったが、やはり申さずにはいられまい。きのう、妙心寺ちかくの野で、侍二人、首をきられて死んでおった。……」

「話はきいております。恐ろしいことでございます。けれど、それをわたしにかくしておいたとは」

「かくしておいたのは、その話ではない。実は、外には知らさぬが、昨夜、下立売千本《しもたちうりせんぼん》の青貝《あおがい》市之進の家で、男三人、女二人、ことごとく首をきられて死んでおるという騒動が起ったのじゃ」

「えっ、青貝どののお家で？」

女がそういったのは、その家を彼女がよく知っていることを物語っていた。

「市之進は不在であったが、殺されていたのは竹小路《たけこうじ》三位《さんみ》、奇怪な唐人飴屋《とうじんあめや》、素姓《すじょう》不明の絵師風の男、青貝の内儀《ないぎ》と娘の葉末《はずえ》じゃ」

「まあ、お駒《こま》どのも！」

と、青貝市之進の妻の名をよんで、息をひいた。

「いったい、だれが殺したのでございますか」

「それが、だれがだれを殺して、だれがだれに殺されたのやらわからぬほどの修羅場《しゅらば》であったが、ともかく、みな死んでおる以上、下手人はほかにおるに相違ない。極秘裡《ごくひり》に探索《たんさく》させてはおるが」

男は女の顔をみて、かすかにふるえる声でいった。この人が、このような声を出すのを、女ははじめてきいた。

「何者が、何のために殺したのか、それはあとで申す。ただわしは、これはたんに狂人、盗賊の所業ではないとみる。下手人の目的の一つは、青貝の女房お駒を殺すことにあったとみる。そのわけは……お鏡、声をたてるな、心をすえてきけ、いつぞや、わしがそなたに、公方様が紀州御在城のころ、そなたとおなじ御側妾《おそばめ》であった女性《にょしょう》たちの名を、そなたの知るかぎりきいたことがあったであろう。……そのうちの、お秀《ひで》の方、お妙《たえ》の方、お麻《あさ》の方が、この夏のはじめ、江戸日本橋で裸形《らぎょう》とされて晒《さら》し者になっておったという事件があった。右の女性たちは、町奉行所へひきとられたが、ついにそのまま出てはこなんだという事実があった」

「………」

「つづいて夏、おせんの方が、日本橋で殺害された。夏の終り、弥生《やよい》の方が、東海道生麦《なまむぎ》の里《さと》で、素姓のしれぬ少年と抱きあって、腐《くさ》れた骸《むくろ》となって見出された」

「…………」

「つぎに四国阿波《あわ》で、卯月《うづき》の方が、これまた正体不明の老人と心中しておった。さらに尾道《おのみち》でお浜の方が、あやしき山伏につれ出されて海へ出たまま行方を断った。そして数日前、泉州堺《せんしゆうさかい》で、おぎんの方が絞め殺されておった。それから昨夜のお駒じゃ。……」

お鏡の全身から血の気がひいていた。ことごとく、いまの将軍が紀州の藩主のころ側《そば》妾《め》としていた女たちである。そして彼女自身がそうであった。

「日本橋のことをきいて、世には大それたことをする奴がおるとは、わしも思うておったが、それがこちらにも及んでこようとは思わなんだ。が、堺の伊良子屋《いらこや》の内儀――おぎんの死を知り、これは、と不審に思って、手をまわして諸国を探索させた結果、いま申したようなことども――ことごとく一連の脈絡《みやくらく》ある事件が報告されてきたのじゃ。しかし、それをいえばそなたがおびえることであろうと思って、わしはかくしておった。が、それがいよいよ京の青貝の内儀にまで及んできたとあっては、もはや、そなたにかくしてはおけぬ」

「みんな公方様の御寵愛をうけた者ばかり、……まあ、だれがそんな恐ろしいことを……」

「尾州じゃ」

と、男はうめいた。

「左様に不敵なことをなさるのは、尾張の中納言のほかに、いまの世にだれがあろう。尾張の中納言さまが、女あそびのとがで上様のお叱りを受けなされたのはことしの五月、以前より将軍家を人くさしとも思われぬ中納言様は、上様の曾《かつ》ての御漁色《おんぎよしよく》ぶりを天下にあばいて、それを笑いものにしようとなされておるにちがいない。それをまた、暗《あん》に公儀の方でふせごうとして、その争いのはてが右の女性たちの死となったものとわしはみる」

「そ、それでは、わたしは……」

お鏡はわなわなとふるえはじめた。

「そんな……そこまでわかっておりながら、公方さまはなぜ尾州様を御成敗《ごせいばい》にならないのでございますか」

「尾州と、はっきり証拠がつかめぬからだ。そして、公方《くぼう》さまは……」

男は、また沈黙した。彼の心中には、もっと恐ろしい疑いがあった。将軍家の方では、尾州の手にのって女たちを晒《さら》し者にされるより、むしろそれを闇中に葬《ほう》むるという方針をとっているのではないか、ということである。それは、日本橋で晒し者になった三人の女たちが、そのまま奉行所で消えてしまったという事実、それ以外の事件も、彼自身の探索《たんさく》の結果わかったことで、江戸からは公然とした連絡がなかったという事実、また、いまの公方の性格から想像される疑惑《ぎわく》であった。

「助けて下さりませ。殿。……わたしだけは……」

　女は、ひしと男にすがりついた。

　ここは、京で一、二を争う友禅《ゆうぜん》の染物問屋日野屋の寮、女はそこの娘で、以前は紀州の側妾《そばめ》のひとりであった。いまの公方が最後にもっとも寵愛していた女で、そのときまだ十八歳であったから、それから十七年を経《へ》たいまでもまだ三十五にしかならぬ。たぐいない美しさは、豊熟《ほうじゆく》の極みに達して、それが真珠《しんじゆ》色の涙とともに必死にしがみついてくると、白髪まじりのいかつい男の顔は、苦悶《くもん》に痙攣《けいれん》した。溺愛《できあい》と恐怖の交錯《こうさく》したこのように異様な表情を、何百という所司代屋敷《しよしだいやしき》の番士たちはみたこともあるまい。彼は、京都所司代牧野河内守《まきのかわちのかみ》であった。

　彼がこの日野屋の娘を側妾《そばめ》としたのは、この二年あまりのことだ。彼女が曾《かつ》ていまの公方の愛妾のひとりであったことをうちあけられたのは、そのあとのことで、彼は愕然《がくぜん》とした。公方様が将軍として江戸へ向うまえ、「向後《きようこう》、いずれへ再縁するとも苦しからず」というゆるしを得ていたとはいえ、譜代《ふだい》の牧野河内守にとっては身のふるえるほど恐れ多いことであった。彼はお鏡を側妾としていること、彼女が以前に紀州に仕えていたことを極力人に秘密にするようにした。日野屋の寮に、夜のみときどき通ってくることにしたのはそのためであった。そして、お鏡の美しい熟《う》れきった肉体に、その高貴な過去が名香蘭奢待《らんじやたい》のようにからみついて、この武骨で剛毅《ごうき》な所司代を、曾て知らなかった愛執の虜《とりこ》としてしまったのである。

「そちは殺しはせぬ。何者の手からもまもってやる。……」

お鏡の柔肌を抱きしめて、河内守はいった。

「そちは知るまいが、さきごろからこの家は、夜も昼も、わしの手のもので、ひとしれずきびしい網を張ってあるのだ。所司代みずから護《まも》る。敵も大っぴらにはうごけぬことなのだ。蟻《あり》一匹も近づけはせぬ。安心してよいぞ」

さっきまでの不安を忘れたような河内守の言葉であった。いや、じぶんの言葉でじぶんを力づけようとしているのだ。またお鏡にすがりつかれると、六十ちかい老骨にも血が沸々《ふつふつ》とわきかえって、どんなことがあっても牧野家をかけてもこの女を護りぬくという決意が、満身をふくらませてくるのであった。

恐怖に、保身からの媚態《びたい》も加わって、お鏡は河内守にからみついたまま閨《ねや》にたおれ、彼を愛慾の忘我の沼におとした。曾て将軍家の側妾であったという気品が、なんといっても町家育ちの柔媚《にゅうび》な姿態と溶けあって、いかめしい所司代を、ぶきみな影さえ忘却させるほどの濃艶な恍惚境《こうこつきょう》にひき入れるのであった。

「殿……殿」

ひそやかな声をいくたびかきいて、河内守はようやく顔をあげた。

「恐れ入ってござりますが、いそぎお目通りねがいたく」

腹心の間宮大学《まみやだいがく》と知りつつ、彼は思わずふきげんな声を出した。

「何じゃ、用は明朝にいたせ」

「ただいま、ちかくの河原にて、両腕のない乞食体《こじきてい》の男をとらえてござりますが」

「何」

河内守はがばと起きなおった。

江戸、四国、尾道、その他で女を殺した下手人は、すべて京都所司代の手の及ぶところではない。また彼女らの屍骸《しがい》とともにあった男たちはことごとくこれまた屍骸となっていたという。ただひとり、犠牲者とかかわりのある奴で、姿を消し、その上、はっきりと身体に特徴のある男がある。それは堺《さかい》の伊良子屋《いらこや》から、両腕の手くびだけをのこしてにげた七溝呂兵衛《ななみぞろへえ》という男だ。

若し京に両手くびのない男が現われたらとらえよ、というのが、河内守がひそかに腹心の家来たちに申しつけていた命令であった。

「よし、そやつを庭にまわせ」

と、彼はさけんで仁王立ちになった。

二

「七溝呂兵衛と申すか」

縁先に立った牧野河内守に名を呼ばれたとき、乞食姿の御庭番七溝呂兵衛は愕然《がくぜん》としていた。両手くびがないのに、なお両腕は背にぎりぎりと縛りあげられている。

堺から京に入って、みずから食いちぎった両手くびの手当をしていた呂兵衛は、公方《くぼう》の愛妾お鏡《きよう》の方《かた》の隠れ家をつきとめた江戸柳生《やぎゆう》の大道寺竜助《だいどうじりゆうすけ》からの報告をきいて、ひそかにその事実をたしかめに近づいてきたところであった。むろん、彼女が所司代の妾として囲われていることも知っていた。

それだけに、河原であきらかに二条在番の武士数人にとらえられたとき、あっけにとられたのだ。彼らが事情を知ってじぶんをとらえるわけはなく、たんに夜中うろつくいかがわしい乞食と思ったのであろうと、平気な顔でいて、彼らがめざす日野屋の寮にひったててゆくのを、はてな、と首をかしげたものの、それだけお鏡に接近できる恰好《かつこう》の機会だと胸にほくそ笑んだくらいであった。

しかるに、縁に出てきた牧野河内守は、恐ろしい眼でにらみつけて、じぶんの名をは

っきりと呼んだのみか、

「尾張者か」

といい、さらに声をひそめて、

「それとも公儀の手の者か」

と、いった。七溝呂兵衛は、心中に驚愕《きょうがく》し、狼狽《ろうばい》した。――さすがは京を護る所司代だ。よくそこまで調べていたもの、と舌をまくと同時に、尾張者か、といった一言で、彼の知識がその程度にとどまっていることを知り、またたとえじぶんが公儀の手の者であっても、この将軍親任の所司代は容赦なくひっとらえる覚悟をきめていたことも知った。

「ううむ、黙っておるところをみると、尾張の奴だな」

と、河内守はうめいた。

しかし、これは河内守の浅慮《せんりょ》だ。御庭番たる者が、御用の旅先で、おのれが御庭番だとは口が裂けても名乗るはずがない。たとえ相手が所司代であろうが、奉行であろうが、所管ちがいでは名乗る義務はなく、ましてやその相手が明確に知らぬ以上はなおさらのことだ。

「これ、何ゆえ、上様の……御情けをかけられた女性を毒手にかけるか」

河内守は、焦《じ》れた。

そこまで知っている上は、とうてい、乞食としてとぼけとおすことは不可能であろうと覚悟をきめながら、七溝呂兵衛が薄笑いしたまま黙っているのは、素姓をうちあけて助命を乞うより、たとえ秘令を達せずに終ろうと、あくまで身分をかくしぬくという御庭番の厳粛にして誇りたかき掟《おきて》に殉《じゅん》じるつもりか、それとも、こうなっても逃げてみせるという自信のあらわれか。

「よし、答えぬなら、答えぬでよい。返答せぬは一つの返答とみる。これ、斧八郎、こやつを河原につれもどして首を討て」

「はっ」

と、家来の北条斧八郎はうなずいて、呂兵衛の縄をひったてた。

「起てっ」

そこにいた六、七人の侍はいずれも直参ではなく、牧野家子飼いの家臣ばかりであった。武士は主《しゅ》あるを知って、主に主あるを知らず、主の命とあれば日が西から出るといわれても叩頭《こうとう》する面々だ。

「あ、待て、いや、斧八郎はゆけ」

斧八郎につづいて庭を去ろうとする彼らを、河内守は呼びとめた。ひざまずいた侍たちに、

「ちと、気がかりなことがある。きゃつ、ひょっとすると奇妙な術を使うやもしれぬ。

鉄砲を持ってきておる者があろう。……不審な挙動あれば、仔細《しさい》ない、射ち殺せ」

と、いったのは、河内守は、いままで殺された女たちに、いずれも何ともぶきみな、妖雲のかかっているような事実があるのを思い出したのだ。

武士たちはうなずいて、やがて数人鉄砲をかかえて、北条斧八郎のあとを追った。

蒼白な十三夜のまるい月であった。鴨川《かもがわ》の流れは銀波の冷光をはねて鳴りさやいでいる。河原の中に、七溝呂兵衛は、両腕しばられたまま、ひきすえられた。

「乞食、よいか。――」

北条斧八郎は、刀をぬきはらった。

七溝呂兵衛は、河の方をむいたまま、平然と坐っている。秋風が枯草をふきなびかせた。斧八郎は一刀をふりあげ、斬りおろした。――刀身は、呂兵衛のくび一尺の距離をおいて宙にはねかえっていた。

「あっ……な、何者」

北条斧八郎は、片手でおのれのくびをかきむしりながらのけぞっていた。何者か、背後から彼のくびに腕をまわして絞めつけた者がある。満面黒紫色にふくれあがりつつ、斧八郎は刀身をうしろなぐりにした。刀はただ風を切ったのみであった。彼は絞めつけられた首をねじまわした。背後には誰もいなかった！

しかも、彼のくびにかかった腕だけは現実のものなのだ。……それが腕ではなく、前に坐った七溝呂兵衛の肛門から這い出し、草の中をうねって廻った長い腸《ちょう》であるとは、だれが想像もしたろうか。

恐怖と苦悶に、北条斧八郎が崩折《くずお》れるよりはやく、どこかで「あっ」という悲鳴がながれ、つづいて、銃声が満月へむかって射ちあげられていた。

それよりまえ、遠く河原の草の中に立って、この斬罪に鉄砲をむけていた者がある。主人の注意をうけて、若し曲者に奇怪なうごきでもあれば——と、火縄に点火して監視していた牧野河内守の家来であった。はたせるかな、わけもわからないが、ふいに北条斧八郎がのけぞりかえったのに、さてこそ、と鉄砲を肩にあてた刹那、背後に迫った何者かに袈裟がけに斬りはなされた断末魔の声であった。

「待てっ」

と、その襲撃者《しゅうげきしゃ》はさけんだ。月明のなかに立っているのは、編笠をかぶった武士であった。彼は高だかと呼ばわった。

「うぬら、主人の切腹、牧野家の断絶を承知か。それを覚悟してならひきがねをひけ。おれは直参の大道寺竜助だぞ」

三

真正面から、拙者は直参三百石の旗本大道寺竜助、これは御庭番の七溝呂兵衛と名乗られては、牧野河内守もしばらくは応答の声もなかった。ふたたび日野屋の寮にとってかえした一同を庭前において、河内守はいつまでも沈黙していた。

ようやく、上眼づかいになっていった。

「お鏡のいのちを、どうあっても上様は御所望あそばすか」

「いや、そうではござらぬ」

と、大道寺竜助はくびをふった。

「尾州がそれら女性《にょしょう》たちを晒《さら》し者にするをふせぐこと、それが本来のお望みにて、いままで諸国でそれらの女性が落命なされたは、やむを得ざる次善の処置でござろう。もし、いのちを全うしてお鏡さまをきゃつらの手から守りぬくことができれば、それに越したことはありませぬ」

「それならば」

河内守の眼は安堵《あんど》にかがやいた。

「容易なことじゃ。京都所司代のわしが渾身《こんしん》の力をしぼってまもってみせる。なおその上、そちたちが助力してくれるならば、鬼に鉄棒《かなぼう》とでも申すべきではないか」

「恐れながら、それは尾州御土居下組《おどいしたぐみ》を存ぜられぬからでござる」

はじめて七溝呂兵衛は口をひらいた。大道寺竜助が河内守に素姓をあかしたのが気に入らぬらしく、それまでむっと黙りこんでいたのである。

「いままでお鏡さまのおいのちが御無事であったは、ただきゃつらがまだここをかぎつけなんだゆえだけのこと。……しかし、早晩、きゃつらはやってくることでござりましょう」

「どうすればよいのじゃ」

と、河内守は両こぶしをにぎりしめていった。呂兵衛はじろりと周囲を見まわした。

「少くともかような場所にては、餓狼《がろう》のうろつく荒野にいけにえを捨て置くようなもの」

「そうだ、所司代屋敷へひきとられては如何か」

と、大道寺竜助はいった。河内守は眼をひからせ、膝をたたきかけたが、依然にぎった拳《こぶし》を宙にとめ、唇をかみしめたままだ。所司代屋敷へおのれの妾をひきとるという処置が、生来厳格な彼を躊躇《ちゅうちょ》させたことはあきらかであった。

「いや、河内どのの御側妾《おそばめ》をまもるのではない。われらもそんなつもりで働いておるのではござらぬ。ひとえにそのむかし上様の御愛妾であったお方をまもるためです。そのお方を、河内どのがいま御自分の御側妾となされておることを、もし御公儀にはばかられるならば、拙者ども何ぴとにも申すまい。左様なことより、事実として曾ては公方様の、いまは京都所司代の御情けをうける女性を、みすみす見殺しにしては、われら直参の恥辱《ちじよく》と心得ます。上様とて、お鏡さまが御無事であることを何より望んでおわそう。相手は尾州六十一万九千石、その大敵から護るのに所司代屋敷をつかったとて、どうしてお咎《とが》めがありましょうか。河内どの、そうなされい、そうなされい」

「呂兵衛とやら、お鏡を所司代屋敷に入れれば、まもりぬく自信があるか」

「九分九厘までは」

と、呂兵衛はいった。それは自信があるということなのか、承《う》けあえぬということなのか、その無表情からはわからなかった。彼は重い声でいった。

「少くともここより御安泰《ごあんたい》であることだけはたしかでござります」

それから半刻ばかりのちである。日野屋の寮から、二挺《ちよう》の駕籠が出た。

所司代牧野河内守と、愛妾お鏡をのせたそれぞれの駕籠に、七溝呂兵衛と大道寺竜助がぴたりとつき、さらにそのまわりを牧野家の家臣十数名がつつんで、しとしとと月明の大路を二条城の方角へむかっていそいでいった。所司代屋敷は、二条城の北側に接続して設けられている。

「一足《ひとあし》おくれた」

その行列を見送って、ひくくつぶやいた声がある。御所の築地塀《ついじべい》からそろりと出てきたのは、ふたつの影であった。

「きゃつら、どこへ」

と、いったのは頭巾《ずきん》で面《おもて》をつつんだ武士である。もうひとり、お高祖頭巾《こそずきん》をかぶってはいるが、女ではない、大振袖に袴をはいた影がこたえた。

「おそらく、所司代屋敷へ」

「なに、所司代屋敷へ？　河内め、妾を所司代屋敷へひき入れるのか」

「それを責めることができぬわたしどもでござります」

冷たく笑った声に、刀の柄《つか》に手をかけて追う姿勢になっていた武士はふりむいた。

「宗綱《むねつな》、お鏡を所司代屋敷に入れてよいのか。それでなおかつ、きゃつをさそい出すことができるのか」

「もし、敵が狙われておることを気づいておらなければ、それはできぬことではありますまい。が、それを承知していては、いかにわたしでも近づくことは難《むずか》しゅうございます。まして、伊賀者がついているとあっては」

しかし、美しい声は微笑をふくんで、おちつきはらっていた。

「それでは、どうするのだ。城へ入るまえ、いま斬りこんだ方がましではないか」

「わたしのからだは、現《うつつ》に入ることはなりませぬが、夢に忍びこむことはできまする」

「夢に？」

「相手の夢に」

「相手がおまえを夢にみるというのか。夢にみて、どうなるのか」

「どうなるか、それはそのときのなりゆきを御覧なされませ。……ただ、相手がわたしを夢みるためには、わたしが相手のことを夢にみなければなりませぬ。また、相手がいちどはわたしを現《うつつ》にみなければなりませぬ」

武士はだまって、若衆の姿を見まもるばかりだ。青炎のような月光のなかに、それはすでに夢幻の人間であるかのごとくにみえた。

「お鏡が、わたしを見なければなりませぬ。わたしはお鏡を見なければなりませぬ。しかも、ひと息かふた息のあいだ、じっとおたがいに顔を見合わせて。――けれど、お鏡は所司代屋敷へ入ってしまいました。もはや当分屋敷を出ることはありますまい。一足おくれた、と申したのはそのためでござります」

「宗綱、何か手だてはあるか」

「ござります。お鏡は所司代屋敷から出ますまいが、江戸柳生の奴ならおびき出せましょう。もし、あなたさまが果し状を送られたならば」

「わしが」

「江戸柳生がひとりで出てくるか、助太刀の面々をつれて出てくるか、ひとりならば、あなたさまが敗れることはございますまいが、もし加勢があるならば、あなたさまのおいのちはないかもしれませぬ。……しかし、わたしにとっては、ひと目江戸柳生の顔を見ればよいのです。それで相手はわたしを夢みることになります。その相手は、お鏡の顔を知っております。かくてわたしは、江戸柳生の夢のなかでお鏡と逢うことができるのでござります」

尾張柳生《おわりやぎゆう》の遊佐織之介《ゆさおりのすけ》はなお茫乎《ぼうこ》として佇《たたず》んでいたが、ふいに夢からさめたようにあたまをふっていった。

「おれが江戸柳生と果し合いをすればよいのじゃな、望むところだ。おれが死のうと生きようと、それはおれの知ったことではない」

四

「いずれか天上の月、池中の水月。

嵯峨《さが》天竜寺《てんりゆうじ》、十六夜《いざよい》の月に見ん。

ねがわくば、むら雲かかることなかれ」

町に出た所司代屋敷の中間《ちゆうげん》が、四条大宮の辻で、「これを十三日の夜所司代屋敷にきた江戸の旗本にわたしてくれ」と、編笠の武士からあずかってきたというこの書状をみて、江戸柳生の大道寺竜助はさっと顔色をかえた。

封にも入れぬむき出しの書面である。この奇怪な文面ゆえに、中間は大道寺竜助を探しあてる気を起したのであろうが、彼にとっては何の意味やら、見当もつきかねたに相違ない。

中間のみならず、余人のだれにとっても謎でしかないこの文面を、大道寺竜助のみはあきらかに判じた。

それは、何よりまず「水月」という文字があったからだ。いうまでもなく柳生流奥儀《おくぎ》の秘語《ひご》であった。「いずれか天上の月、池中の水月」とは、この書状をわたした者が尾張柳生としか考えられぬ以上、江戸柳生と尾張柳生と、いずれが新陰流のまことの道統をつたえているかという意味にきまっている。その次は、十六日の夜、嵯峨の天竜寺でその雌雄《しゆう》を決しようという果し状だ。

「きゃつ、おれが所司代屋敷に入ったことを、いつ見ておったのか」

しかし、それはあり得ることであった。彼は書状をわしづかみにして、七溝《ななみぞ》呂兵衛のもとへ走ろうとして、はたと足をとどめた。「ねがわくば、むら雲かかることなかれ」という一句に釘づけになったのである。

「助太刀無用」

敵はそういっている。

もとよりじぶんが京へ上ってきたのは、尾張柳生と剣法争いをするためではなく、とくに敵方に忍者が加わっている以上、この果し状が純粋なものでなく、おそらく何か策略があるとは思うものの、敵にはっきりそう釘をさされては、他に相談することは江戸柳生の誇りがゆるさなかった。

「お鏡さまにさしさわりのあることではない。おれがゆけばよいのだ。おれが死のうと生きようと、それはおれの知ったことか」

大道寺竜助は意を決した。尾張柳生の剣士とひとしく、敵愾《てきがい》と自信が吐かせる一語であった。

十六日の午後、彼はじぶんに書状をもってきた中間に、

「おれが明日もどらなんだら、天竜寺にくるように、七溝呂兵衛につたえてくれ」といいおいて、編笠をかぶって、飄然《ひょうぜん》と所司代屋敷の門を出ていった。

そのむかし、後醍醐《ごだいご》天皇《てんのう》の御冥福《ごめいふく》をいのるため、足利尊氏《あしかがたかうじ》が建立した洛西《らくせい》第一の巨刹《きょさつ》天竜寺、その庭の林泉は開山の夢窓国師《むそうこくし》みずからの意匠《いしょう》になる名園といわれる。

山門を入ると、広大な境内に池がひろがり、石橋がかかっている。枯蓮《かれはす》のうかぶ水面には、たしかに月影があった。

その池辺《ちへん》で、ふたりの剣士は寂然《じゃくねん》として刀をとって相対した。

　大道寺竜助が山門をくぐってゆくと、すぐ池のほとりの大銀杏《おおいちょう》の下から出てきた影が、

「江戸柳生か」とよびかけ、竜助がうなずくと、

「待っておった。おれは尾張柳生の遊佐織之介」

と名乗って、すらりと一刀の鞘をはらったのである。お鏡の方のことも牧野河内守のことも一語もいわぬ。そのいさぎよさに、大道寺竜助はこれまた名乗って抜刀すると、たちまち死闘の無想境に突入した。

　遊佐織之介は「浮雲足《ふうんそく》」の構えから、大道寺竜助は「牛角《うしづの》」の構えから発した。織之介の遠くたかく上段に「霞ん」だ太刀が折甲《せっこう》の秘剣と化して刀身一如《にょ》となって竜助の肩にながれたとき、竜助は右から左へ巻くようにしつつ、敵の左斜めうしろにふみこんで、その右手くびに斬りつけようとした瞬間――竜助は、敵の足もとから、ぼうと蒼いひかりがもえあがったのをみた。

「やっ？」

　月光ではない、とみた刹那、大道寺竜助の脳裡《のうり》には忍法ということがひらめいた。彼の太刀は、その蒼い鬼火が小波《さざなみ》のごとく息づいたのに誘われて一瞬みだれた。

「助太刀があるか、卑怯っ」

　たたらをふんでおよぐ背に、はやくも彼は灼熱《しゃくねつ》の剣気をおぼえている。半身、池にのり出したまま、しかし大道寺竜助はぴたとふみとどまった。当然追い討たるべき敵の刀

身がなかったのだ。大道寺竜助は、うしろなぐりに一刀を送り、稲妻のごとく反転した。

竜助はおのれの刀が相手の胴をなぎはらうまえに、遊佐織之介の脳天に一本の手裏剣《しゆりけん》がつき刺さってひかっているのをみた。それが垂直に立っている奇怪さに気がついたのは、相手が地ひびきたてて池辺にうち伏したあとであった。

「何者。――」

さっき、絶望を意識した刹那よりも、竜助は動顚《どうてん》していた。助太刀はおのれの方に現われたのである。呂兵衛がきたのか。それにしても、手裏剣はどこから打たれたのか。

「誰だ。どこにいる?」

「水月に」

と、どこかで声がきこえた。竜助ははっとして池をみた。

池のまんなかに、月影はうつっている。しかし、それとはべつに、すぐ足もとに夜光虫のごときひかりをはなっているものがあった。それは先刻、遊佐織之介の足もとからもえあがってみえたものと同じ炎であった。

岸から池をのぞきこんで、大道寺竜助は息をつめた。蒼《あお》い炎は池から発している。その炎にふちどられて、にっと微笑している美少年の顔があった。

水中に不知火《しらぬい》のごとくもえて漂う美少年。――前髪が水にゆれ、眼は黒ぐろとうるんで、白蠟《びやくろう》に似た頰に片えくぼを彫ってにんまりとした朱唇から、米粒のような歯がこぼれている。これはこの世のものでない——と意識しつつ、その妖艶たぐいない笑顔は、銅版画のごとく大道寺竜助の胸板にぴしりと鐫《き》りこまれた。

これは、水に映った影だ、そう気がついたのは、夢幻の数秒がすぎたのちであった。この少年は頭上の大銀杏《おおいちょう》の枝にいるのだ、と判断できたのは、さらに数秒ののちであった。

「おれは、尾張御土居《おどい》下組《したぐみ》の檀宗綱《だんむねつな》」

あたかも、大道寺竜助の意識の恢復《かいふく》を見とおしたかのように、空で声がきこえた。はっとして、竜助は頭上をふりあおいだ。

「大道寺竜助、どうじゃ、おれに惚れたか」

その声めがけて、竜助の手からマキビシが投げあげられた。と、月明の夜空を大きくさえぎる銀杏《いちょう》のたかい梢で、幾百千のひかりの珠が、ぱあっと青い火粉のごとくとびちったのである。

「螢《ほたる》——秋に、螢！」

絶叫しつつ、その妖しい螢のむれがとび移ったとなりの榎《えのき》の大木に、竜助はまたマキビシをなげた。螢はさらに次の欅《けやき》にながれ飛ぶ。それを追って、大道寺竜助が数十歩走ったとき、はるかうしろで、

「竜助、夢にて逢おう」

と、笑う声がした。螢とは逆の方向の杉の木立を、美しいふくみ笑いが風のように遠ざかっていった。

五

本来ならば、凱歌《がいか》をあげて、山門を出るところだ。それなのに大道寺竜助は、突風のような恐怖に吹かれて、天竜寺からにげ出していた。耳に「おれは御土居下組の檀宗綱《だんむねつな》。──大道寺竜助、どうじゃ、おれに惚れたか」という声が鳴っていた。

さらに本来ならば、所司代屋敷にかえって、意気揚々と七溝呂兵衛に報告するところだ。それなのに竜助は、なぜか事の次第を告げることをはばかって、鬱々《うつうつ》と考えこんでいた。耳に「竜助、夢にて逢おう」という笑い声が鳴っていた。

はじめは、御土居下組の宗綱が、なぜ味方の尾張柳生を殺しておれを助けたのだろう、という疑惑を解こうと焦った。わからない。

昏迷《こんめい》する脳裡《のうり》にうかぶのは、あの夢幻のごとき美少年の笑顔のみだ。寛永元禄《かんえいげんろく》のころのごとく、男色が一般の風習とはいえぬ時代であったが、大道寺竜助も、江戸で美少年の味は知っていた。しかし、厚い胸板に彫《ほ》られた檀宗綱の美しい顔は、それらと倫《りん》を絶する愛執《あいしゅう》の炎をあげはじめたのである。

敵にとり憑《つ》かれた、これが敵の罠《わな》だ、と思う。はじめて、宗綱が自分を助けた意味がわかったように思う。が、歯ぎしりしつつそう思ったのが最後の理性で、いつしか大道寺竜助は、夢とも現《うつつ》ともしれぬ境に入っているのであった。

漠々《ばくばく》たる雲の中を、濡羽《ぬれば》色《いろ》の前髪をゆり、大振袖に精好《せいごう》の袴《はかま》をつけた檀宗綱《だんむねつな》があゆんでくる。

大道寺竜助は、かっとそれをにらみつけているが、彼は平気で寄ってきて竜助の胸にとりすがる。はねのけようとしても、竜助の腕はしびれている。

「大道寺様、わたしはあなたさまが好きでなりませぬ」

少年のささやきが甘い吐息となって、竜助の鼻口を這《は》うと、彼は全身とろけたようになって崩折《くずお》れてしまう。宗綱の白い手はそのからだにやさしくからみつきながら、もう一方の手は、なまめかしくおのれの衣服をぬぎすててゆく。

「大道寺様、どうぞわたしをお気に召すように。……」

横たわった竜助の腕のなかで、からだをうごめかしつつ向うむきになったりりしい背、ひき緊《しま》った腰から、ぶよぶよした女色などとは較べものにならない清爽《せいそう》にして妖美な蠱《こ》惑《わく》の匂いがたちのぼって、竜助を獣《けだもの》にかえてしまうのだ。

或るとき、檀宗綱は可憐な嫉妬《しっと》の色を瞳にみせていった。

「大道寺さま、あなたさまは、わたしなどより、あのお鏡さまの方がお好きなのではござりませぬか」

「お鏡様？　おお、あのお方《かた》」

と、つぶやいて、竜助はくびをふった。

「左様なことかんがえたこともないわ」

「でも、毎日、お逢いなされているではありませぬか」

「それは、あの方をお護りするのが、わしの仕事だからよ。だいいち、お鏡さまもお美しいが、おまえなどとはまったく類を異にする」

「ほんとうでござりますか。それでも、わたしは、お鏡さまにいちどもお目にかかったことがありませぬゆえ、気になってなりませぬ。大道寺様、わたしにお鏡さまを、いちどみせて下さりませ」

お鏡さまを護るとは、この少年の魔手から護ることではないか。現実の世界ならば、あり得ないばかげた要求であった。しかし、夢の世界では、この異常事を、竜助に毫《ごう》も異常とは思わせせぬ。

彼は宗綱の手をひいて、所司代屋敷の奥ふかく、木戸や門や、長い廊下を通っていった。何十人という番士は、槍や鉄砲をかかえて立っているのに、だれひとりとして彼らを誰何《すいか》する者もない。

檀宗綱は、大道寺竜助の夢に忍び入ってくる。だれがこれをさえぎることができよう。竜助自身にすら、それをふせぐことは不可能であった。

知らず、京のいずこかで、美少年宗綱は眠っている。彼こそは、自由に夢みることができる。深夜天地寂寞《じゃくまく》のとき、彼の熟寝《うまい》の呼吸が、所司代屋敷のねむる大道寺竜助の胸の起伏と一致したとき、竜助は宗綱とおなじ世界を夢みるのであった。

彼は宗綱にお鏡の方をみせた。宗綱は夢の中でお鏡をみた。

「――どうもおかしい」

七溝呂兵衛は、くびをかしげた。彼は小春日和《びより》のうららかな日ざしの下、所司代屋敷の塀の下に足をなげ出している大道寺竜助をながめている。

まひるであった。竜助はむろん起きている。その証拠に大きな眼をきょとんとひらいている。さっき近づいて話しかけたら、ちゃんとした返事をした。

それにもかかわらず、どこか寝ぼけているような感じなのだ。夢中遊行《むちゅうゆうこう》の人をみているようなのだ。

「いつからああなったか。――そうだ、十六日の夜、城におらなんだ。そして、どこからかかえってきたころからだぞ」

大道寺竜助は、完全に夢と現実の逆転した世界にいた。夢みる世界を現実と思う。これはだれでも陥《おちい》る心理だ。しかし、そのうえに竜助は、現実の世界を、これは夢だ、夢の世界だと思うようになっていた。

数日後である。七溝呂兵衛は、あの果し状をとりついだ中間《ちゆうげん》から、その書状の内容と、竜助の出むいていった行く先を知った。きゃつ、そのことをなぜおれにだまっているのか――呂兵衛はうめいた。

「ふむ。……さてはそのとき、御土居下組の忍法にかけられたな」

その夜だ。大道寺竜助は、大きく胸を起伏させて、夢みていた。彼はまた檀宗綱にねだられて、宗綱をつれて、お鏡の方の寝所に伺候《しこう》したのだ。

お鏡の方は閨《ねや》の上に起きなおって、宗綱を見つめた。ながいまつ毛のかげからうるんだような眼で美少年をながめていたが、

「話がある。竜助、そなたは下がっていや」

と、いった。そして少年にやさしくうなずいてみせると、宗綱はするすると膝《ひざ》でうごいていって、お鏡の方にすがりついた。

「裏切者」

と、竜助は絶叫した。その絶叫がたしかに耳にひびいて、それがじぶんの声ではないときいたとき、竜助の口から鮮血がふきあがり、彼はおのれの夜具の中で即死した。

「御土居下組に憑《つ》かれた奴、生かしておけば危険な裏切者となるは必定《ひつじよう》じゃ」

眠っている大道寺竜助ののどに足をかけて、そのまま踏みおとし、御庭番七溝呂兵衛は凄絶な表情で竜助の悶死《もんし》をながめていた。

六

お鏡の方は、大きく胸を起伏させて、夢みていた。彼女は、世にもあえかな美少年をつれて寝所に入ってきた江戸の旗本大道寺竜助を迎えたのである。

お鏡の方は、褥の上に起きなおって、少年を見つめた。ながいまつ毛のかげから、うるんだような眼で、美少年をながめていたが、

「話がある。竜助、そなたは下がっていや」

と、いった。そして少年にやさしくうなずいてみせると、少年はするすると膝でうごいてきて、お鏡の方にすがりついた。

「裏切者」

と、竜助は絶叫した。絶叫すると同時に、竜助の口から鮮血がふきあがって、彼はあおむけにうちたおれた。

「お鏡、お鏡、いかがいたしたのだ」

ふいに耳もとで呼びたてられて、彼女は眼をひらいた。おなじ閨のなかに身を横たえていた牧野河内守が不安そうにのぞきこんでいた。

「突然、恐ろしい声をたておって、余はおどろいたぞ」

「……こわい夢をみたのでござります」

と、お鏡はなお放心したような眼を天井になげてつぶやいた。全身、ぬれたような汗であった。

「こわい夢、左様か。むりもない。……しかし、ここは所司代屋敷の奥、こうして眠っておるあいだも、百人ちかい家来どもは、眼をひからせて、このまわりを見張っておる。大船にのったつもりで安らかに眠れ、のうお鏡」

河内守はわざと笑顔でいって、いとしげにまた彼女を抱きよせた。

お鏡は顔をそむけた。この所司代の禿げたひたい、黒ずんだ唇をかこむふかい皺《しわ》、武骨なかたい肉体に、はじめてぞっとするような嫌悪をおぼえたのである。

彼女の眼はひらいていたが、なお夢みていた。いまの美少年の顔を。――あのような美しい若者をみたことはないが、あれはいったいだれであったのか？

――幻怪《げんかい》なり、檀宗綱の忍法「夢若衆《ゆめわかしゅ》」、その秘法のきわまるところ、大道寺竜助の夢を媒体《ばいたい》に、おどろくべし、彼はいまだ相見たことのないお鏡の方の夢のなかへ、妖々《ようよう》と忍び入ったのである。

江戸の旗本大道寺竜助が口から血を吐いて悶死《もんし》していることが発見されたのは、その翌朝のことであった。にえくりかえるようなさわぎのなかで、平然としているものがふたりあった。

ひとりは、七溝呂兵衛である。

「もとより、敵の仕業でござる。これで尾張御土居下組《おどいしたぐみ》のいかに恐ろしいものか、おわかりでござりましょう」

と、おどしながら、しかもおちつきはらって、

「しかし、これでひとまず魔はおちてござります。当分は枕を高うして御寝《ぎよし》あそばされて結構で」

と、ひとりのみこんだ顔でうなずいていた。

もうひとりは、お鏡の方である。彼女は周囲の騒ぎも、何やらぎやまんの壁をへだててみるように、うっとりとじぶんだけのもの想いに沈んでいた。

彼女はじぶんのあたまを占めているものを、だれにもいえなかった。それは説いても、だれも信じてくれない――しゃべるのが惜しい、恐ろしい――甘美な秘密であった。

漠々たる雲をふんで、濡羽色《ぬればいろ》の前髪をゆり、大振袖に精好《せいごう》の袴をつけて、夜ごとの夢に忍び入ってくる若衆を、妖《あや》しのものと最初のうちこそ意識したが、ふりはらうにはた

えられない魅惑《みわく》であったし、恐れても夢に入ってくる彼をどうすることもできなかったし、それにやがては、白日夢のごとく彼女の理性をけぶらせてしまった。

「お鏡さま、わたしはあなたさまが好きでなりませぬ」

少年のささやきが甘い吐息《といき》となってお鏡の鼻口を這《は》うと、彼女は全身とろけたようになって崩折れてしまう。少年の白い手は、そのからだにからみつきながら、もう一方の手は、なまめかしくおのれの衣服をぬぎすててゆく。

「お鏡さま、どうぞわたしをお気に召すように。……」

横たわったお鏡の腕のなかで、からだをうごめかしつつ、彼女の乳房、腹、下肢にぴったり吸いついてくるりりしい胸、ひき緊《しま》った腰から、河内守の老骨などとは較《くら》べものにならない清爽にして妖美な蠱惑《こわく》の匂いがたちのぼって、お鏡を獣にかえてしまうのだ。

或る夜、少年はたえきれぬようにからだをくねらせてささやいた。

「お鏡さま、夜のみお逢いいたしますのは、切《せつ》のうてなりませぬ。ああ、いつもこうしていられたら、どのようにうれしゅうござりますことか。……」

「どうすればよいのじゃ」

「この屋敷をお出になりませ」

彼女は、おのれの身を護るためにこの屋敷に入った。現実の世界ならば、あり得ないばかげた要求であった。しかも、夢の世界ではこの異常事を、お鏡に毫《ごう》も異常事と思わせぬ。

「お出になりませ。この屋敷は外から入るには幾重《いくえ》もの番人の眼がひかっておりますが、内から出てゆくのは、あけはなし同然でござります。夜、男衣裳《いしょう》をつけ、頭巾に編笠でもかぶってお出になれば、とめるものはございませぬ」

甘い息吹《いぶき》が、彼女の耳たぶをぬらし、くすぐる。

「今夜にでもお出になりますならば、わたしは堀川《ほりかわ》御池《おいけ》の辻で待っております。……参られまするか」

「ゆく、ゆく」

お鏡はしびれわたる恍惚《こうこつ》の極みで、夢中になってあえいだ。

「ただ」

と、少年の声に一脈の冷気がまじった。

「余人はしらず、警戒の侍どものうち、公儀御庭番の男がひとりおりまする。この男の眼のみは、容易にのがれられませぬ」

「では？」

「その男を殺されるよりほかはございますまい」

と、美少年は呪文《じゅもん》のごとくささやいた。

七溝呂兵衛、彼は両手くびを失ったが、その顔に一抹の不安の影もなかったのは、よほど何やら絶大なる自信があったものと思われる。

彼は、日ごと夜ごと、忍者眼《にんじゃがん》をこらし、忍者耳《みみ》をすまし、尾張御土居下組の襲撃にそなえていた。

その呂兵衛が、しかしまさかじぶんの守護する女が、うしろからじぶんを襲撃し、みずから死神の待つ京の町へ出てゆこうとは、それこそ「夢」にもかんがえなかった。

お鏡の方が、ふいに背後から、御庭番七溝呂兵衛のうなじを刺して即死させ、ぶッさき羽織に野袴《のばかま》をつけ、陣笠をかたむけて所司代屋敷の門のひとつを出ていったのは、秋ふかい雨の夜のことであった。

忍法「鏡地獄」

一

蕭々《しょうしょう》として雨ふりしきる夜の堀川御池《ほりかわおいけ》の辻に、一挺の駕籠《かご》が待っていた。いかめしい二条城のすぐ下なので、かえって人通りがない。ふたりの駕籠かきは、駕籠をおいて逃げ出したかったが、そばに菅笠《すげがさ》をかぶった武士が見張っているので、それが出来なかった。

駕籠かきが逃げ出したくなったのは、その侍よりも、烏丸通りで呼びとめられて、いま駕籠の中に坐っているはずの若衆《わかしゅ》のぶきみさからであった。夜なのに、ぼうっと青く浮かびあがってみえた美しさもふつうの人間とは思われなかったが、のせたときにはたしかに重量があったのに、途中で駕籠が空《から》になったのではないかと思われる異変が生じた。

「はてな」

「旦那、お客さまが。……」

駕籠かきは、つきそいの武士をふりむいて、妙な顔をした。ちょうど常夜燈のすぐそばであった。侍はだまって駕籠の垂れをひきあげた。美少年はたしかに乗っていた。しかも、すやすやと安らかに眠っているのであった。

「黙ってゆかねば、いのちはないぞ」

そう武士におどされるまでもなく、ふたりの駕籠かきは胆《きも》を消していた。この若衆は変化《へんげ》にちがいない。——そして、堀川御池の柳の下に駕籠をおろすように命じられてから、もう何刻《なんどき》たったろう。

そのあいだ、駕籠の中の若衆は、依然としてこんこんと眠りつづけているのか、ひそとして物音もたてず、武士もまた唇をむすび、腕ぐみをして、じっと北の丸太町通《まるたまちどおり》の方角を見つめているばかりだ。

「……女が、所司代屋敷を出ました」

夜半であった。はじめて駕籠の中で、鈴をふるような声がきこえた。

「あの御庭番を殺してか」

と、武士がきく。

「女が所司代屋敷を出た以上、きゃつは殺されておるはずでござります」

と、駕籠の中の声はやさしくこたえた。

まもなく駕籠かきは、夜の堀川通を、雨にうたれてちかづいてくる何者かの影をみとめた。ぶッさき羽織に野袴《のばかま》をつけて、陣笠をかぶった姿が蹌踉《そうろう》とあゆんでくる。

「お鏡さま」

駕籠の垂れをあげて、少年は呼びかけた。その呼び声で、駕籠かきは、陣笠の影が女であることを知った。

「さあ、ここにお乗りなされませ」

少年はそういったが、じぶんは下りようともせぬ。陣笠の女は、駕籠かきにも武士にも気がつかないようであった。いわれるままに、彼女は駕籠に身を入れた。駕籠かきがあっと眼をむいたのは、一人乗ってもいっぱいのはずの狭い駕籠に、なんの苦もなくするりと女が入りこんだことだ。——垂れは、おちた。

「よし、ゆけ」

と、武士がいった。

「粟田口《あわたぐち》から東海道へ。……夜明けまでに草津についたら、ひとりあて百両の酒手をとらす」

「夜明けまでに草津へ」

ここから草津まで七里はある。ふつうなら、とうてい乗れない相談だ。しかし。——

「酒手は百両だって、——兄弟《きようでえ》、ゆくか？」

「合点だ！」

ふたりは、駕籠をかつぎあげた。重さは完全に二人ぶんになっている。よろめいた駕籠かきの眼前に、夜目にもぴかと白刃がつきつけられた。菅笠の武士は殺気そのもののような歯をむき出してわめいた。

「ゆかぬか？　ゆかぬときはもとより、草津へつくまでに夜があけたら、うぬらふたりともたたッ斬るぞ」

冷雨ふりしきる夜の京をひた走りに、三条の大橋から粟田口へ出てゆく駕籠の中では、それを運ぶ駕籠かきの、足を空にせんばかりの狂奔と恐怖をよそに、壺中の天地さながらの別世界がくりひろげられていた。

「……お鏡さま、よう出ておいでなされましたなあ」

少年はひたとお鏡にまつわりつきながら、頬すりよせてささやいた。

お鏡は口もきけぬ。はじめて逢う若衆なのに、彼女にははじめて逢う気がせぬ。いや、あまりにも迫真的な夢をみさせられたために、夢と現実の壁をとりのけられたお鏡は、いまこの奇怪な逢瀬《おうせ》が夢と思わなければ、現実とも思われないのであった。

「もはや、いつまでもあなたさまとこう抱きおうていられます。なんどこのようなことを夢にみましたことか。……」

少年の声は微笑して、甘美な音楽のようだ。

たとえお鏡がこの「夢若衆《ゆめわかしゆ》」の忍法にかけられなかったとしても、どうしていまあるこの状態をうつつのことと思われようか。ひとりの人間がわずかに膝を入れるに足る小さな空間にふたりの肉体を入れて、しかも少年は魔法のごとく軽やかに、自在に身をくねらせ、うごめかすのである。

「わたしの申したとおり、男衣裳《おとこいしょう》をつけておいでなされましたなあ。それでのうては所司代屋敷をぬけておいでになれますまいが、しかしお美しいお鏡さまにはお痛わしゅうございます。せめて、わたしの振袖にお着換《きが》えなされませ」

そういいながら、美少年はおのれの衣服をぬぎすて、さらにお鏡のきものも、たくみにぬがせてゆくのであった。

「こちらのおみあしをこう……お腰をこう浮かしなされて」

いつのまにかお鏡は、はだかのまま、少年の膝《ひざ》の上にのせられていた。狭い駕籠の中だから、彼女の足は少年の背に印度《インド》仏《ぶつ》みたいにくみあわされているが、その恥ずかしい姿態が、ふたりの腰をうずめる衣服の波にかくされているのがせめてもの救いであった。それでも彼女は浮きあがって、両腕を少年の首にまき、上からのしかかるような姿勢とならないわけにはゆかない。少年は蠟人形《ろうにんぎょう》みたいに柔軟にそりかえって、彼女の顔を顔でうけとめる。濃い息と息が、乳のようにおたがいの鼻口をぬらした。

「え、ほ」

「あ、ふ。……」

駕籠はとぶ。雨の中にさけぶ声がきこえる。

「ここはどこだ」

「山科《やましな》でごぜえます」

「雷も鳴らぬに、やけに空に稲妻《いなずま》が走るな」

あえぐ駕籠屋と武士の対話も、夢の声のようだ。少年はじぶんの振袖をお鏡にきせようと努めていたうごきを、いつしかやめてしまった。駕籠の浮動するたびに、乳房が、腹が、腰が足が吸いつき、はなれ、あたたかな絹のようなおたがいの肌がくびれてはまりこみ、まつわりつき、はてはとろとろと飴《あめ》のようにながれかかるようであった。

少年の舌が、じぶんの舌の裏側から歯ぐきまで、まるで蜜にぬれた花弁の蕊《ずい》をさぐる爬虫《はちゆう》みたいにさぐりぬくと、お鏡はたまりかねて、すすり泣きのようなうめき声をもらした。

「おや、駕籠で何か……」

「大丈夫でやすか？」

死身になって駆ける駕籠かきにも、よほど異様にきこえた声であったらしい。駕籠が大きくゆれた。

「とまるな、ゆけっ」

武士の声が鞭《むち》のごとくにとぶ。ようやく自由になった口で、お鏡はあえいだ。

「どこまで」

「駕籠はかえねばなりますまいが、尾張まで」

尾張まで——その地名の意味する恐ろしさを、牧野河内守からきいたはずなのに、お鏡はすっかり忘れている。尾張はおろか、江戸までも、彼女はこのまま飛んでゆきたかった。いや、いますでに、これは天上の飛翔《ひしょう》そのものであった。

「だ、旦那」

そのとき、駕籠かきのただならぬ声がきこえた。

「いまひかった稲妻で、旦那御覧なせえましたか」

「瀬田の大橋はさっきわたりやした。それなのに、むこうにまた瀬田の大橋がみえましたぜ！」

悲鳴にちかい絶叫とともに、駕籠はとまった。

二

いうまでもなく若衆は御土居下組《おどいしたぐみ》の忍者檀宗綱《だんむねつな》で、武士は尾張柳生最後のひとり沢左司馬《さわさじま》であった。まんまとおびき出した公方の元愛妾お鏡を、お江戸日本橋まで運んでゆくのが目的だが、とりあえず尾張までもたどりつけば、もはや事は成ったも同然だ。この夏まで江戸にあった主君の宗春様は、その後名古屋におかえりあそばしているはずだから、そこでこの女を殿の御覧に入れるのも一興であろう。

それにしても、まず京を脱出するのが何よりの緊急事である。お鏡は男すがたに化けてみずから所司代屋敷をさまよい出してきたが、七溝呂兵衛の屍骸《しがい》と同時に、彼女の消失が発見されるのは時間の問題である。おそらく所司代牧野河内守は仰天《ぎようてん》し、おどりあがって追撃をかけてくるであろう。

それをおもんぱかればこそ、抜身で駕籠かきの尻をたたかんばかりにして必死の早駕《はや》をとばせ、京から三里大津をすぎ、琵琶湖《びわこ》の波音をききつつ膳所《ぜぜ》をすぎ、先刻、瀬田の唐橋《からはし》をかけわたったった。

小橋三十六間、大橋九十六間、あわせて百三十二間の長橋をわたったことを忘れてたまるものではない。わたれば、やがて草津の宿に入ってゆく。——そのはずなのが、何たる怪異、駕籠のゆくてに、いまわたったはずの瀬田の大橋がもうひとつ、蒼白い稲妻にくっきり浮かびあがってみえたのだ。いや、橋のみならず、橋をめぐる川、その彼方の瀬田の町、また近江《おうみ》の山々までが。——

「やっ？」

物に動ぜぬはずの沢左司馬も、狐につままれた思いで立ちすくんだのみか、その驚愕《きようがく》を口にした。

「これは、狐に化かされたか？」

——そもそも、最初から狐に化かされているのではないかという疑惑と恐怖にとらえられていた駕籠屋だ。その変化《へんげ》の眷属《けんぞく》のひとりたる侍までが、眼をむいておぼつかなげなこのうめきをもらしたのをきいたとたん、駕籠かきは、いままで駆けてきた無我夢中の気力が、完全にからだじゅうからぬけてしまった。

「もういけねえ。……百両もいらねえ」

「殺されたって、足がうごかねえ」

垂れをめくって、檀宗綱が顔を出した。じいっと前方を見透《す》かすその眼に、これまた名状しがたい動揺の波紋がひろがる。また音もなく稲妻がひらめいたが、そんなあかりをまつまでもなく、彼の忍者眼は、この文字通り驚天動地の異変をまざまざと見てとったのだ。

「ううむ、伊賀の忍法よな」

真一文字の唇がほどけると、そううめいた息がもれた。

「なに、伊賀の——」

「さればでござります。沢さま、これはわれらが尾張へゆくのを阻《はば》もうとする御庭番の伊賀者のなす妖《あや》かしの業と心得ます」

と、うなずいて、

「えい、たぶらかされるな、このままゆけ」

「宗綱、このままいって仔細はないか」

「むしろ、ひきかえすことは敵の罠《わな》にかかることでござる。あれはおそらく幻の唐橋、このまま、まっすぐにゆかれませ！」

雨ふりしぶく夜の往還《おうかん》にへたりこんでいたふたりの駕籠かきは、悲鳴をあげてとびあがった。一瞬のまに、ひとりの左耳がおとされ、返す刀でもうひとりの右耳が斬っておとされたのだ。

「ゆけっ」

血と涙をこぼしながら、駕籠屋は、駕籠をかついでまたかけ出した。眼をつむって、前方にひかえる「第二の」瀬田の大橋をまたかけわたる。おう、その足下《そっか》の橋板、橋板の下の瀬田の川音までもまざまざと。——

「宗綱、これが幻の橋か、橋はまさしく実体であるぞ」

判断を絶した沢左司馬のさけびに、宗綱の昏迷と決断のよじれたような声が、

「いいや、この天《そら》の下、唐橋が二つとない上は、これぞまさしく幻の橋に相違ござらぬ。しかし——」

と、こたえて、そこで声が止《や》んだ刹那、駕籠から黒いつむじ風が吹き出すように、そのからだがおどり出した。

「あっ」

思いもよらぬ場所で悲鳴があった。駕籠の垂れから、いつ見ていたのだろう、沢左司馬も気がつかなかったが、二度目にわたる橋の欄干にもたれかかるようにして、凝然《ぎょうぜん》と立っていたひとつの影が、宗綱の一瞬の当身《あてみ》で、脾腹《ひばら》をおさえてくずれおちようとする。

宗綱の腕が、それをひっさらった。颪にもたえぬ繊手《せんしゅ》がその影を横抱きに、駕籠とならんで走ること五歩、六歩、そのまま影を、おのれの代りに駕籠へなげこんだが、中でさけび声ひとつあがらなかったところをみると、その影はもとより、お鏡も失神させられているのか、それともまだ夢幻の世界をさまよっているのか。

「宗綱、そやつが御庭番か」

「かも知れませぬし、でないかも知れませぬ。いずれにしても敵と縁ある怪しき奴と見受け申した。そこらで息をふきかえさせ、この異変の正体を白状させずばなりますまい」

のどに笛でもしこんだような音をたてて走っていた駕籠かきが、またさけんだ。

「ここはさっき通った鳥井川村。――」

鳥井川村は、瀬田の唐橋西畔《からはしせいはん》の村だ。

「向うにみえるのが、また膳所《ぜぜ》ですぜ！」

「待て」

さすがの檀宗綱も、たたらをふんで立ちどまった。まさしく彼らは、もと来た道を逆行しつつあるようだ。そのままゆけば、ふたたび大津から京へ入ってゆくであろう。そんなはずはない。彼らはたしかに東へ東へとかけてきたはずだ。京から大津、膳所《ぜぜ》から瀬田、そして東海道は、瀬田から膳所、大津から東へ京に入ってとまるのか。そんなはずはない！

「しまった」

と、宗綱はうめいた。

「たばかられるまいと眼をすえつつ、まんまとしてやられたわ」

「宗綱、してやられたとは？」

「左司馬さま、われわれは、見えぬ手で、西へくびをねじむけられたのでござります」

「それではやはり」

と、沢左司馬が茫然《ぼうぜん》と雨の中に立ちすくんだとき、ゆくての西の街道が、釜のように鳴り出した。鉄蹄《てってい》のとどろきだ。はっとしたとき、膳所の方角に、無数の松明《たいまつ》と、それにかがやく長槍のひかりまで、灼金《やきがね》のように忽然《こつねん》とうかびあがった。

「あれは？」

「あれは、おそらく所司代の追手でござりましょう」

みるみるちかづいてくる人馬をながめつつ、檀宗綱はさっきまでお鏡の着ていたぶッさき羽織の腕をこまぬいている。追撃隊より、先刻のおのれの失態になお心をうばわれているような痛恨の姿であった。

「宗綱、どうするのだ」

と沢左司馬は狼狽した。宗綱はつぶやいた。

「東へひきかえしても、もう遅うござる。われら両人ならまだしも、二人をのせた駕籠があっては」

もはや、松明に火炎のごとくおどる馬のたてがみまでみえる距離で、おちつきはらってそういうと、宗綱の全身から——襟《えり》、ふところ、たもと、袴の裾から、このとき、ぱあっと、青いひかりがもえあがった。

舞い立ったのは、何百匹ともしれぬ螢——秋ふかい雨夜の螢であった。いちど舞いあがった螢のむれは、そのまま、駕籠にとまって、駕籠を幻燈のように浮かびあがらせた。

「やっ、あれは」

追跡隊が一瞬混乱したのは、この不知火《しらぬい》につつまれたような駕籠を眼前にして、突然のことにかえって胆をつぶしたのだ。

それにしても、彼らはお鏡がこの駕籠にのっていることもまだ知らぬはず、それをどうして、わざわざこちらから知らせるようなことをしたのか。

「む、宗綱!」

宗綱の忍法の妖しさもさることながら、その心事をはかりかねて、沢左司馬は狂ったような声をあげた。檀宗綱はしずかにいう。

「駕籠屋、この鳥井川村から石山へ入る道があろう。それをゆけ」

　駕籠屋はもはや拒否する気力も、抵抗する気力も失っていた。ただ憑《つ》かれたように、よろよろとうごき出した。

　雨夜の闇にえがき出された巨大な螢籠《ほたるかご》は、二間、三間、宙《ちゅう》を漂《ただよ》う、とみるまに、そのまま、明滅しつつ、じっと静止してしまった。――駕籠そのものはうごいているのに。

「怪しき駕籠だ」

「ひっとらえろ」

　われにかえった人馬は、地ひびきたてて殺到してきた。そのまえで、夜光の珠をちりばめたような駕籠は音もなく闇をながれて、瀬田の唐橋の方へ遠ざかっていったのである。だれがこれを、実体なき螢光の描線と思おうか。追手は、雨と泥を蹴ちらしてそれを追った。

　石山への道へ、よこにそれた駕籠かきや沢左司馬ですら、思いがけず追手がじぶんたちの背後をかすめて、唐橋の方へかけすぎていったわけを、しばらく想到《そうとう》し得なかったほどであった。

「いずちとか夜は螢ののぼるらん、ゆくかたしらぬ草の枕に――とは、たしか新古今にございましたな。石山の螢狩は、むかしから名高いものでございます」

　さきに立って、袖うちはらい、美少年は優雅に口ずさんだ。

「うちしぐれふるさと思う袖ぬれて、ゆくさき遠き野地《のじ》の篠原《しのはら》。――」

瀬田と草津のあいだの野地村の小高い丘の上に立って、こう口ずさんだ影がある。黒《くろ》頭巾《ずきん》に黒装束《くろしょうぞく》の姿であった。

「たわけめ、きゃつらあともどりして京へゆき、やがて追手にとらえられたろう。……とはいえ、お鏡がたすかって所司代屋敷へひきもどされるとなると、それはそれで、ちと面倒でもあるな」

丘をおりて、ぶらぶらと西へあるき出す。ぶらぶらと――実にさりげない歩みだが、ながれるようにはやい足であった。いうまでもなく、この野地の篠原にふる雨を、天地に張った水の紗《しゃ》とかえて、西からくる旅人に、彼らが通りすぎてきた背後の景観《けいかん》を映してみせた忍者だ。

雨を巨大な水鏡と変ずる蜃気楼《しんきろう》といおうか、その幻術もさることながら、同時に、さすがの御土居下組忍者檀宗綱の方向感覚をも惑《まど》わせて、依然東走すると思わせつつみごとに逆行させた魔力を何にたとえたらよかろうか。

大かめ川の橋をわたりつつ、耳に手をあてててつぶやく。

「それにしても、きゃつらが唐橋をわたったことを合図してくれた九鬼様はどうなされたか」

耳からはなした手には、ひとつの貝殻がにぎられている。想像するのに、その貝殻で何かの音波をうけとめてきいていたものとみえる。

月ノ輪新田《しんでん》の道にかかったとき、彼はぴたと足をとめた。――依然として雨ふりしきる西の野末に、夜光の駕籠が出現したのをみて、さすがの彼もかっと眼をむいた。

このときその玲瓏《れいろう》たる駕籠は、幻のように地からはなれ、そのまま闇黒《あんこく》の雨雲へ、まるでかぐや姫でものせた天人の輿《こし》のごとく舞いあがっていくかとみるまに、大空で燦爛《さんらん》とちりみだれてそのかたちをみずから砕いたのである。大地で「わあっ」というどよめきが、鉄蹄《てってい》のひびきにまじってわきあがったのは、そのあとであった。

「まぬけめ、この分では、捕りそこねたな。……してみると、九鬼様は討たれたか、それとも、御土居下組に虜《とりこ》となったか」

黒い忍者は、舌うちしてつぶやいた。

「いずれ、きゃつら、必ず尾張にくる」

ややあって、彼は決然とうなずいた。

「お鏡を江戸に送るのを邪魔するだけでは物足りぬ、とはもとから考えていたことだ。朋輩六人、すべて討たれた。その元兇《げんきよう》は御土居下組《おどいしたぐみ》をつかう中納言様《ちゆうなごん》、たとえ公方さまの御下知《おげち》はなくとも、中納言様に一矢《し》を酬《むく》いて御庭番の恐ろしさを眼にものみせてくれんでは気がすまぬ。尾張に網を張って、お鏡をさらってくる御土居下組を待つついでに

——よし」

黒い忍者は、雨の近江路《おうみじ》を、ふたたび東へ、こんどは魔鳥としか思われぬ速度でかけ去っていった。

東の方甲賀《かたこうが》の山々には、さすがに夜明けの冷光が水のごとく仄《ほの》びかりはじめている。

ふつう忍者一日の行程は四十里といわれる。ここから名古屋まで三十三、四里、しかしこの公儀御庭番最後のひとり樺伯典《かんばはくてん》の超人的速歩ぶりでは、その日の夜半までにも名古屋へ到着するのではなかろうか。

三

奈良の御代《みよ》聖武帝《しょうむてい》が創建し、平安時代には紫式部《むらさきしきぶ》がここに参籠《さんろう》して源氏物語をかいたという近江の石山寺。

山門の下をながれる瀬田川の急流は北の方渺茫《びょうぼう》として琵琶湖《びわこ》につらなり、うしろは連峰峨々《がが》として岩間山、笠取山、醍醐《だいご》につづく。寺の本堂宝塔《ほうとう》も、層々磊々《そうそうらいらい》たる巌石の中にあり、ここにのぼる月こそ、いわゆる「石山の秋月」として三歳の童子も知る近江《おうみ》八景の一つだ。

その秋の月はまだのぼらず、山も湖も、朱色の落日に染まっていた。寺を見下ろす山の、とある岩かげに、江戸柳生の九鬼伝五郎はうめいた。夕日のかげった石の穴の底のような場所なのに、全身真っ赤なのは、血にまみれているのだ。それはいままで、彼と行動を共にした御庭番の姓名や忍法を白状せよと、尾張柳生の沢左司馬に責められた拷問のせいであった。

うめいてはいるが、声がたかくもれぬように猿ぐつわをかまされ、右腕は胴に、両足は石にぐるぐる巻きにしばりつけられている。赤い虫みたいにうごめいている彼のからだの下には、袈裟《けさ》がけに斬られたふたりの駕籠かきの屍体《したい》があった。

「ひゅっ……ひゅっ……」

猿ぐつわをかませられているのだから、鼻口から発する音ではない。どこか裂けた胸かくびあたりの皮膚と肉の穴から鳴るのだ。——そんな音をもらしつつ、九鬼伝五郎は、しゃくとり虫みたいにからだをのたうたせて、必死に身をずらせようとしている。——そこに投げ出された彼自身の刀の方へ。

それにしても、右腕を胴にしばりつけられた彼が、刀にちかづいてどうしようというつもりだろう。なぜなら、彼の左腕は、肘《ひじ》から先がないからだ。——ただし、これは、いま沢左司馬に斬られたものではない。

この左腕は、さる五月、江戸の柳岸院で、尾張柳生の樋口万十郎と決闘した際におとされたものであった。あのとき万十郎を唐竹割りに斬りながら、同時に彼の左肘《ひだりひじ》は骨ごめに断たれ、多田仁兵衛に助けられて、からくも柳岸院からひきあげたのだ。いわば彼こそは、こんどの江戸対尾張の秘争の火ぶたをきったひとりといってよい。爾来《じらい》、尾張柳生をにくむこと、仲間の剣士連のだれよりふかく、復讐《ふくしゅう》の悪鬼と化して生きてきた九鬼伝五郎だ。不覚にも虜《とりこ》とはなったが、殺されても味方の動静を白状するような男ではない。

伝五郎のおれまがったからだの先にころがっている一本の刀――その下げ緒《お》に、つき出した彼の左肘《ひだりひじ》の切断面がからくも達した。棒のような腕がいくどか空しく大地をたたいて、ようやくそれをしゃくいよせたとき、そこから手をはたきながら立ち去った沢左司馬は、十間あまりはなれた松の樹立ちの中に坐っている檀宗綱のそばにちかづいていた。

「吐《は》かぬな」

と、顔をゆがめ、これは吐き出すようにいう。

「で、ござろう」

宗綱は、当然、というより、むしろ冷々たる表情で、落日の色をけしてゆく湖をながめていた。湖とおなじく、冷たくて美しい横顔だ。

二間ばかりおいて、お鏡も坐っていた。これは湖ではなく、宗綱ばかりをうっとりと見つめていた。まだ夢ともうつつともない境涯にいるらしい。宗綱の大振袖に精好《せいごう》の袴《はかま》をつけた女の姿は、それ自身夢のようであった。

「強《し》いて白状させずともようござる。やがて夜になって、きゃつが眠れば、きゃつの夢の中で、昨夜の忍者をとらえ……かならず、夢の中で斃《たお》してごらんに入れる」

「夢で殺して……何になる」

「夢で殺せば、生きて殺されるより地獄でござる」

　宗綱はふと左司馬を見あげて、

「きゃつ、大丈夫でございましょうな。白状せずとも殺さぬようにとは、くれぐれもお願い申しあげておきましたが」

「殺しはせぬが、あまり強情ゆえ……待てよ」

　沢左司馬は、ちょっと不安になったらしい。

「みるか」

　と、つぶやいて、もときた岩かげの方へひきかえしはじめた。檀宗綱もたちあがった。手に印籠を下げている。

　ふたりは、九鬼伝五郎をつないである石の傍に立った。

「おい、江戸の犬」

　と、沢左司馬はよびかけた。

「くたばりおったか、生きておるか」

伝五郎は、さっきのとおり、うつ伏せになったまま、ぴくりともうごかなかった。左司馬の顔に狼狽《ろうばい》のかげがはしった。

「死んだふりをしようとも、白状せぬうちはゆるさぬぞ、これ」

と、狼狽を憎悪の表情にかえて、石の穴にとびおりた。そのとき、伝五郎の血まみれのからだがかすかにうごいた。

「生きておるの」

冷笑して、左司馬は二歩三歩ちかよった。同時に、九鬼伝五郎は起った。両足をそろえてしばられたまま、糸にひかれた棒のように立ったのである。

「や、こやつ――」

愕然《がくぜん》としつつ、尾張柳生の利《き》け者沢左司馬の腕が柄《つか》にかかるのが秒瞬《びようしゆん》の間《かん》おくれたのは、九鬼伝五郎の腕がないという先入観のためだ。向うむきに立った伝五郎の左腕がうしろなぐりに廻って、一閃《せん》の白光《びやつこう》が左司馬のくびを薙《な》いでとおった。

凄じい血けむりをひいて夕空にとびあがった沢左司馬の首の、かっとむき出された眼は、伝五郎の左腕に生えた刀身をみた。刃《やいば》の尖端にあるのは、鍔《つば》と柄であった。実にこの捕われの江戸柳生の剣士は、刀のきっさきを切断された左の肘から一尺ちかくさしこんで、奇怪な「逆剣《ぎやつけん》」を装備して待ち伏せていたのである。

むろん、力学的に安定した姿勢からの襲撃ではない。伝五郎は、左司馬を見てさえいない。本来不可能といえる起立から顚倒《てんとう》にいたる一瞬のうごきのあいだに、剣法の本能眼のみにたよって送ったためくら斬りであった。

ふたたびどうとたおれた九鬼伝五郎は、眼のはしに巌上に立つ檀宗綱の姿をちらとはしらせて、すぐに死を待った。

しかし、美少年は伝五郎の無防備な背に刃《やいば》をおくらなかった。とびおりようともしなかった。さっき左司馬がみたとおりの、夕ぐれの湖のような冷たくて端麗《たんれい》な顔で、この瞬刻の決闘を坐視《ざし》したままであった。

「……おみごとだ」

と、やがて彼はしずかにいった。

「それにくらべて……味方ながら、はずかしや」

そして彼は穴の中へとびおりてきた。無造作《むぞうさ》に、首のない沢左司馬の屍骸《しがい》をまたぎ、はじめて一刀をぬいたかと思うと、九鬼伝五郎の縄を切り、猿ぐつわをほどいたのである。

「何をする」

「何をするも、明日のこと。……御覧なされ、美しい石山の夕月がのぼりかかっております。まず、今宵はやすらかにお眠りなされ。そのために、すこし手当をして進ぜよう」

伝五郎がからだじゅうの傷に薬をぬられながら、しばらく抵抗する身ぶりもみせなかったのは、宗綱の奇怪な介抱ぶりをいぶかしんだせいではなく、感謝したせいでもなく、はじめてこのとき凄じいまでの美少年であることに気がついて、同時に、伽羅香《きゃらこう》のようにかぐわしい体臭に神気が朦朧《もうろう》としてきたためであった。

「おねむりなされ、おねむりなされ」

美少年は子守唄のようにささやいた。それから、ふといった。

「ときに、あなたと相棒のあの御庭番の忍者、あれはどのような顔をしておりましたかな？」

四

おなじ夜の月輪《げつりん》は、天空にはねた巨大な魚の扇のような尾にかかっていた。

南と北にむかいあう雌鯱《めしやち》は高さ八・五一尺、雄鯱《おしやち》は八・六五尺、全身を鎧《よろ》う鱗《うろこ》は、大判千九百四十枚、小判一万七千九百七十五両を費したといわれる。月光にきらめく黄金の鱗は、遠望すれば雄渾壮美《ゆうこんそうび》をきわめるが、傍によってみれば、かっとひらいた口の歯、牙、眼、鰭《ひれ》のくまどりは怪奇そのものだ。——名にしおう尾州六十一万九千石、名古屋城の大天守閣の屋根であった。

地上二百尺余のこの屋根に、鯱の下あごを枕にねむっていた者があろうとは、だれが想像もし得ようか。まして、その人間が、公儀御庭番であると知ったなら、城中の何ぴとも喪神《そうしん》してしまうに相違ない。

暁闇《ぎょうあん》の近江をたった樺伯典《かんばはくてん》、実に彼は、その天守閣に月のかかるころ、三十余里を走破して名古屋に入った。――そして、どこよりも安全なその場所で、さすがに疲労した肉体に、しばしのまどろみをあたえた。そのつもりであった。忍者の肉体、五感は眠っても、第六感ともいうべき特別の感能は醒めている。この場所をあぶないというのは常人のことだ。――しかるに彼は、いつしか不覚にも、その第六感すらも眠りの雲につつまれてしまったのである。

漠々たるその雲をふんで、ひとりの少年が、天守閣の金鯱のかげにねむる彼をのぞきこんで、驚愕《きょうがく》した表情をみせたかと思うと、雲がちり、少年がかききえてしまった。夢であった。夢としりつつ、その少年のこの世のものとも思われぬ美しさに、樺伯典はおもわず身を起し、両腕を雲へさしのばした刹那、彼もまた夢からさめたのである。

ず、ず、ず……と、銅葺《どうぶ》きの甍《いらか》を三、四尺すべって、なお眠っている指さきであやうくつかまり、頭上にちかくみえる巨大な月を、うつろな瞳に入れた刹那、樺伯典の全身は冷汗にぬれつくしていた。

胸を起伏させ、ふかい息をついてつぶやく。

「——はてな、あの若衆は、どこでみた顔か？」

みた記憶はいちどもない。夢であったと承知しながら、また眼をとじれば、まぶたに艶然と浮かびあがりそうに、生々しく匂う美少年であった。

しかし、伯典はすぐに夢の名残りを追うのはやめた。

「どれ、ひとつ中納言の胆《きも》をひしいでやろうか」

うす笑いして、伯典は立った。


おなじ時刻である。三人の男の屍骸《しがい》——駕籠かきと沢左司馬の血まみれの臓腑《ぞうふ》を積んだようなからだの上に、石にもたれかかって檀宗綱と九鬼伝五郎はねむっていた。

宗綱はもとの大振袖、精好《せいごう》の袴をつけた姿にもどっている。それをはだかの肌に羽織をまとったのみのお鏡は、いとしげに抱いて、頬をすりよせたり、唇を吸ったりして、愛撫《あいぶ》のかぎりをつくしているのであった。しかも、宗綱は眼ざめない。こんこんとねむったその魂は、いずこの天を飛翔《ひしょう》しているのか、お鏡がふれれば、そのままふわと浮きあがりそうに、奇怪にも彼の肉体は重量を失っていた。

宗綱は、眠りにおちいるまえの九鬼伝五郎に、宗綱の知らぬ伊賀の忍者の暗示をあたえた。そして彼は伝五郎の夢に忍び入り、伝五郎の夢にあらわれたその忍者の顔をしかとみたのである。夢幻の精と化した「夢若衆」は、月明の天空を翔《か》けて、伊賀の忍者をさがし求めた。

そして、近江《おうみ》石山寺の石の中にねむる宗綱の眠りの呼吸と、名古屋城天守閣の屋根にねむる樺伯典の眠りの呼吸が合致したとき、彼は伯典の夢のなかに忽然《こつねん》とあらわれたのであった。

宗綱は、敵が名古屋城の天守閣にねむっているのを知って驚愕した。驚愕のあまり、彼の眠りは破れた。

「き、きゃつ。……」

彼はおもわず身もだえしてうめいた。

「殿の屋根の上におる！」

その声に、かたわらの九鬼伝五郎も眼ざめて、うつろな眼をきょとんとこちらにむけた。宗綱の手は小刀《しょうとう》にかかった。

「うぬにはもはや用はない」

一刺しのもとに心臓を刺しつらぬかれて、九鬼伝五郎はがくりと首をふせている。屍《し》臭《しゅう》と血の匂いのこもった石の穴の底で、それを気にするいとまもなく、檀宗綱はこぶしをにぎりしめてうめいた。

「きゃつ、殿に何をしようとするか。……もういちど夢できゃつに逢わねばならぬ。きやつに待てといってやらねばならぬ」

彼の美しいこめかみからはあぶら汗がしたたり、歯はきりきりと鳴った。

「ねむれ、もういちどねむってくれ！」

しかし、現実に眼前にいない敵の忍者に逢うには、その敵が眠るまで待たねばならぬ檀宗綱であった。


名古屋城本丸の豪奢《ごうしゃ》な寝所で、愛妾の春日野《かすがの》と枕をならべて熟寝《うまい》をむさぼっていた主《あるじ》の万五郎宗春《むねはる》は、音もなく唐紙をあけて、するすると膝行してきた御土居《おどい》下組《したぐみ》の檀宗綱の姿をみた。

「殿。……御用心なされませ、お城に公儀の御庭番が入っております」

「何？」

愕然《がくぜん》として眼ざめた宗春は、このとき枕頭に仁王立ちになって、頭巾のあいだから無遠慮な眼をのぞきこませている黒い影に気がついたのである。

「曲者《くせもの》！」

絶叫すると同時に、宗春は佩刀《はいとう》をひっつかみつつ、はね起きた。人がどの程度まで熟《じゆく》睡《すい》していたか、確実にその深度をはかるになれた忍者だけに、逆に樺伯典はうろたえていた。宗春の一閃《せん》を、まるで蝙蝠《こうもり》みたいに舞って避けたのはさすがだが、つづいて、

「公方からきた御庭番よな、のがさぬぞ、そこへなおれ」

満面朱にそめて追い討つ宗春のさけびに、あっと息をのんだ。御庭番の恐るべきことを暗黙のうちに思い知らせることこそ念願で忍び入ってきたにはちがいないが、こう真っ向からあびせかけられては、もともと秘命以外の行動だけに狼狽せざるを得ない。

宗春のさけびをきいて、十数人の宿直侍《とのいざむらい》たちが、おっとり刀で乱入してきたとき、黒衣の忍者は、一方の壁の下に凝然《ぎょうぜん》と立っていた。――そのうしろに、巨大な姿見があった。縦横一間にわたる南蛮《なんばん》渡りの大鏡だ。

「曲者、神妙にせよ」

「名を名のれ」

十数条の刀身が半円をえがいて、ずずと寄りつめたが、黒衣の男は黙然《もくねん》として立っているばかりだ。その眼が、不敵にも、宗春と春日野《かすがの》をみて、にやりと笑ったのをみたとき、宗春は絶叫した。

「斬れ」
四、五本の乱刃が、狂気のごとく曲者の頭上に舞った。絶対にのがれることのできないその刀身の下に、しかし曲者の姿はなかった。――消えたのではない、彼は依然として家臣たちの眼前にあり、頭巾のあいだの眼はにっと笑んで、宗春を見やっているのに。
「あっ。……」

みな、おのれの眼をうたがわざるを得なかった。実にその曲者は、あとずさりに、すうと背後の鏡に入りこんだのである。

鏡にはたしかに曲者がうつっている。しかも、その前に、彼の実体はないのだ。鏡には茫然《ぼうぜん》たる宗春、春日野、家来たちの姿がうつっている。鏡の中のそのむれには背をむけ、実体のむれにむかって、黒衣の曲者はにやりと薄笑いをうかべている。

ふいに、鏡の中の曲者がうごいた。つかつかとあるいて、鏡の中の春日野のそばにより、ぐいと抱きかかえたかとみるまに、無遠慮に爪のながい片手をのばして、なまめかしい襦袢《じゅばん》のすそを左右にかきひらいたのである。

「まっ」

思わずこちらの春日野はおのれのすそをおさえて、宗春にもたれかかった。家臣はもとより宗春でさえ、実体の春日野と鏡中の春日野を見くらべて、そのうごきのちがう怪異さに思いを及ぼす余裕を失っていた。ただ彼らは、この鏡中の言語を絶する凌辱《りょうじょく》に眼と魂を吸われ、満面蒼白《そうはく》になって息をのんでいるばかりであった。

曲者は春日野の裾をおしひろげ、彼らの眼にまざまざとその秘所をさらけ出してみせると、こんどはすらりと一刀をひきぬいた。

「あ、待て。……」

われしらず、宗春はさけんだが、曲者は耳のない風《ふう》で、そのきっさきで、くるりと春日野の顔の輪廓《りんかく》をなぞった。それから、左手で頰のあたりをつまむと、まるで薄紙をめくるように、春日野の顔の表皮を剝ぎとったのである。

実体の春日野はたまぎるような悲鳴をあげて、顔を覆《おお》って崩《くず》折れた。同時に鏡中の表皮をはぎとられた春日野も、崩折れた。虚実は完全に一致した。

宗春がたおれた愛妾にとびついて、その失神した顔に、うすい汗のようににじみ出した微かな血の珠に蒼然《そうぜん》として、

「変化《へんげ》め！」

と、血ばしった眼をあげたとき、鏡中の曲者は悠々と背をみせて、おなじ鏡の中の遠い彼方にうつる唐紙をあけて忽然《こつねん》と消えてしまった。

月がかたむき、そのうえ、雲が出た、天守閣の屋根はまるで霧がかかったように昏《くら》くなった。

そこにねむる公儀御庭番の樺伯典は、やはり墨色の雲霧《うんむ》のかかったような夢の中で、精好《せいごう》の袴をはいた大振袖の美少年とまた逢った。

「まず名乗る。おれは御土居下組の檀宗綱。お鏡の方を所司代屋敷からさらい出した男だ」

「やはり、そうであったか。おれは御庭番の樺伯典だ」

か」

「何をしたか、中納言に逢うてきけ、ふふ、殺《あや》めはせぬから安心するがよい。それにしても、まだおれが何をしたか知らぬとは、うぬはまだ近江くんだりをうろついておるのか」

「どこでもよい。四、五日うちにそこにかえる」

「それをおれは待っておるのだ」

「待つことはない、樺伯典。うぬがそのままおとなしゅう江戸へかえるなら、いのちばかりは助けてやるぞ」

「あははは、何をいうやら、さてはうぬは夢の中にあらわれてくる忍法者とみえるの。夢の中でわしを殺して、さて何とする」

「伯典、夢の中で殺されることがいかに恐ろしいことか、まだわからぬか。現実には、人は死ぬ苦しみを一生にいちど味わえばよい。しかし、人は一日にいちどはねむらねばならぬ。そのたびに死の大苦患《だいくげん》を味わわねばならぬとしたら？」

愕然《がくぜん》として、恐怖に金縛《かなしば》りになった樺伯典の胸に、檀宗綱は馬乗りになった。逆手ににぎった懐剣がふりおろされると、灼熱の痛覚が、伯典の両眼、のどぶえ、みぞおちをつらぬき、えぐりたて、こねまわした。

夜明けはいつか。近江と尾張と——月明三十里の天を翔《か》けて相搏《あいう》つ忍法の死闘であった。

　黒血の沼をのたうつ伯典の頭上で、白い華《はな》のようにゆれて宗綱は笑った。

「伯典、死ね。現実に死ぬのだぞ。死なねば、わしが夜毎にうぬをこうして殺す、夜毎のみならず、やがては白日の夢にまで、未来永劫《みらいえいごう》、わしは夢の中でうぬをこうして殺す！」

五

　御土居下組の檀宗綱が、御高祖頭巾《おこそずきん》をかぶらせたお鏡をつれて、名古屋城に登城したのは、それから五日めの真昼であった。

　あけはなった唐紙のあいだから、大廊下に平伏した宗綱と、茫乎《ぼうこ》としてそのそばに坐っていたお高祖頭巾をかぶった女を、春日野《かすがの》とならんで見やった徳川宗春の顔には、微笑がなかった。

「宗綱、大儀」

　と、彼はいった。しかし、惨とした眼を宙にあげて、

「したが、かえってきたはそちばかり、あたら御土居下組の忍法者六人、尾張柳生の剣

士七人、ことごとく死なせ、しかもかんじんの公方の妾どもは、最初晒した三人の女をのぞき、ひとりとして日本橋に送ることがかなわなんだとは……彼らを責めるより、余は余の見込みちがいではなかったかと心苦しいぞ」

「あいや、殿」

と、宗綱は美しい顔をあげた。

「余人はしらず、宗綱のみはかならずこの女を江戸へめしつれ、日本橋に晒してごらんに入れ申す、天下万民のみたそのながめはいかなるものか、まずその手習いを御覧じませ。……これ、お高祖頭巾をとれ」

と、宗綱はいった。お鏡は白痴のように坐ったままだ。すると、お鏡のうしろから手が出て、しずかに御高祖頭巾をむしりとった。その手は、お高祖頭巾をとりつつ、女の顔をすうとなでたようであった。

「…………」

宗春はそれをながめていたが、声が出なかった。何者の手であったか、しかとはみえぬ。しかし宗春は、両人のうしろにあるのが大鏡……先夜の騒動以来、春日野が寝所におくのをおそれて、そこに移したあの南蛮《なんばん》渡りの鏡であることに気がついたのである。

檀宗綱はまだ気づかぬ。彼はお鏡がじぶんで頭巾をぬいだものと思った。京を出て以来、彼の命ずるままに、あやつり人形のごとくうごいてきたお鏡であった。

「起て」

というと、ふらりとお鏡は立って、よろよろとあるき出した。二歩あるいたとき、宗綱の手に白刃がひらめいて、お鏡のきものは背からふたつにわれ、撩乱《りょうらん》と左右におちて、彼女は全裸となった。

「殿、御覧あそばせ、それは、このように」

檀宗綱が艶然《えんぜん》とした笑顔をむけたとき、宗春はようやく声が出た。

「宗綱、鏡をみい」

ふりむいて、宗綱は凝然《ぎょうぜん》とうごかなくなった。

鏡の中にはひそと黒衣の男が坐っていた。わずかにあらわれた頭巾のあいだの眼はおちくぼんで、にぶく死魚のようにひかっていた。

「宗綱、おれはあの夜から五度おまえに殺された。――」

陰々と、彼は鏡の中でいった。まさに亡者の声であった。

「それでも、おれはおまえに惚れたぞ。おまえが恋しいぞ。……わしの世界へこい。――」

そういうと、御庭番樺伯典の枯木のような手が宗綱の袖をつかんで、すうとひきよせたのである。忽然と宗綱は鏡の中に吸いこまれ、大廊下から消え失せていた。

「と、殿、あれは」

春日野が恐怖にみちて指さしたのは、鏡の怪異ではなくて、蹌踉《そうろう》とあゆみよってくる全裸の女であった。女の顔は、いつのまにか春日野そっくりに変っていたのである。しかも、その乳房のあいだから腹にかけて、真紅の文字がくっきりと浮かびあがっていたではないか。

「公方様御側妾棚《くぼうさまおそばめ》ざらえ」

もとより宗綱のかいた肌文字だ。が、万五郎宗春の愛妾春日野そのもののような女の肌に、「公方様御側妾」とあるとは、これ以上の悪謔《あくぎゃく》が世にあるであろうか。

「先夜、おれがもらった顔の肉面をはりつけたものよ。その面《つら》は永劫にかわらぬ。そのまま、江戸の日本橋に晒すがよい。あはははははは」

鏡の中でふりかえって、しゃがれ声で笑う樺伯典に、檀宗綱がおどりかかり、その胸を大刀でつらぬいた。鏡の中が血の霧にみちて、模糊《もこ》とけぶったとき、その世界に白い稲妻がはしり、大鏡は大音響をたててくだけおちた。

恐怖のために、佩刀《はいとう》を鞘のまま鏡になげつけた徳川万五郎宗春は、うなされたような顔で立ちすくんだきりであった。

御土居下組忍法者檀宗綱が、御庭番樺伯典とともに、永遠に現実の世から消滅してしまったことが判明したころ、何もしらぬ家臣のひとりが、顔色をかえて注進して来た。

「ただいま、公方様御落胤天一坊殿と名乗る御一行、当御城下をまかり通りますにつき、一応御挨拶申しあげるとて、家老の山内伊賀亮《やまのうちいがのすけ》なるものが参上つかまつってござりまする」

「たわけ」

と、宗春は思わず大喝《だいかつ》した。これほど草の根わけて公儀と尾州の手で、公方の妾をしらべぬいたあと、なお落胤といつわる大馬鹿者があらわれようとは想像のほかだったのである。

が、すぐに万五郎宗春の頭は、魔鏡に入っていったまま、なお永劫の死闘をつづけているであろうふたりの忍者でいっぱいになり、放心したようにいった。

「いや、左様か、御道中、御対面、いずれも上首尾になされと挨拶《あいさつ》して追いかえせ」

――城門の外にたって、秋の大空にきらめく金の鯱《しゃち》をあおいでいた山内伊賀亮の野心にみちた眉に、はじめてふっと暗いかげがさしたのは、この挨拶をきいたときであった。念入りに葵《あおい》の紋を描いた帆をあげて乗り出した大船のはずであったが、尾張でこの冷淡なあしらいを受けるとは。――

はて、江戸の海に待つ運命やいかに。

解説

日下三蔵

本書『忍者月影抄』は、風太郎忍法帖の第五作。講談社の雑誌「講談倶楽部」に一九六一年六月号から六二年三月号まで連載され、六二年五月に講談社からハードカバーの単行本として刊行された。本書の刊行履歴は、以下のとおりである。

62年5月　講談社
64年1月　講談社（山田風太郎忍法全集6）
67年9月　講談社（ロマンブックス）
79年5月　角川書店（角川文庫）
94年5月　講談社（講談社ノベルス・スペシャル／山田風太郎傑作忍法帖6）
05年6月　河出書房新社（河出文庫／忍法帖シリーズ3）＊本書

享保十七（一七三二）年、罪人を晒すために設置された日本橋の袂の晒し場に、三人の一糸まとわぬ女が晒されていた。彼女たちの肌には真っ赤な文字で「公方様御側妾《おそばめ》棚ざらえ」と記されており、見物人の間に動揺が走った。

八代将軍・徳川吉宗は、庶民に倹約を強いる政策——後の世に言う享保の改革——を断行したが、これに公然と叛旗を翻したのが尾張藩七代目当主・宗春公であった。豪放で偽善者を何よりも嫌う宗春は、吉宗とはまったくそりが合わない。将軍襲職の前には十八人もの女に手をつけておきながら、将軍となってからは君子然として奢侈禁止令を出す吉宗に対して宗春が企てたのが、彼のかつての愛妾たちを日本橋に晒すという途方もない悪戯だったのである。

これを実行したのが尾州御土居下組の甲賀忍者七人と尾張柳生選り抜きの剣士七人であった。この不敵な挑戦を受けて、徳川吉宗の懐刀・大岡越前守はお庭番の伊賀忍者七人に加えて江戸柳生の高足七人を放った。甲賀と伊賀はもとより、尾張柳生と江戸柳生も、分かれて以来の深い確執のあるライバル同士なのであった。

かくして剣法と忍法の混成チーム二組による、残る七妾の争奪戦が開始される。尾張方はとにかく女たちの現在の居場所を見つけ出し、日本橋へ連れて行くこと。江戸方はたとえ女を殺してでも、これを阻止することが至上目的となるのだ——。

登場する忍者と剣士の一覧を掲げておこう。

尾張御土居下組甲賀七人衆
水無瀬竜斎　〈忍法蠟涙鬼〉
山城十太夫
鞍掛式部　〈忍法日蔭虫〉
不破梵天丸　〈忍法赤不動〉
御堂雪千代　〈忍法万華蝶〉
木曾ノ碧翁
檀宗綱　〈忍法夢若衆〉

尾張柳生七人衆
門奈孫兵衛
杉監物
雨宮嘉門
秋月軍太郎
遊佐織之介

沢左司馬
土肥団右衛門

公儀お庭番伊賀七人衆
樺伯典　〈忍法鏡地獄〉
城ガ沢陣内　〈忍法銅拍子〉
砂子蔦十郎　〈忍法薄氷〉〈忍法波千鳥〉
百沢志摩　〈忍法髪飛脚〉
七溝呂兵衛　〈忍法足三本〉
真壁右京　〈忍法女人花〉
一ノ目孤雁　〈忍法埋葬虫〉

江戸柳生七人衆
九鬼伝五郎
多田仁兵衛
熊谷頼母
寺西大八郎

大道寺竜助
櫓平四郎
戸張図書

忍法帖でも最初期の『甲賀忍法帖』などでは、奇怪な忍法に生物学的な解釈が付されており、本書でも〈髪飛脚〉〈足三本〉あたりはまだ物理的な想像の範囲内だが、〈女人花〉〈鏡地獄〉となると、完全にSFの世界だ。檀宗綱の操る〈夢若衆〉に至っては、忍者自身が「どうなるか、それはそのときのなりゆきを御覧なされませ」というのだから、人を喰っている。

忍者同士の対決の面白さが眼目となる風太郎忍法帖の中でも、本書は特に忍法のアイデアに工夫が凝らされており、名勝負続出というべき作品になっている。氷の忍者・砂子蔦十郎と炎の忍者・不破梵天丸の洋上での戦いなど、よくこんなことを考えつくものだとため息が出るばかりである。漫画やゲームなどで「特殊な能力を持ったもの同士が戦う」というパターンに慣れている現代の読者でも、このアイデアには驚くに違いない。発表当時に本書を読んだ人たちは、いったいどういう感想を持ったのであろうか。

この一戦が凄いのは、超絶の魔技〈波千鳥〉が、それまで何度も登場してきた〈薄氷〉の応用パターンとして非常に合理的な忍法である点、絶体絶命と見えた不破梵天丸が意外な方法でこれを破る点にある。合理性と意外性の両立――読者の予想を上回る「正解」の提示は、推理小説の必要条件だ。ミステリ作家として出発した山田風太郎の技巧は、忍法帖においても遺憾なく発揮されているのである。

幻怪極まる忍法戦の印象が強すぎて目立たないかもしれないが、尾張柳生と江戸柳生の剣士が刃を交わす際の、緊張感あふれる描写にもご注目いただきたい。菊地秀行は本書の講談社ノベルス版の解説で、いくつかのシーンを抜粋し、

この文章の呼吸、描写の迫力、言葉の使い方――すべて私の手本となった。「忍者月影抄」には、他にも見事な剣戟場面が多々あるが、それらを含めて、私はいわゆる「チャンバラ」の魅力に取り憑かれたのである。私が処女作から多かれ少なかれ剣をアクションの主体としているのは、すべてこの一篇の影響による。

と絶賛している。忍法+剣法の戦いは後の忍法帖でも見られるが、本書はその最初の試みであるためか、忍法戦と剣法戦が有機的に結合していないのが惜しいところである。だが、かえってそのために、菊地氏が指摘する剣戟シーンの迫力と鮮やかさは、容易にお判りいただけることと思う。

本書のラスト三行（「念入りに葵の紋を描いた帆をあげて乗り出した大船のはずであったが」以降の部分）は、角川文庫版で加筆されたものである。その後に刊行された講談社ノベルス版は、講談社の刊行本を底本にしているため、この加筆は反映されていない。

生前、著者にこの加筆の意図についてうかがったところでは、発表当時の時代小説読者にとっては常識であった「天一坊事件」も、時代の流れとともに分りづらくなってきたので、補足の意味で書き加えた、とのことであった。

天一坊一行は本書の中盤にも登場しているが、徳川吉宗の愛妾をめぐるストーリーの締めくくりとして、これほど相応しいものもないだろう。

なお、著者には天一坊事件を背景とした時代ミステリとして『おんな牢秘抄』（角川文庫）という傑作があることを付け加えておこう。

（くさか・さんぞう　ミステリ評論家）

＊本解説は05年河出文庫版に収録したものです

本書は、角川文庫版（一九七九年刊）を底本として、二〇〇五年に小社から刊行した河出文庫版の新装版です。本文中、今日からみれば不適切と思われる表現がありますが、書かれた時代背景と作品価値とを鑑み、そのままとしました。

忍者月影抄《にんじやつきかげしよう》
山田《やまだ》風太《ふうた》郎傑作選《ろうけつさくせん》 忍法篇《にんぽうへん》

二〇〇五年 六 月二〇日 初版発行
二〇二一年 六 月一〇日 新装版初版印刷
二〇二一年 六 月二〇日 新装版初版発行

著　者 山田《やまだ》風太《ふうた》郎《ろう》
発行者 小野寺優
発行所 株式会社河出書房新社
〒一五一－〇〇五一
東京都渋谷区千駄ヶ谷二－三二－二
電話〇三－三四〇四－八六一一（編集）
〇三－三四〇四－一二〇一（営業）
https://www.kawade.co.jp/

ロゴ・表紙デザイン 粟津潔
本文フォーマット 佐々木暁
印刷・製本 中央精版印刷株式会社

Printed in Japan ISBN978-4-309-41822-3

笊ノ目万兵衛門外へ

山田風太郎　縄田一男〔編〕　41757-8

「十年に一度の傑作」と縄田一男氏が絶賛する壮絶な表題作をはじめ、「明智太閤」、「姫君何処におらすか」、「南無殺生三万人」など全く古びることがない、名作だけを選んだ驚嘆の大傑作選！

柳生十兵衛死す　上

山田風太郎　41762-2

天下無敵の剣豪・柳生十兵衛が斬殺された！　一体誰が彼を殺し得たのか？　江戸慶安と室町を舞台に二人の柳生十兵衛の活躍と最期を描く、幽玄にして驚天動地の一大伝奇。山田風太郎傑作選・室町篇第一弾！

柳生十兵衛死す　下

山田風太郎　41763-9

能の秘曲「世阿弥」にのって時空を越え、二人の柳生十兵衛は後水尾法皇と足利義満の陰謀に立ち向かう！『魔界転生』『柳生忍法帖』に続く十兵衛三部作の最終作、そして山田風太郎最後の長篇、ここに完結！

婆沙羅／室町少年倶楽部

山田風太郎　41770-7

百鬼夜行の南北朝動乱を婆沙羅に生き抜いた佐々木道誉、数奇な運命を辿ったクジ引き将軍義教、奇々怪々に変貌を遂げる将軍義政と花の御所に集う面々。鬼才・風太郎が描く、綺羅と狂気の室町伝奇集。

現代語訳 南総里見八犬伝　上

曲亭馬琴　白井喬二〔現代語訳〕　40709-8

わが国の伝奇小説中の「白眉」と称される江戸読本の代表作を、やはり伝奇小説家として名高い白井喬二が最も読みやすい名訳で忠実に再現した名著。長大な原文でしか入手できない名作を読める上下巻。

現代語訳 南総里見八犬伝　下

曲亭馬琴　白井喬二〔現代語訳〕　40710-4

全九集九十八巻、百六冊に及び、二十八年をかけて完成された日本文学史上稀に見る長篇にして、わが国最大の伝奇小説を、白井喬二が雄渾華麗な和漢混淆の原文を生かしつつ分かりやすくまとめた名抄訳。

妖櫻記 上

皆川博子　41554-3

時は室町。嘉吉の乱を発端に、南朝皇統の少年、赤松家の姫、活傀儡に異形ら、死者生者が入り乱れ織り成す傑作長篇伝奇小説、復活！

妖櫻記 下

皆川博子　41555-0

阿麻丸と桜姫は京に近江に流転し、玉琴の遺児清玄は桜姫の髑髏を求める中、後南朝の二人の宮と玉璽をめぐって吉野に火の手が上がる……！　応仁の乱前夜を舞台に当代きっての語り手が紡ぐ一大伝奇、完結篇

安政三天狗

山本周五郎　41643-4

時は幕末。ある長州藩士は師・吉田松陰の密命を帯びて陸奥に旅発った。当地での尊皇攘夷運動を組織する中で、また別の重要な目的が！　時代伝奇長篇、初の文庫化。

秘文鞍馬経

山本周五郎　41636-6

信玄の秘宝を求めて、武田の遺臣、家康配下、さらにもう一組が三つ巴の抗争を展開する道中物長篇。作者の出身地・甲州物の傑作。作者の理想像が活躍する初文庫化。

現代語訳 義経記

高木卓〔訳〕　40727-2

源義経の生涯を描いた室町時代の軍記物語を、独文学者にして芥川賞を辞退した作家・高木卓の名訳で読む。武人の義経ではなく、落武者として平泉で落命する判官説話が軸になった特異な作品。

異聞浪人記

滝口康彦　41768-4

命をかけて忠誠を誓っても最後は組織の犠牲となってしまう武士たちの悲哀を描いた士道小説傑作集。二度映画化されどちらもカンヌ映画祭に出品された表題作や「拝領妻始末」など代表作収録。解説＝白石一文

天下奪回

北沢秋　41716-5

関ヶ原の戦い後、黒田長政と結城秀康が手を組み、天下獲りを狙う戦国歴史ロマン。50万部を超えたベストセラー〈合戦屋シリーズ〉の著者による最後の時代小説がついに文庫化！

新名将言行録

海音寺潮五郎　40944-3

源為朝、北条時宗、竹中半兵衛、黒田如水、立花宗茂ら十六人。天下の覇を競った将帥から、名参謀・軍師、一国一城の主から悲劇の武人まで。戦国時代を中心に、愛情と哀感をもって描く、事跡を辿る武将絵巻。

徳川秀忠の妻

吉屋信子　41043-2

お市の方と浅井長政の末娘であり、三度目の結婚で二代将軍・秀忠の正妻となった達子（通称・江）。淀殿を姉に持ち、千姫や家光の母である達子の、波瀾万丈な生涯を描いた傑作！

戦国の尼城主　井伊直虎

楠木誠一郎　41476-8

桶狭間の戦いで、今川義元軍として戦死した井伊直盛のひとり娘で、幼くして出家し、養子直親の死後、女城主として徳川譜代を代表する井伊家発展の礎を築いた直虎の生涯を描く小説。大河ドラマ主人公。

真田幸村　英雄の実像

山村竜也　41365-5

徳川家康を苦しめ「日本一の兵（つわもの）」と称えられた真田幸村。恩顧ある豊臣家のために立ち上がり、知略を駆使して戦い、義を貫き散った英雄の実像を、多くの史料から丹念に検証しその魅力に迫る。

信玄軍記

松本清張　40862-0

海ノ口城攻めで初陣を飾った信玄は、父信虎を追放し、諏訪頼重を滅ぼし、甲斐を平定する。村上義清との抗争、宿命の敵上杉謙信との川中島の決戦……。「風林火山」の旗の下、中原を目指した英雄を活写する。

伊能忠敬　日本を測量した男

童門冬二　41277-1

緯度一度の正確な長さを知りたい。55歳、すでに家督を譲った隠居後に、奥州・蝦夷地への測量の旅に向かう。艱難辛苦にも屈せず、初めて日本の正確な地図を作成した晩熟の男の生涯を描く歴史小説。

吉田松陰

古川薫　41320-4

2015年NHK大河ドラマは「花燃ゆ」。その主人公・文の兄が、維新の革命家吉田松陰。彼女が慕った実践の人、「至誠の詩人」の魂を描き尽くす傑作小説。

家光は、なぜ「鎖国」をしたのか

山本博文　41539-0

東アジア情勢、貿易摩擦、宗教問題、特異な為政者——徳川家光政権時に「鎖国」に至った道筋は、現在の状況によく似ている。世界的にも「内向き」傾向の今、その歴史の流れをつかむ。

江戸の都市伝説　怪談奇談集

志村有弘〔編〕　41015-9

あ、あのこわい話はこれだったのか、という発見に満ちた、江戸の不思議な都市伝説を収集した決定版。ハーンの題材になった「茶碗の中の顔」、各地に分布する飴買い女の幽霊、「池袋の女」など。

弾左衛門の謎

塩見鮮一郎　40922-1

江戸のエタ頭・浅草弾左衛門は、もと鎌倉稲村ヶ崎の由井家から出た。その故地を探ったり、歌舞伎の意休は弾左衛門をモデルにしていることをつきとめたり、様々な弾左衛門の謎に挑むフィールド調査の書。

江戸の非人頭　車善七

塩見鮮一郎　40896-5

徳川幕府の江戸では、浅草地区の非人は、弾左衛門配下の非人頭・車善七が、彼らに乞食や紙屑拾い、牢屋人足をさせて管理した。善七の居住地の謎、非人寄場、弾左衛門との確執、解放令以後の実態を探る。

江戸の牢屋

中嶋繁雄 41720-2

江戸時代の牢屋敷の実態をつぶさに綴る。囚獄以下、牢の同心、老名主以下の囚人組織、刑罰、脱獄、流刑、解き放ち、かね次第のツル、甦生施設の人足寄場などなど、牢屋敷に関する情報満載。

弾左衛門とその時代

塩見鮮一郎 40887-3

幕藩体制下、関八州の被差別民の頭領として君臨し、下級刑吏による治安維持、死牛馬処理の運営を担った弾左衛門とその制度を解説。被差別身分から脱したが、職業特権も失った維新期の十三代弾左衛門を詳説。

赤穂義士 忠臣蔵の真相

三田村鳶魚 41053-1

美談が多いが、赤穂事件の実態はほんとのところどういうものだったのか、伝承、資料を綿密に調査分析し、義士たちの実像や、事件の顚末、庶民感情の事際を鮮やかに解き明かす。鳶魚翁の傑作。

幕末の動乱

松本清張 40983-2

徳川吉宗の幕政改革の失敗に始まる、幕末へ向かって激動する時代の構造変動の流れを深く探る書き下ろし、初めての文庫。清張生誕百年記念企画、坂本龍馬登場前夜を活写。

熊本城を救った男 谷干城

嶋岡晨 41486-7

幕末土佐藩の志士・谷干城は、西南戦争で熊本鎮台司令長官として熊本城に籠城、薩軍の侵攻を見事に食い止めた。反骨・憂国のリベラリスト国士の今日性を描く。

坊っちゃん忍者幕末見聞録

奥泉光 41525-3

あの「坊っちゃん」が幕末に⁈　霞流忍術を修行中の松吉は、攘夷思想にかぶれた幼なじみの悪友・寅太郎に巻き込まれ京への旅に。そして龍馬や新撰組ら志士たちと出会い……歴史ファンタジー小説の傑作。